문학동네

박쥐우산

인쇄 · 2018년 5월 25일
발행 · 2018년 6월 5일

지은이 · 박은경
펴낸이 · 한봉숙
펴낸곳 · 푸른사상사

주간 · 맹문재 | 편집 · 지순이 | 교정 · 김수란
등록 · 1999년 7월 8일 제2-2876호
주소 · 경기도 파주시 회동길 337-16 푸른사상사
대표전화 · 031) 955-9111(2) | 팩시밀리 · 031) 955-9114
이메일 · prun21c@hanmail.net
홈페이지 · http://www.prun21c.com

ISBN 979-11-308-1345-5 03810
값 15,500원

* 이 책은 경기도, 경기문화재단, 한국문화예술위원회의 문예진흥기금을
  보조받아 발간되었습니다.

푸른사상 소설선 **17**

박은경 소설집

박쥐우산

푸른사상
PRUNSASANG

이곳, 용인으로 이사 와서 좋은 점은 굳이 음악을 듣기 위해 오디오를 켜지 않아도 된다는 것이다. 광교산 자락과 이어진 능선이 집 앞으로 뻗어 있어 새소리와 바람소리, 빗소리까지 들을 수 있다. 시시각각 들려오는 자연의 소리뿐 아니라 텅 빈 고요도 음악일 수 있다는 것을 알았다. 뻐꾸기 소리가 클라리넷 소리보다 고혹적일 수 있는 것은 봄날의 적막에 에워싸여 있기 때문이었다. 새소리는 자연의 스피커에 공명돼 깊고 그윽하게 울려 퍼졌다.

자연을 가까이서 누린다고 해서, 가없는 나무 우듬지를 보며 숲길을 산책할 수 있다고 해서 사람이 그립지 않은 것은 아니었다. 이런 저런 관계에서 벗어나 홀로 자유로울 수 있어 황홀했으나 어느덧 술자리의 설왕설래가, 지인들의 안부가 그리워 휴대폰을 수시로 확인하는 것이다. 그런 자신을 보며 사람의 생애는 인(人)으로 태어나 인간(人間)이 되어가는 과정이 아닌가 싶다. 끝없는 관계를 통해 우리는 조금씩 변모할 수밖에 없는 것이다, 어제보다는 조금 나아지리라는 기대와 함께. 어쩌면 이 소설집은 그 과정을 추적해본 기록물인지도 모른다. 많은 등장인물들의 사연과 관계성에 대해서 나름 상상하고 갈망했던 바를 면밀하게 써보고 싶었다.

늦어도 너무 늦었다. 등단한 지가 꽤 됐으니 늦깎이도 이런 늦깎이가 없다. 하지만 이제야 여러 조건과 책을 내고자 하는 열망이 맞닿았으니 자신의 나태와 느린 걸음을 탓할 수밖에. 첫 작품부터 격려와 조언을 아끼지 않으셨던 조동선 선생님과 작가포럼 문우들, 푸른사상사 사장님과 편집팀께 감사한 마음을 전한다.

2018년 5월
박은경

차례 ▶

박쥐우산

밤하늘 저편에는 까만 우산 하나가 조용히 들판 위를 떠가고 있었다.

끝없이 떠나야 하는 거역할 수 없는 운명처럼 날개를 한껏 펼친 채

박쥐우산은 이쪽에서 저쪽으로 날아가고 있었다.

스스로도 억누를 수 없는 기운을 좇아 길 위의 나그네를 자처하고 있었다.

온통 자신의 존재에 귀 기울여야만 들을 수 있는 내면의 소리를 좇아 완전한 몰락을 꿈꾸고 있었다.

박쥐우산

버스 정류장을 서성이고 있는 것은 과수댁이었다. 읍내 공판장에 나가 땅콩 시세를 알아보고 오던 길이었다. 윤자으로 거둬들여 작황은 나쁘진 않았으나, 가격은 형편없었다. 땅콩 값이 쌀값보다 비싸던 때도 있었다. 남한강 일대의 사양토와 밤낮의 심한 일교차는 아열대 특수작물을 재배하기에 알맞았다. 땅콩 맛이 고소하기로 유명했으나 물밀 듯 밀려드는 수입 농산물은 천혜의 조건조차 무너뜨렸다. 어깨를 잔뜩 내려뜨린 채 걷고 있는데, 인기척이 느껴졌다. 투명 플라스틱으로 된 간이막 안에서 굼뜨게 움직이고 있었다. 좀 두툼하다 싶은 코트를 입은 여자는 우산 끝을 땅에 박으며 걸음을 떼었기 때문에 지팡이를 짚고 걷는 것처럼 보였다. 털실로 짠 목도리에 하얀 면양말까지 챙겨 신은 차림은 여느 때와 같았으나, 개개풀린 눈동자를 보니 진종일 정류장 앞을 오간 듯싶었다. 용이가 실종된 후로 비 오는 날이면 발작한다는 실성기가 이젠 맑은 날에도 계속되나 보았다.

차고 메마른 바람이 불어왔다. 써레질 소리와도 같은 굉음을 내며 과속 차량이 지나가자 도로는 깊은 정적에 빠졌다. 수확물을 비워 낸 들녘으로 어둠이 차올랐다. 큰길에서 마을로 접어드는 길모퉁이에는 포장마차가 불을 밝히고 있었다. 주황색 천막은 낮에는 눈길을 끌지 못하다가 어둠이 들면 존재를 드러냈다. 불빛을 받은 부직포는 황량한 거리에서 돛배처럼 부풀어 올랐다. 순간 용이가 돌아왔을지도 모른다는 생각이 들었다. 여자를 저토록 애태우게 만든 그가 돌아와 술을 마시고 있을 것만 같았다. 사라진 지 3개월이 지났지만 행방은커녕 실마리조차 찾을 수 없던 그가 흔연스럽게 와 있을 것만 같았다. 나는 조바심에 이끌려 포장마차로 향했다.

천막 안은 꼼장어 굽는 냄새로 매캐했다. 나는 앉을 자리보다 용이를 먼저 찾았다. 잘 발달된 근육질인데도 목이 짧아 구부정해 보이는 어깨를 좇았다. 까무잡잡한 피부에 머리를 짧게 잘라 강단져 보이는, 취객들의 비아냥거림과 무시가 자신과는 별개인 양 줄담배를 안주 삼아 소주병을 비우던 사내를 찾았다. 하지만 그럴싸해 보이던 몸짓도 주인 여자가 내미는 어묵 국물 반 그릇이면 무너졌다. 연속 굽실거리는 모습은 그를 둘러싼 의미심장하던 기운을 한순간에 지워버렸다.

"어, 성현이 아녀?"

친구들과 술을 마시던 종두 형이 알은체를 했다. 그는 나와는 달리 농고를 졸업하고 이곳에 눌러앉아 농사만 지었다. 환금성 작물이라고 불리던 건땅콩 시세가 하루아침에 폭락하자 여러 방면으로 판로를 찾다가 지금은 농업기술원에서 개량한 풋땅콩을 재배하고 있었다. 작물에 대한 다양한 관심만큼 사람에 대한 이해심도 깊어 친형처럼 따르는 형이었다. 술자리가 일찍 시작되었는지 얼굴은 붉었고, 목소리는 터무니없이 높았다. 나는 그의 옆으로 다가가 앉았다. 주인 여자는 소주병을 들이민 후 안줏거리를 손질해놓은 진열대 유리문을 밀고 밑간이 되어 있는 꽁치를 꺼냈다. 나는 느끼한 곱창이나 꼼장어보다는 담백한 생선구이를 즐겼다.

"근데 이 작자가 쥐도 새도 모르게 사라져버린 거야."

종두 형 역시 용이 이야기를 하고 있었다.

마을 사람들은 점점 폭락하는 농산물 시세에 울분을 터뜨리다가 막막해지면 용이 이야기를 꺼냈다. 사양토에 비닐 피복까지 둘러 키워낸 밭작물이 중국산에 밀려 건조장에 묵혀 있는 답답함을 그의 기행과 실종에 열을 올리는 것으로 삭였다. 빈 들녘이 주는 적막감, 곧 몰아닥칠 맹추위, 손에 딱히 쥔 것도 없는데 일손을 놓아야 하는 아쉬움이 그의 종적을 더 맹렬하게 쫓도록 만들었는지도 몰랐다.

"혹시 누군가에게 살해당한 거 아녀?"

눈자위가 푹 꺼져 겁이 많아 보이는 형의 친구가 물었다.

"살해당할 이유가 없지. 돈이 있길 혀, 땅 한 뼘이 있길 혀. 돈 되는 일이라면 품삯을 낮춰서라도 허겄다, 원한을 살 만큼 박박거리지도 않는데 죽일 이유가 없잖여. 막말로다가 집도 절도 없는 허릅숭일 때려 죽이고 누가 감방을 자처하긋어?'

새치가 일찍 번져 염색한 것처럼 머리가 세어버린 종두 형이 대답했다.

"그건 형님 말이 맞구먼유. 어느 정도 상대가 되어야 맞장이라도 뜨쥬. 과수댁의 남편이 무덤을 가르고 나왔다면 몰라두⋯⋯."

모자 챙에 얼굴이 가려 있던 태식이가 챙을 들어 올렸다. 지난번 일이 있은 후로 나는 그를 외면했다. 태식이도 나를 쳐다보지 않기는 마찬가지였다. 하지만 떨떠름하던 관계도 용이가 있을 때의 일이었다.

모자를 바로 쓴 태식은 과수댁의 남편이라도 되는 양 어흥, 하며 양손을 갈퀴 모양으로 오므렸다. 한바탕 웃음이 일었다. 기름기가 허옇게 낀 곱창 몇 조각이 비닐로 싼 플라스틱 접시에서 덩달아 들썩거리는 것 같았다. 우리가 나누는 말들이 포장마차 밖으로 퍼져 나갈까 봐 은근히 신경이 쓰였다.

"겨울철이 되어 일거리가 없으니 떠난 것 아녀?"

"요즘엔 비닐하우스를 가동하는 집도 제법 되잖여. 떠돌이로 굴러먹었는데 눈치가 좀 비상혀? 이리저리 통박 굴려 일감이 되겠다 싶으면 깔축없이 덤벼들지. 일당을 사정없이 후려쳐도⋯⋯."

"덤핑이 따로 없다니깐, 수입 농산물처럼."

용이의 근본 없는 삶과 행태는 애써 가꾼 농토와 가장이라는 직함을 지닌 농부들에게 우월감을 갖게 했다. 떠돌이인 그가 비천하게 살아갈수록 사람들은 붙박이 삶을 다행스럽게 여겼다. 그러나 그들은 아무 일거리나 던져주어도 개처럼 덤벼들어 해치우는 그악스러움만을 비웃었지 손재주가 비상하여 어떤 일을 맡겨도 척척 해내는 것에는 소홀했다. 그의 능력을 헤아린다면 품삯을 제대로 쳐줘야 했겠지만 일감을 맡기는 것만으로도 감지덕지하라며 자신들의 잇속을 챙겼다.

"그칠 단순한 물로 보믄 안 되아. 여자 꼬시는 재주는 우리보다 한 수 위니께. 당신들 말여, 버스 타고 오다가다 만난 여자 꼬셔 그 집에 눌러앉을 수 있었어? 그런 용한 재주 있냐고."

"우리 이름엔 용할 용 자가 읎어서 안 되지러."

태식의 장단에 질펀한 웃음이 쏟아졌다.

"뭐니뭐니해도 제일 안된 것은 과수댁이지, 뭐. 마을 사람들이야 품삯을 형편없이 후려쳐 부려먹던 재미가 없어져 아쉽겠지만, 그 여잔 초점 없는 눈을 하고서 용일 기다리잖어."

주인 여자는 큰 몸을 흔들어가며 역성을 들었다. 나는 포장마차로 들어서기 전에 여자를 보았다는 말은 하지 않았다. 그들도 이곳으로 들어오며 보았을 텐데 아무도 말을 하지 않는 것을 보면 여자는 이미 마을의 풍경으로 존재하는 듯싶었다.

"한번은 밤늦도록 정류장 앞을 오락가락하고 있길래 불러다가 국

수 한 그릇을 말아줬드니만, 부스럭거리는 소리만 나도 귀를 쫑긋거리느라 제대로 먹지도 못하드라구."

주인 여자는 대파를 얹은 꼬치 국물을 내놓으며 혀를 찼다.

"비 오는 날 버스에서 시작되었다던 인연은 그렇게 막을 내리는구면."

종두 형 친구가 무슨 말이냐는 듯 태식을 쳐다보았다.

"버스 옆자리에 앉아 이런저런 이야기를 하고 오다가 내렸는디, 비는 부슬부슬 내리고 그냥 가기가 멋쩍더래나유. 오도가도 못한 채 정류장을 서성이는디 그 눈치 빠른 작자가 우산을 씌워줌성 꾸역꾸역 따라붙는 데서부터 인연이 시작됐답니다."

"하이구야, 인연은 무신 놈의……. 홀애비 과수댁이 오다가다 만나 작수성례도 거른 채 붙어 산 처진데. 산전수전 다 겪은 작자들이 서로 비위를 맞추며 산 격이지. 여자는 여자대로 용이를 알뜰살뜰 챙겨주고, 아, 글쎄 철 따라 보약도 해멕였다잖여. 용인 용이대로 품삯 한 닢 허투루 쓰지 않고 고스란히 과수댁에게 갖다 바쳤대는구만. 우리 가게에서도 이날 입때꺼정 안주 한 번 제대로 시킨 적이 없었으니께."

주인 여자가 국물을 떠주고 난 국자를 흔들며 말했다.

"아무리 뜨내기 신세라고 쳐도 인연이 아니라고는 말 못 하지. 한 지붕 아래서 같은 이불을 덮고 이태를 살았는데……."

종두 형의 역성에 양손을 전대에 꽂은 여자는 금세 자신의 이야기를 번복하고 나섰다.

"수재(水災)로 생때같은 남편 잃고 10년을 넘게 독수공방하다가 사내를 만났으니 속살 맛도 여간 아니었을 테지. 피천 한 닢 떼지 않고 버는 대로 갖다 바치겠다, 사춘기에 접어든 아들에게도 친아버지 이상으로 잘하겠다, 호박이 넝쿨째 굴러온 격이었겠지, 뭐야."

용이가 우리 마을에 나타난 것은 3년 전이었다. 마을회관을 새로 짓기 위해 철근과 시멘트, 목재 등 자재가 실려 오는 차에 그도 실려 왔다. 나이도, 직업도, 누구라는 것도 몰랐지만 물건을 댄 목재상의 소개로 그날부터 목수 일을 맡아 했다. 귀에 연필을 꽂고, 대패질을 시작할 때만 해도 뜨내기인 그에게 어느 누구도 눈길을 주지 않았다. 기둥에 대들보를 얹고 상량식을 치를 때도 단단해 보이는 건물 뼈대에 그디지 신경을 쓰지 않았다. 벽과 문을 달고 마루를 까는 동안 그의 솜씨가 예사롭지 않다는 것을 알았다. 점판암 슬레이트 지붕에 자주색 벽돌로 촘촘하게 완성된 마을회관을 보았을 때 예전의 빨간 양철 지붕에 시멘트 블록 담으로 지어진, 어느 마을 어귀에도 같은 모양으로 서 있는 건물과는 다르다는 것을 알았다. 경치 좋은 곳에 지어진 펜션이라고나 할까. 준공식을 위해 동네 잔치를 벌였을 때 사람들은 술과 고기를 푸짐하게 대접하는 것으로 그의 노고를 치하했다. 이름으로만 불리던 용이가 유일하게 용이 아재로 불리던 때도 그때가 아니었나 싶다. 그런데도 사람들은 그에게 결코 곁을 주지 않았다. 일정한 거취도 없는 데다, 일이 없을 때에는 부랑아처럼 동네를 어슬렁거리는 그를 경계했다. 그것은 외지인에 대한 단순한 경계심과는 달랐다. 그에게서 느껴지는 불온한 기운을 자신들과는 다르다고 깔봄으로써 품삯도 낮추며 위계질서까지 다잡으려 했다.

내가 그에게 집 짓는 일을 맡기게 된 것도 그런 연유가 없지만은 않았다. 그때는 그가 떠돌이 생활을 접고 과수댁 정호 엄마와 막 살림을 차린 시기였다. 입성이 깨끗해지고 저녁 무렵 동네를 어슬렁거리는 일이 없어져 그를 함부로 대할 수는 없었으나 손재주에 비해 여전히 싼 노임으로 부릴 수가 있었다. 갑자기 집을 짓게 된 것은 어머니가 경작해온 땅콩밭 700여 평이 도로로 수용되어 보상금이 나왔기 때문이었다. 나머지 300여 평은 새로 뚫린 도로를 마주하게 됐다. 야산을 길게 차지한 산밭이 그렇게 알짜로 행운을 가져다줄 줄은 생각지도 못했다. 같은 산밭이라 해도 밭밑으로 터널이 지나게 되어 보상금은커녕 지반의 붕괴 위험마저 안고 있는 처지에 비하면 엄청난 횡재가 아닐 수 없었다. 호사다마라고, 아내 수경은 밤마다 베갯머리에서 속살거렸다.

─이참에 시골 집 정리하고 서울로 들어가자. 서울이 너무 벅차면 신도시라도, 응? 영욱이 학원과 영아 발레학원에 실어다 주고 오는 데도 너댓 시간이 걸린단 말야. 차라도 막히면 하루 종일 도로 위에 있는 셈이야.

어머니에게 운을 띄워봤지만 역시 꿈쩍도 하지 않았다. 남편을 일찍 잃은 어머니는 구릉지를 개간하여 한 마지기씩 불려나가는 것으로 외로움을 메웠다. 끝없는 모래땅에는 어머니의 한숨과 아들을 대학까지 마치게 한 자부심이 깃들어 있었다. 나 또한 농사와 밭일에 서툴긴 했으나 서울로 가서 할 일이 막막했다. 그렇다고 수경이와 아이들만 분가시킬 수도 없었다. 가량가량한 몸매에 눈웃음이 헤픈 수경을 어머니는 처음부터 달가워하지 않았다. 실수투성인데도 붙임성은 좋아 넘어가곤 했지만 손끝이 야물고 대찬 어머니의 성미엔 늘 눈엣가시였다. 아내의 채근을 잠재우기 위해 집을 새로 짓기로 했다.

용이가 결코 만만한 사람이 아니라는 것을 그와 함께 집을 지으면서 알았다. 그의 노임 또한 싼 것만은 아니었다. 그는 일을 꼼꼼하게 하는 대신 공기(工期)를 생각보다 길게 잡았다. 그리고 시간이 조금만 지나도 연장을 놓아버렸다. 한번은 방에 보일러를 깔고 시멘트를 바르는데 시간이 되자 추가 일당을 요구했다. 횟반죽으로 메워야 할 부분이 잔뜩 남았는데도 말이다. 뭐, 이런 놈이 다 있어. 부아가 치밀었다. 그러나 그가 제때에 일을 하지 못한 것은 갑자기 보일러를 바꾼 데 있었다. 그는 순간 가스 보일러는 편리하긴 하지만 관수 용량이 많아 결로 현상이 잦다고 한사코 반대를 했다. 10년이 지나도 보일러의 효율 상태가 그대로며, 가스비도 절감할 수 있는 저장식 보일러를 권하는 바람에 먼저 주문했던 것을 반품하고 새 제품을 기다리느라 일이 늦어졌다. 나는 그날의 일당을 후하게 칠 수밖에 없었다. 그는 실용성뿐만이 아니라 재질과 디자인까지 신경을 썼다. 그 점이 수경을 사로잡았다. 그가 권해주는 벽지와 바닥재, 타일의 색조에서부터 청동제 장식이 달린 문고리는 그녀의 탄성을 자아내기에 충분했다.

그는 목수답게 실내의 마감일에 더 공을 들였다. 베니어 합판을 잘
라 천장에 등 박스를 댄다든지 바닥과 벽면의 모서리에 덧대는 몰딩
작업을 할 때면 상당히 세련된 감각까지 끌어냈다. 거실에서 방으로
들어가는 통로의 양 벽면에 가공된 판자를 덧대어 기둥을 세운 것처
럼 보이게 했다. 장식물을 쳐다보는 수경의 눈빛이 야릇해졌다.

날씨가 무척이나 덥던 날이었다. 가만히 있어도 땀이 흘러내렸다.
러닝셔츠에 작업복 바지를 무릎까지 말아 올린 그는 치수가 맞아떨
어져야 하는 일에 푹 빠져 있었다. 짧은 머리칼을 적신 땀방울이 이
마를 타고 흘러내리는데도 티자로 정확히 잰 합판을 전기톱으로 자
르는 데 여념이 없었다. 톱밥과 나무토막이 제멋대로 뒹구는 속에서
혀끝을 유(U)자로 말아 붙인 채 일과 한 몸이 되어 움직였다.

땀에 전 러닝셔츠 아래서 구릿빛 몸통이 빛났다. 목이 짧아 역삼
각형인 어깨가 약간 굽은 듯했지만 그것조차 노동에 단련된 자의 이
력으로 여겨졌다. 우람한 팔뚝에는 지저분한 문신 대신 우두 자국이
선명했다. 우량종임을 인증하는 낙인 같았다. 벽면에 재질을 밀착시
키기 위해 니은 자로 구부러진 팔뚝은 긴장감으로 터질 것 같았다.
은근히 질투가 났다. 단단한 몸매도 몸매였지만 내 집을 짓고 있다
기보다는 그의 집을 짓고 있는 것처럼 보였다. 휙휙 바람소리가 날
듯 날렵한 동작과 능숙한 손놀림에서는 자신의 식솔을 위해 애써 집
을 짓는 아비 된 자의 자신감마저 넘쳐났다.

점심 후 늘어지게 낮잠을 자고 나가려던 나는 뒤통수가 서늘해져 담배 한 대를 뽑아 물지 않을 수 없었다. 뜻밖에도 맞은편에는 미숫 가루가 담긴 잔을 쟁반에 받쳐 든 수경이가 서 있었다. 그를 바라보는 눈빛에는 유리 그릇 표면으로 흘러내리는 물방울처럼 잔망스러운 기운들이 얽혀 있었다. 나는 막 불을 붙인 담배를 아내의 눈동자에 꽂아주고 싶었다.

집은 그 근처에서 제일 잘 지어졌다. 외장을 적벽돌로 마감한 집은 멀리서도 눈에 띄었다. 낮게 친 담장 위로 호박등을 달아 수경이 소원대로 전원주택이라고 뽐낼 만큼 모양새를 갖추었다. 깐깐한 어머니조차 용이를 치하했다. 한번 눈에 들면 그대로 믿어버리는 어머니는 땅콩을 수확할 때가 되자 용이를 찾았다.

─용일 불러 산밭 콤바인을 쳐야긋다.

─아무나 콤바인을 친대유?

나는 너무한다 싶어 툴툴거렸다.

─그 떠돌이가 정식으로 배워서 집을 지었긋어? 눈썰미가 보통이 아니더만. 이장댁네도 그를 데려다가 부렸는데 콤바인을 임시 개조해서 쓴다. 그 밭도 우리 산밭처럼 흙털기가 여간 고역이 아닌데 그 기계로 하니 뒤끝이 여간 깔끔하지가 않았다. 이장댁네가 입에 침이 마르도록 칭찬하더만.

나는 그를 부를 수밖에 없었다. 농기구상에서 빌린 탈곡기에 굴취 및 이송 장치까지 부착하여 사용했기 때문에 콩대를 따로 나를 필요가 없었다. 나는 그의 일을 처리하는 솜씨에 놀라지 않을 수가 없었다.

용이가 콤바인으로 탈곡을 마치던 날, 어머니는 그를 집으로 초대했다. 집에 온 사람이면 누구나 배불리 먹여 보내는 어머니가 얼마만큼 푸짐한 상을 내놓았으리라는 것은 짐작하고도 남았다. 애호박과 청양고추를 썰어 넣은 민어찌개에 소꼬리찜까지 정성을 다했다.

그는 자신이 애써 지은 집에는 눈길 한 번 주지 않고 상 앞에 더럭 앉더니만 허겁지겁 먹어대기 시작했다. 그것은 턱을 움직여 음식을 씹어 넘기는 저작 행위가 아니었다. 며칠을 굶은 시라소니가 사냥한 음식을 탐욕스럽게 물어뜯는 모습이었다. 양손으로 갈빗대를 돌려가며 살점을 뜯는가 싶더니 어느새 수저를 쥐고 찌개 국물을 거침없이 떠 먹었다. 생선 대가리도 수저로 삽질하듯이 떠서 쪽쪽 빨아 먹었다. 식당 안은 그가 음식물을 빨고 씹고 삼키는 소리로 가득 찼다.

─맛난겨? 그렇게도 맛나?

그의 식탐을 받아줄 사람은 온종일 음식을 만든 어머니밖에 없었다. 그는 오이소박이와 해물파전을 연달아 입으로 밀어 넣었다. 꼬리찜을 유난히 좋아하는 영아조차 놀란 채 왕성한 식욕을 구경하고 있었다.

찜 접시는 순식간에 바닥이 났다. 수경은 빈 접시를 채웠다. 밥 한 공기를 더 가져온 것은 물론이었다. 밥그릇을 그의 앞으로 밀어놓은 그녀는 아예 젓가락을 혀끝에 댄 채 쳐다보았다. 장난기 가득한 눈빛으로 그녀가 그를 쳐다보자 지금까지 몰상식하고 상스럽기까지 했던 저작 행위가 이상스럽게 열정적으로 비쳤다. 그가 꼬리뼈를 돌려가며 뜯어먹는 모습은 애인의 가슴을 움켜잡고 빠는 것처럼 보였고, 민어 대가리를 빨아 먹을 때면 연인의 혀를 양 볼이 파이도록 빠는 것처럼 보였다. 그가 맛있게 먹을수록 나는 식욕을 잃었다. 상 위의 음식을 진공청소기처럼 빨아들인 그가 돌아갔다. 수경은 흉을 보며 눈을 흘겼지만 혀끝에 젓가락을 댄 채 그를 쳐다보던 기운은 그대로 남아 있었다.

"귀신이 곡할 노릇이여. 사람이 그렇게 쉽게 사라질 수가 있을까. 살림까지 차린 여편넬 두고. 파출소에 신고한 지가 벌써 석 달째인데 실종자 처리조차 못 한다. 신분을 증명할 것이 아무것도 없어 서류에 기재조차 할 수가 없다니, 원."

"그가 우리 마을에 살았다는 증거는 우리의 기억과 정호 엄마의 실성기뿐이니, 우리가 입 다물면 그조차 사라질 거 아녀? 사람의 존재가 이토록 감쪽같아도 되는 건감?"

태식은 자신의 표현이 좀 그럴싸하다고 여겨졌는지 양손을 펼쳐 보이며 어깨를 으쓱거렸다. 종두 형이 남은 꼬치 국물을 마시며 말했다.

"그가 우리 마을에 왔을 때를 생각혀봐. 마을회관을 지을 때 목재소의 소개로 와서 일거리가 심심찮게 생기니까 그대로 눌러앉았잖여. 원래 목수 일을 맡아 했으니까 또 무엇인가 일거리를 찾아 나섰는지도 모르지 않긋어. 콩대나 탈곡하고 하우스 일을 거두는 일보다는 백 배 폼나잖어."

"그래도 정호 엄마하고 살림을 차리기까지 했잖어유. 아무리 근본이 천하고 막 배워먹었다 쳐도 살림까지 차린 작자가 말없이 사라지다니……."

"혹시 오래전부터 꿍심이 있었던 것 아녀? 호시탐탐 떠날 기회를 엿본 게 아니었으까?"

종두 형 친구가 눈을 게슴츠레하게 뜨며 담배를 물었다.

"설사 떠나려고 했으면 무신 기미가 보였것지. 옷 입은 그대로 가방 하나 안 들고 나갔대잖여."

우리들의 대화에는 진전이 없었다. 상상과 억측이 일었다가도 사라진 자의 방식이 너무 허술하여 그것들을 키워갈 수가 없었다. 그는 어디로 갔을까. 빈속에 소주만 들이부었더니 취기가 금세 올랐다. 지금쯤 아내는 돌아왔을까. 요즘 들어 수경의 얼굴을 마주하기가 힘들었다. 서울에서 돌아오는 시간이 점점 늦어졌다. 술까지 마시는 날은 대리운전도 하는 눈치였다. 어제도 자정이 임박해서 들어온 그녀의 입에서는 술 냄새가 진동했다.

―저, 살림하는 예편네가 하고 다니는 꼬락서니 좬 보게나. 살림을 통째로 말아먹을 화상이여. 아이고 분혀. 내가 메늘년 밑구녕에 다 갖다 바치려고 땡볕에서 쎄빠지게 그 고생을…….

어머니의 분노에 찬 넋두리도 대충 넘긴 채 슈미즈 바람으로 비틀

비틀 침대에 기어드는 아내를 확 밀쳐버리고 싶었다.

　ㅡ수학경시대회에서 영욱이가 일등 했다구 함께 과외 시키는 엄마들이 한턱 내래잖아. 누굴 닮아서 수학을 그렇게 잘하냐고 묻길래 내가 숫자놀음에는 좀 강하다고 했지. 누군가 수학은 숫자만의 문제가 아니라고 하데? 수식으로 자신의 논리를 펼치는 영역이래나. 대학물 좀 먹었다 이거겠지. 그래도 우리 아들이 일등을 했는데 어쩔 거야.

　수경은 몸을 뒤채더니 잠꼬대 하듯 말했다.

　ㅡ저녁 먹고 노래방 갈까 하다가 열받아 단란주점으로 갔어. 논리보다는 숫자가 우세하다는 것을 보여주려고. 근데 짜식들, 디게 비싸게 받아쳐먹는 거 있지. 위스키 한 병이 우리 영아 한 달 레슨비하고 맞먹드라니깐.

　수경은 자신의 뒤틀린 행동조차 아이들을 도시에서 교육시키기 위해 밟아야 하는 절차로 몰아갔다. 사소한 모임조차 아이들과 연관되어 있어 나는 할 말을 잃었다.

　ㅡ서울에 가면 내가 아닌 것 같아. 그 많은 사람들 중에 나를 알아보는 사람은 아무도 없거든.

　이내 코를 골며 잠이 든 수경의 곁에서 나는 그녀가 유난히 쓸쓸해하며 했던 말을 떠올렸다.

　ㅡ차 안에서 애들 기다리는 일이 너무 지겨워 여기저기 기웃거리다 보면 다들 아가씨로 본다니까.

　수경은 익명성 속에서 자신의 새로운 면모를 발견했다. 다 듣기 좋은 말에 불과하다는 내 핀잔에도 그녀는 자신을 또 다른 시각으로 보아주는 서울을 부지런히 오르내렸다. 시골로 내려왔으면서도 아이를 특목고에 보내겠다는 의욕과 야릇한 활기가 부담스러웠지만 섣불리 막을 수가 없었다. 시골로 내려가기 싫다며 울고 불며 반대를 했는데도 결국은 나를 따라와주었기 때문이었다.

농업고등학교를 졸업한 후 특별전형으로 대학을 간 나는 공부에 흥미가 없었다. 전공과는 상관없이 이온수기를 파는 일에는 더더욱 흥미를 붙이지 못했다. 이온수기 한 대를 팔기 위해 알칼리수와 산성수의 효능을 정신없이 떠벌리고 나면 뭔가가 자꾸만 닳아 없어지는 느낌이었다. 그때마다 날이 선 삽으로 땅을 갈아엎고 싶은 마음이 굴뚝같이 일었다. 한 삽 한 삽 뜰 적마다 깊숙한 제 살을 내주며 다시 파종할 기회를 주는 넉넉한 땅이 그리웠다.

포장마차를 나온 나는 천막 뒤로 가서 오줌을 갈겼다. 밤이 깊어 인적이 끊겼고, 차량 통행도 뜸했다. 들판 가득 어둠이 들어차 있었다. 깊은 밤 어둠은 먼 곳의 불빛은 더욱 멀어지게 하고, 가까운 것에는 귀를 기울이게 했다. 나는 그런 사소한 것에 세심해지는 순간이 좋았다. 땅속의 작은 벌레와도 대화를 나눌 수 있을 것처럼 마음이 투명해졌다. 내 안의 진정한 내가 만져지는 것 같았다. 나는 비틀거리며 어둠의 저편을 바라보았다. 어둠 속을 쪽배를 타고 가는 양 발끝이 일렁였다. 고향으로 내려오면 모든 것이 제자리를 잡을 줄 알았다. 흘린 땀만큼 되돌려주는 땅을 중심으로 가족 모두가 하나가

될 줄 알았다. 하지만 서로가 자신의 방향으로만 고삐를 끌려고 했다. 태식의 입바른 지적처럼 그놈의 보상금이 문제인지도 몰랐다. 나는 고래고래 소리를 지르기 시작했다. 빈 들녘으로 음정도 박자도 엉망인 노랫소리가 퍼졌다.

수경은 갓길로 차를 빼더니 브레이크를 밟았다. 수경이 가리키는 손끝에는 산비탈을 깎아지르고 세운 모텔이 있었다.

"저곳이 황금 알을 낳는 곳이래."

성곽을 흉내내 지은 건물은 개장한 지가 얼마 안 되었는지 만국기를 늘어뜨리고 있었다. 눈이 곧 퍼부어질 듯한 음산한 날씨 속에서 색색의 종이조각이 펄럭였다. 나는 왜 개장한 모텔에서 만국기가 펄럭이는지 알 수가 없었다.

"여보, 돈도 안 되는 땅콩밭 정리하고 저런 건물이나 짓자. 우린 퇴직금도 없잖아. 앞날을 생각하면 불안해 죽겠어. 영욱이 유학 보내고, 영아 발레도 시켜야 하잖아. 손님이 많을 땐 하루에 쓰리타임도 가능하대. 영업을 마치고 나면 마대자루에 돈을 쓸어 담는댄다. 저런 곳에서 누가 카들 쓰겠어? 수표도 거의 없는 현금 박치기라는데."

"환금성 작물이 따로 없고만."

수경의 눈이 반짝였다.

"그래, 이젠 저런 게 환금성 작물이야. 그 고생하며 땅 팔 게 뭐 있어. 6차선 도로변이라니까 건축업자들이 떼거리로 달려드는 거 있지. 전화 한 통이면 은행 대출 담당자들도 줄을 선대요. 준공 검사 떨어질 때까지 돈 한 푼 안 들이고 건물 한 채가 뚝 떨어진다니깐."

어머니를 서울에 있는 이모 댁에 모셔다 드리고 오는 길이어선지 수경은 다소 들떠 있었다. 뇌출혈로 쓰러진 이모의 병수발 때문이었지만 꼭 그것만은 아니었다. 소작농이던 이모네는 갈수록 논밭 부치기가 힘들다며 일찍 서울로 나가 식당에서부터 숙박업소까지 손을 대 꽤 많은 돈을 벌었다. 벌여놓은 업소에서 수금하는 일로 편히 사는 그들을 보며 수경은 어머니가 자극받길 원했고, 어머니는 어머니대로 며느리가 짧은 치마 끝에 묻혀 오는 세상 흐름을 확인하고 싶어 하는 눈치였다.

"아무리 돈을 잘 벌어도 그렇지, 하고 많은 장사 중에 하필이면 왜 저 따위 걸 해?"

"이모네가 그렇게 돈을 쉽게 버는 것을 보고도 그러냐? 이모부도 중고 그랜저 처분하고 에쿠스로 바꿨더라. 중고차 몰 때하고 사람이 달라 보이던데. 개처럼 벌어서 정승처럼 쓰면 그만 아닌가?"

"저런 곳은 숙박업소도 아냐. 누가 저기서 잠을 잔대? 볼일만 보고 나오는 거지."

"볼일?"

수경은 코웃음을 쳤다.

"요즘 사람들의 유일한 소일거리라는 생각은 안 들어? 하루가 다르게 치솟는 땅값에, 개발로 보상금이 넘쳐나잖아. 차에, 휴대폰에,

사생활을 유지해주는 것들도 하루가 다르게 업그레이드되는 판이잖아. 은밀하게 숨어 들 곳은 또 얼마나 많고. 다 필요한 만큼 생겨나는 거 아니겠어?"

평소처럼 어리광 피우듯 졸라대는 말투가 아니었다. 세간의 사정을 꿰뚫는 여자처럼 굴었다.

"이게 아주 막 가? 산전수전 다 겪은 여편네처럼."

"왜 또 그때처럼 때릴려고?"

수경은 발끈하여 목청을 높였다.

"단순히 때리는 정도가 아니었지. 죽일 수도 있겠더라. 당신의 그 터무니없는 살기 덕분에 난 일찌감치 지옥 문턱을 밟은 셈이지민······."

운전대에 손을 얹고 있던 수경은 힘없이 손을 내려뜨렸다.

"아이들 태우고 서울을 오가다 보면 생기는 게 카페와 모텔뿐이니 자연히 생각이 그쪽으로 뻗칠 수밖에. 막상 도로만 뚫렸지 그 황량한 땅에 할 수 있는 게 뭐가 있겠어?"

수경은 목소리를 한결 누그러뜨렸다.

"그런데 저곳은 왜 가까이 있는데도 멀리 있는 섬처럼 보일까. 세상과는 뚝 떨어져 있는······ 건물이 요란할수록 더 쓸쓸해 보여."

수경의 눈 밑이 유난히 그늘져 보였다. 내가 물불을 가리지 않고 휘둘렀던 폭행 때문이라고 여겨져 손을 잡아주고 싶었으나 선뜻 내밀질 못했다.

"우리도 저 섬에 한번 갔다 갈래? 기분도 전환할 겸."

그녀는 본래의 모습으로 돌아갔고, 내 침묵을 응답으로 알았는지 모텔 쪽으로 차를 몰았다.

폭 좁은 천을 길게 늘어뜨린 주차장 입구를 수경은 자연스럽게 통과했다. 모든 절차가 일사천리였다. 돈을 내면 키를 주고, 돌아서면 엘리베이터가 대기하고 있었다. 자줏빛 카펫이 깔린 복도에서는 옅은 락스 냄새가 풍겼다. 필요 이상의 훈기와 촉수 낮은 조명이 모의를 꾸미는 것처럼 수런거렸다.

실내는 더없이 정갈했다. 시트는 다림질로 반듯하게 펴놓은 듯 주름 하나가 없었다. 너무 정돈이 잘 되어 있어 오히려 시치미를 떼고 있는 것처럼 보였다. 옷을 벗은 수경은 샤워실로 향했다. 까무잡잡한 피부에 좀 마른 편인 그녀는 까만 슬립이 잘 어울렸다. 가슴선의 화려한 레이스가 그녀의 빈약한 가슴을 풍성하게 만들고 있었다.

"그냥 있어."

나는 그녀를 뒤로 가서 안았다. 그녀의 궁둥이가 밀착됐다. 그녀는 뒤로 팔을 뻗어 내 목을 껴안았다. 나는 그녀의 얼굴을 돌리며 입술을 갖다 댔다. 그녀는 내 입술을 피해 볼을 몇 번 부빈 후 미끄러지듯 주저앉더니 내 팬티를 벗겼다. 나는 선 채로 그녀는 무릎을 꿇은 채로 맞물렸다. 그녀의 적극적인 몸짓에 나는 어처구니없게도 항복하고 말았다. 그녀는 내 볼기짝을 철썩 때리더니 욕탕 문을 밀었다.

나는 침대에 누워 담배를 물었다. 가슴이 바깥 날씨처럼 스산했다.

힘껏 필터를 빨았다. 담배 연기가 흉흉하게 떠다녔다. 그 소문이 동네를 떠돌던 때처럼.

수경이가 가끔씩 차에 남자를 태우고 다닌다는 소문이 들렸다. 그 남자는 다름 아닌 용이라고 했다. 서울에 다녀오던 태식이가 수경이 차를 추월하다가 목격한 모양이었다. 말이 많은 데다 남의 일을 제 일처럼 나서는 태식이가 입을 다물고 있을 리가 없었다. 피가 거꾸로 쏠렸다. 동네 사람도 아닌 그 떠돌이 별종을 태우고 다닌다는 사실에 더 모멸감을 느꼈다. 수경의 귀가를 기다리는 동안 머릿속에는 수많은 총알이 장전되었다.

수경의 차가 도로에서 동네로 들어오는 콘크리트 길로 접어들자 니는 달려 나가 차를 막았다. 후진으로 차를 돌리게 한 다음 무조건 동네를 벗어나라고 소리쳤다. 억새가 키를 넘는 저수지 부근에 이르자 차를 세우게 했다. 차 밖으로 그녀를 거칠게 끌어냈다. 주먹은 물론이고 구둣발과 정강이를 수차례 날렸다. 젓가락 끝을 혀에 대고 용이를 쳐다보던 끈적끈적한 시선이 떠오르자 목을 조인 손에 힘이 더해졌다.

―어서 말해! 그 떠돌이 새끼하고 무슨 짓을 하고 다닌 거야!

코피와 눈물이 범벅을 이룬 얼굴은 자닝했다. 순식간에 입술이 부어올라 언청이가 되어버린 그녀는 띄엄띄엄 말을 이었다.

―버스를…… 기다리고 있길래…… 몇 번 태워…….

그녀의 목을 양손으로 조이는 순간 나는 그녀가 완강하게 고개를 젓길 바랐다. 그 순간만큼은 발광을 하듯 아니라고 부인해주길 원했다. 힘없이 고개를 젓는 그녀의 몸짓이 멈추어버릴까 봐 조바심이 났다. 사실을 알고 난 후 겪어야 할 풍파보다도 내가 알아야 할 진실의 크기가 두려웠다. 제 여편네 간수도 못 한 팔불출이라는 꼬리표가 좁은 읍내에 퍼져 평생 따라다닐 것이다. 사람은 가도 이야기는 남아 떠도는 소읍의 속성이 교활하게 웃고 있었다. 처음 보는 사람에게도 웃음 지어 상품을 소개하던 때가 되살아났다. 제품을 열심히 설명할수록 시큰둥해지는 눈빛을 잊을 수 없었다. 나는 이곳을 떠날 수가 없었다. 그렇다고 사람들이 씹어댈수록 커지는 추문의 밥이 되긴 더 싫었다. 수경의 목에서 손을 떼고 돌아서는 순간, 나는 다시는 내 안의 나를 만질 수 없을 것 같았다. 깊은 밤, 종소리가 날 것처럼 투명한 어둠 속에서 뿌듯하게 차오르던 또 하나의 자신을 이젠 느낄 수 없으리라는 생각이 스쳤다.

그 일이 있고 난 후 수경은 동네를 더 싫어했다. 이웃들과 마주쳐도 웃지 않았다. 사생활이 백일하에 드러나고 마는, 낮은 담장만큼이나 열린 환경에 학을 떼었다. 수경은 자신이 받은 수모를 군청과 설계사무소를 찾아다니는 것으로 대신했다. 도로공사가 착공되는 대로 근린상가 지역으로 형질 변경을 하기 위해 건설관리과에 제출해야 할 서류는 적잖았다. 남한강변이 보이는 조망권을 최대한 활용하여 지어질 건물의 설계도는 설계사무소마다 달랐다. 그녀는 근소한 차에도 발품을 아끼지 않았다. 그녀의 말처럼 세상을 헤쳐나가는 숫자놀음에는 빈틈이 없었다.

샤워를 마쳤는지 수경은 물기를 털며 욕실을 나왔다. 나는 잠든 척 눈을 감았다.

용이의 소식이 전해진 것은 과수댁 정호 엄마의 장례식을 치르고 난 직후였다. 과수댁은 정류장 앞에서 변사체로 발견되었다. 덤프트럭이 과속으로 지나쳤는지 사체는 거의 두 토막으로 갈라져 있었다. 그녀의 죽음을 지켜본 것은 사체처럼 두 동강이 난 박쥐우산뿐이었다.

삼한 추위에 잠잠하던 실성기가 봄볕을 타고 다시 도졌는지 정류장을 서성이는 모습이 곧잘 띄었다. 겨울을 나기 전만 해도 제법 말쑥했던 용모는 볼썽사납게 풀어헤쳐져 있었다. 맨발에 슬리퍼를 꿰차고 걷는 모습은 보는 이의 가슴을 서늘하게 만들었다. 그 와중에도 박쥐우산만은 꼭 끌고 다녔다. 살이 부러지고 검은 천이 삐져나온 우산은 비 오는 날, 처음 만난 그들에게 아늑함을 드리웠으리라는 상상조차 불러일으킬 수 없을 만큼 망가져 있었다.

장례식장의 후미진 영안실에서 교복을 입고 우는 정호의 가냘픈 어깨가 어미의 객사만큼이나 을씨년스러웠다. 일가친척도 나타나지 않는 장례식에서 마을 사람들이 해줄 수 있는 것은 정류장 앞에서 노제를 지내는 것뿐이었다. 그것도 비운에 간 망자를 위한 것이라기보다는 마을을 떠돌 흉흉한 소문을 잠재우기 위한 절차에 지나지 않았다. 트럭이 무자비하게 지나간 도로 위에 막걸리를 뿌려가며 명복을 비는 의식에는 스스로 무덤을 판 자에 대한 비난과 조소가 얼비쳤다. 노제를 마친 시신은 화장을 하여 남한강에 뿌려졌다.

강이 풀리고 점점 볕이 환해지자 마을 사람들은 더 이상 과수댁의 이야기에 매달릴 수가 없었다. 집집마다 종자로 갈무리해둔 땅콩을 꺼내 묵은내를 말리기 시작했다. 시세가 턱없이 떨어져도 훈훈한 강바람과 무상의 햇볕을 그냥 흘려보낼 수는 없었다. 용이의 소식은 산밭을 갈아엎고 파종을 막 시작할 무렵 들려왔다. 봄볕에 버스러지는 토양처럼 자연스럽게 찾아들었다.

그는 이곳에서 멀지 않는 곳에 살고 있다고 했다. 꽃소식보다 먼저 찾아온 그의 소문은 꽃샘추위가 기승을 부리고 있는 마을을 순식간에 들썩여놓았다.

우리는 저녁을 먹는 대신 집을 나섰다. 겨우내 한파와 음식물의 기름기와 냄새에 찌든 부직포가 익룡의 날개처럼 칙칙한 공간을 드리운 포장마차로 모여들었다.

"아니, 그 떠돌이가 아직 살아 있었단 말여? 극심한 추위 속에서 얼어 죽지도 않고?"

추운 겨울을 날 수 있는 것은 따뜻한 집과 종자를 갈무리해둔 자만의 특권이듯 모두들 뜨악한 표정이었다.

"아예 살림을 차렸댜, 새 살림을!"

"뭐여? 멀쩡하던 여자를 길에서 죽게 만들어놓고?"

주인 여자의 탄식이 이어지자 우리는 더욱 절망 상태에 빠졌다. 풍찬노숙을 하다 얼어 죽었다 해도 시원찮을 판국에 새 살림이라니!

"누구래여? 이번엔 어떤 년하고 붙어먹었댜?"

싸늘해진 분위기를 제일 먼저 깬 자는 태식이었다.

"그 동네 사는 여자래여."

종두 형의 답변에 우리는 또 한 번 경악할 수밖에 없었다.

"거기서도 역시나 허드렛일이란 일은 다 찾아다님서 한댜. 번 돈은 그대로 여자에게 갖다 바침스로. 우리 마을 이장이 그 동네에 볼일을 보러 갔다가 누가 여자를 자전거에 태운 채 휙 지나가는데 어디서 많이 본 얼굴이드래. 마을 사람에게 물으니 웬 떠돌이 하나가 들어와 홀엄씨와 눈이 맞아 산다드래잖어. 곧바로 쫓아가 확인해보니 실종신고까지 낸 용이드래여……."

"야, 그치 진짜 용하네."

술기운이 번져가는 모두의 얼굴에는 놀람과 어처구니가 없어하는 표정이 얽혀들었다.

언젠가 나는 용이가 과수댁을 자전거 안장에 태우고 가는 것을 본 적이 있었다. 워낭소리처럼 맑고 경쾌한 벨소리를 내며 자전거를 몰았다. 여자가 자전거 앞쪽으로 걸터앉은 탓에 남자의 무릎에 앉아서 오는 것 같았다. 뒤편의 남자는 여자의 어깻죽지에 고개를 처박은 채 팔을 한껏 내밀어 핸들을 잡고 있었으므로 그들의 몸은 완전히 밀착돼 보였다.

여자는 무엇이 그다지도 우스운지 새끼를 품은 암탉처럼 고개를 앞섶에 메다꽂은 채 웃음을 흘렸다. 그때마다 사내는 짐승처럼 컹컹 대며 여자의 웃음에 장단을 맞췄다. 낭창낭창한 여자의 웃음소리가 터져 나오면 사내의 걸걸한 의성이 어김없이 덮쳤다. 여자는 더욱 깔깔거렸다. 웃음에도 장단이 있다는 것을 처음으로 알았다.

그들이 흘려놓은 이중주는 노을 진 들길을 낭자하게 적시고 있었다. 나는 그들이 뿜어낸 은밀하면서도 방자한 기운에 매료되어 길섶으로 피어난 코스모스가 자전거의 휘몰이 바람에 쓰러졌다가 다시 일어나는 모습을 멍하니 바라보았다.

"도대체 그 작자의 정체는 뭘까?"

태식은 예의 모자를 돌려쓰며 물었다.

"왜 그렇게 떠돌아다니며 살아야 허지?"

주인 여자는 순대와 허파를 썰며 혀를 찼다.

"바로 그거이 역마살이라는 기야!"

"역마살이라……."

종두 형은 스스로에게 되묻는 듯 말을 곱씹었다.

"처자식 먹여살리는 일만이 사나이 한평생인 줄 알았는데 운수납자도 아닌 주제에 세상을 떠돌며 살다니. 그것도 매번 새 여자와 살림을 차리며……."

"누가 아니래유."

"아무래도 난 세상을 헛산 것 같어."

종두 형이 힘없이 고개를 저었다.

"참, 형님도, 그런 뜨내기와 비꼴 하다뉴?"

태식은 불쾌하다는 듯 언성을 높였다.

"아냐, 애들 시험마냥 뭐가 옳고 그르다 할 수는 없구먼."

종두 형은 잽싸게 술잔을 털어 넣었다.

"죽으나 사나 주어진 땅에다 작물이나 부치며 사는 것을 최고로 알 았는데 그것이 다는 아닌 것 같여."

건땅콩에 비해 경작 기간이 짧고 건조 과정이 없는 풋땅콩으로 제 2의 환금성 작물을 꿈꾸던 형이 아니었다. 수분이 많은 풋땅콩을 저장할 수 있는 방법을 연구하기 위해 농업기술원 문턱이 닳도록 드나들며 염수의 농도를 가늠하던 진중한 모습은 오간 데 없었다. 그가 심각해지자 콧날이 유난히 길어 보였다.

"내가 발버둥치며 산 것도 결국 자신을 속인 것에 지나지 않았다는 생각이 들구먼."

"속이다뉴? 형님처럼 착실허게 사신 분이 대체 왜 그러슈?"

"이 땅을 떠나면 당장 어떻게 될까 봐 제2의, 제3의 환금성 작물 운운하며 안간힘을 썼던 것이 아닌가 싶어. 안 내몰리려고 용을 쓰며 버텼다고나 허까. 헛된 희망을 꿈꾸며."

형은 고개를 저었다.

"그런디 용인 달라. 다 버리고 떠난단 말여. 과수댁하고도 편히 살 수 있었는디도 떠났잖여. 그친 말여, 최소한 이건 아냐, 하는 자신의 목소리에 귀 기울일 줄 알았던 거여. 아니라는 목소리를 쫓다 보니 떠날 수밖에 없지 않긋어?"

종두 형은 용이의 속마음을 헤아리기라도 한 듯 절실했다.

"인생사 해석하기 나름이라더니 원, 형님이 그토록 멋들어지게 썰을 풀어주니 그 뜨내기가 갑자기 근사해지려고 허네유. 하지만 형님요, 그자가 그런 생각에서 그랬것슈? 몇 년 눌러 살다 보니 고질병이 도졌것지. 책임감이라곤 눈꼽만치도 없는 인간지말종한테 솔직해서 떠난다뉴? 아니라는 목소리를 향해 떠났다뉴? 형님요, 어딜 가나 대가리 굴려 빌붙을 줄밖에 모르는 양아치에게 그런 문자 쓰면 동네 개이 새끼도 웃고만유!"

태식은 돌려쓴 모자를 홱 잡아채더니 술잔을 비웠다. 종두 형은 태식의 강력한 대응에 더 이상 말을 잇지는 못하고 혼자서만 고개를 저었다.

나는 형의 제법 진지한 고갯짓을 보며 산밭에서 콤바인을 치던 용이를 떠올렸다. 일이 끝나갈 무렵 나는 맥주 캔을 들고 산밭으로 갔다. 그는 부연 역광 속에서 콤바인에 홀로 앉아 콩대를 거둬들이고 있었다. 멀리 남한강이 보이는 밭은 경사가 심해 그가 콤바인을 모는 속도만큼 거친 소음이 산자락을 울리고 있었다. 나를 봤는지 굉음처럼 덜덜거리던 모터의 진동이 멎었다.

콤바인에서 훌쩍 내린 그는 챙 달린 모자를 벗었다 다시 쓰는 것으로 인사를 대신했다. 나는 그에게 비닐 봉투를 넘겼다. 그는 캔 하나를 잽싸게 따서 순식간에 비웠다. 빈 캔을 한 손으로 찌그러뜨리더

니 발밑으로 훌쩍 내던졌다. 그가 또 하나의 캔을 비워갈 무렵 소쩍
새가 낮게 울었다. 새 울음소리는 토질이 버석거려 아열대 작물밖에
경작을 못 하는 야산을 지그시 감쌌다. 목젖의 오르내림이 유난히
눈에 띄도록 맥주를 마시던 그가 햇빛을 받아 반짝이는 강줄기를 물
끄러미 바라보았다.

그가 무슨 생각인가에 잠겨 있다는 것이 낯설었다. 생각에 잠길수록
범접할 수 없는 기운이 뻗쳤다. 나는 자꾸만 불편해졌다. 더 솔직히 말
한다면 아내 차를 얻어 타고 다녔던 작자가 둔탁하게 우는 새소리에도
그토록 진지한 표정을 짓는다는 사실이 못마땅했다. 지금껏 그를 생각
도 없는 떠돌이로 취급했기 때문에 그럭저럭 참아낼 수가 있었다.

─집을 나오신…… 거요? 처음부터 집이 없었던 것은 아닐 텐데.

나는 그의 약점을 최대한으로 꼬집었다. 뜨내기에 지나지 않는다
는 사실을 상기시켜 여태껏 남아 있는 앙금을 씻어낼 뿐만 아니라 잠
시나마 구겨졌던 자존심도 회복하고 싶었다.

그는 대답 대신 작고 뺀질거리는 눈으로 흘낏 보더니 웃음을 터뜨
렸다. 양볼 가득 잔주름이 물결졌다. 처음으로 그의 나이가 많을 거
라고 생각되었다. 웃음이 잦아든 얼굴은 순식간에 표정이 바뀌었다.
바둑판처럼 반듯반듯 나누어진 들판을 내려다보는 표정에는 애써
가꾼 사유지의 경계마저 별 의미가 없어 보였다. 그로부터 꿈틀꿈틀
번져나는 기운은 무엇인가를 따져 묻고 구분지으려는 생각조차 지
워버렸다. 꼬투리를 잡으려고 잔뜩 벼르고 있던 나는 그의 표정을

읽는 순간 알 수 없는 열패감에 시달려야 했다.

그는 이내 자신의 표정이 버겁다는 듯 다시 키득거리기 시작했다. 녹슨 경첩에서 나는 소리마냥 듣기 거북했다. 조금 전에 목격했던 모습이 의아스러울 정도로 그는 불량스럽게 웃어댔다. 주먹이 부르르 떨렸다. 저렇게 뻔뻔스러운 자가 수경과 단순히 차만 타고 다니지 않았으리라는 생각이 들자 온몸이 사시나무처럼 떨렸다. 그런데도 나는 꼼짝할 수가 없었다. 그의 방자한 태도에 어퍼컷을 날리며 침이라도 뱉어주고 싶었지만 손끝 하나도 움직일 수가 없었다. 다시 긁어부스럼을 만들고 싶지가 않았다. 될 수 있으면 민감한 부분은 건드리지 않고 싶었다. 그날 수경을 때리며 진실이란 얼마나 두려운 것인가를 깨달았기 때문이었다. 세월이 흐르면 미제의 꺼림칙함도 희미해지기 마련이었다.

"형님요, 헛된 희망으로 자신을 속였다고 했나유?"

태식은 여전히 코를 길게 늘어뜨리고 있는 종두 형에게 사뭇 시비를 걸었다.

"그 헛것마저도 걷어버리면 뭐가 남쥬? 해년마다 경작해야 하는 땅. 그 땅을 죽어라고 파도 이것저것 제하고 나면 손에 쥐는 건 몇 푼 안 되고. 이젠 그조차 경쟁할 수 없을 정도로 쏟아져 들어오는 수입품 앞에서 헛것이라도 걸치지 않으면 살아남을 수 있긋슈?"

태식의 잡도리는 남아 있는 자들에게 공감을 불러일으켰다. 포장마차 안은 금세 달아올랐다. 의무와 도리를 다하며 삶의 속성에 적당히 길들여진 자들의 성토가 천막을 부풀렸다. 자신들의 삶이 고단하게 여겨질수록 훌훌 털고 떠나버린 용이는 표적이 됐다. 그의 거침없는 행동, 방자한 웃음소리, 여자를 더욱 간드러지게 만드는 알 수 없는 힘이 어른거릴수록 주고받는 말들은 조잡해졌다.

"그 여자도 똑같은 방법으로 꼬셨댜. 버스를 타고 가다 말을 걸고 버스에서 내린 여자가 머뭇거리자, 그 틈새를 파고들어 본격적인 수작을 부린 것까지……."

용이의 행태를 비웃는 종두 형의 목소리가 커지자, 실내는 더 왁자지껄해졌다.

"암튼 용해. 바람둥이에 역마살이라. 근디 말여, 이해할 수 없는 게 바로 여자들이여. 여자들은 그런 바람둥이가 좋나 벼? 그런 놈한테 빠져 거리 귀신까지 자처하는 것 보면……."

태식은 주인 여자를 보며 물었다.

"연속극 보니 어떤 바람난 예편네가 그러데. 자기를 진정한 여자로 느끼게 해주더래나? 자기도 모르고 산 감정들이 막 쏟아져 나오드래. 세상에 태어나서 그런 느낌은 처음이라고 서방한테 늑신나게 은어터지믄서도 또박또박 대거리하데. 요즘 세상엔 바람난 것도 훈장이라니깐. 그러니 마누라들 안 뺏기려면……."

"안 뺏기려면?"

태식이가 채근했다.

"노다지를 캔 부모를 두든지……."

주인 여자는 나를 힐끔 쳐다보았다.

"중뿔나게 몸으로 때우는 수밖에……."

"여자들은 노다지 아니면, 남자들이 중뿔나게 때워줘야만 자기를 느끼나 벼!"

태식의 임기응변에 모두들 웃음을 터뜨렸지만 나는 웃을 수가 없었다. 자전거에 실린 채 암탉처럼 고개를 처박고 웃던 과수댁의 모습이 스쳤기 때문이다. 하얀 면양말까지 갖춰 신고 다니던 여자를 실성케 하고, 종국에는 거리 귀신으로 몰아가는 불가해한 힘이 나를 짓눌렀다.

밤은 깊었고, 술자리는 파장으로 치달았다. 용이를 안주 삼아 술잔을 더 기울일 수도 있었지만 예전처럼 마냥 떠들 수만은 없었다. 굳이 풀죽은 모습은 아니다 할지라도 그동안 조금도 의심치 않고 추종해온 삶의 좌표가 우왕좌왕하는 가운데 술자리를 끝내야 했다. 대부분 정류장 아래쪽에 사는 그들은 엇갈리는 발자국 소리를 내며 그림자도 없는 밤길을 걸어갔다.

밤바람은 차가웠지만 제법 무디어져 있었다. 바람의 세기로 계절의 흐름을 감지하는 것은 취기와는 무관한 일이었다. 들판과 산이 짙을수록 먼 곳의 불빛은 아련했다. 농수로를 따라 난 콘크리트 길을 걸었다. 동네 어귀에 나앉은 우리 집이 보였다. 낮은 담장에는 호박등이 켜져 있었다. 용이가 청계천 조명상가까지 따라 나가 직접 고른 등이었다. 자기 안의 자기를 찾아 나서지 못하는 사람들과 진실을 따르지 못한 자들을 위한 조등(弔燈)은 조용히 불을 밝히고 있었다. 이모집에 다녀오신 뒤로 수경이가 내미는 갖가지 서류와 건물 설계도에 은근히 관심을 보이는 어머니를 보며 쓴웃음을 지었지만 나 또한 그것에서 벗어날 수가 없었다. 그 환금성 작물을 두고 내 안의 진실을 찾아 한 치의 앞도 내다볼 수 없는 어둠 속으로 떠날 수는 없었다.

취기로 인해 기분이 점점 고조되었다. 휘청대는 걸음을 바로잡으려고 애썼다. 진정한 내가 느껴지던 때가 그리웠다. 순간 휘리릭, 하는 거대한 날갯짓 소리가 고개를 잡아끌었다.

밤하늘 저편에는 까만 우산 하나가 조용히 들판 위를 떠가고 있었다. 끝없이 떠나야 하는 거역할 수 없는 운명처럼 날개를 한껏 펼친 채 박쥐우산은 이쪽에서 저쪽으로 날아가고 있었다. 스스로도 억누를 수 없는 기운을 좇아 길 위의 나그네를 자처하고 있었다. 온통 자신의 존재에 귀 기울여야만 들을 수 있는 내면의 소리를 좇아 '완전한 몰락'*을 꿈꾸고 있었다.

나는 점점 멀어져가는 박쥐우산을 바라보다가 돌아섰다. 최소한 저렇게 떠날 수 있는 자에겐 수경과 운영하게 될 모텔마저 필요치 않으리라는 생각이 들자, 예리한 통증이 가슴을 그었다.

어둠 속에는 여전히 호박등이 켜져 있었다. 나는 그 불빛에 끌려가듯 걸음을 옮겼다.

|||||||||||

* 니체,『차라투스트라는 이렇게 말했다』에서

애일(愛日)

노루 꼬리보다도 짧다는 겨울해가 어머니 등에 머물러 있었다.

어떤 요구나, 조건 없이도 찾아와 얼멍얼멍하게 일렁였다.

어머니는 무상의 햇살로 빚은 이불을 덮고 있었다. 성욱은 그 빛이 걷힐까 두려웠다.

청하지도 않았는데 찾아왔듯, 잡으려 한다면 쉬이 사라질 터였다.

그 빛을 잡아둘 수 있는 건 그림밖엔 없었다.

애일(愛日)

　전시회는 이틀을 남겨놓고 있었다. 내일 오후엔 작품을 철거해야 했다. 어머니는 아직 전시회를 보러 오지 않았다. 마성신부전증을 앓고 있어 인사동까지 나오기는 힘들겠지만 당신의 생애를 그린 작품이기에 한 번쯤 보았으면 싶었다. 그림을 보지 않았으면 하는 마음도 없지 않았다. 어머니가 전시장에 들어서면 반가움보다 민망함이 더 클 것 같았다. 성욱은 하루에도 몇 번씩 뒤바뀌는 감정을 떨치려 걸음을 빨리 했다. 지하철역을 빠져나오며 인터뷰가 끝나면 어머니께 전화라도 드려야겠다고 생각했다.

　전시실로 들어서니 잡지사 기자가 기다리고 있었다. 며칠 전 휴대전화로 나눴던 목소리에 비해 나이는 좀 더 들어 보였지만 차림새는 산뜻했다. 머리를 짧게 자르고 몸체가 드러나는 터틀넥 니트에 부츠를 신고 있었다. 사진기자로 보이는 남자가 텅스텐 조명기기가 부착

된 카메라를 삼각대에 설치하고 있었다. 성욱은 목례를 하며 전시실 한편에 놓인 접대용 의자 쪽으로 다가갔다.

"『리딩 에스테틱스』에서 온 안현아입니다. 취지는 전화로 말씀드린 대로구요. 편하게 그림에 관한 이야기를 나누었으면 합니다."

성욱은 안내 데스크에 앉아 있는 도우미에게 커피를 부탁하고 스툴을 당겨 앉았다.

"보셔서 알겠지만 작품도 많지 않은 데다 미학과는 거리가 좀 먼편이어서……."

안 기자는 입술을 늘이며 웃었다. 잇속이 가지런하고 하얬다. 성욱은 프랑스 여배우, 누구처럼 웃는다고 말하려는데 이름이 생각나지 않았다.

"사랑이야말로 미학의 으뜸 아닐까요."

전시회 제목, '애일'을 염두에 둔 듯싶었다. 성욱은 좀 난감했다.

"그건 오히려 반어적으로 표현한 건데요……."

"그러겠죠. 흔한 말은 아닌데 좀…… 있어 보이잖아요."

종이컵에 담긴 커피가 왔고 우선 한 모금을 마셨다.

"그림 속 여인이 다 어머니시라구요?"

성욱은 고개를 끄덕였다.

"동일 인물로 보이진 않았어요. 젊을 때의 초상화도 있고 나이 들었을 때의 모습도 보이지만 한 인물로 여겨지진 않던데요."

"제겐 어머니가 세 분인 셈이죠."

기자는 아이라인이 보이도록 눈을 치떴다. 제대로 걸렸군. 기자의 입이 서서히 귀밑으로 당겨지고 있었다. 순간 자신이 발가벗겨지는 느낌이었다. 이 노련한 여기자는 세 명의 여인을 어머니로 둔 50대의 무명 화가에게서 제법 손맛까지 즐기려 할 것이다.

"전시회를 많이, 안 하셨더군요."

안 기자는 리플릿에 있는 약력을 훑으며 말했다. 성욱은 고개를 끄덕이는 대신 멋쩍게 웃었다.

"개인전으로는 처음입니다."

"네, 그룹전만 소개가 돼 있더라구요."

"그런데도 굳이 인터뷰를 하겠다고 해서 좀, 놀랐습니다."

"첫 개인전에 어머니의 생애를 다룬 것도 흥미로웠고, 전시회 제목 또한 호기심을 부추겼구요."

"순전히 작명 탓이군요."

둘 다 웃음을 터뜨리자, 존재감이 거의 없던 사진기자도 쿡쿡거렸다.

성욱은 기자가 휴대용 녹음기라도 꺼내길 기다리며 헛기침을 했다. 안 기자는 실내를 한번 둘러보더니 제안을 했다.

"직접 그림을 보며 이야기를 부탁드려도 될까요?"

성욱은 의아했다. 인터뷰라면 응당 마주 보고 앉아 어떻게 그림을 그리기 시작했나요, 부터 물을 줄 알았는데 자신을 데리고 전시장을 순회하고 싶은 모양이었다. 성욱은 인터뷰 경험이 없던 터라 그동안 꾸준하게 작품 활동을 해온 현식에게 전화를 했다.

─먼저 좌절과 실패담을 늘어놓으라구. 인터뷰이 삶이 파란만장할수록 흥미를 갖게 될끼니.

좌절과 방황에 대해서라면 자신 있었다. 어머니가 그토록 의사가 되길 바랐는데도 의대 시험에 번번이 낙방했다. 어머니는 다시 도전해보라고 채근했고, 이상하게 면목 없음이 반감으로 일었다. 어머니의 지칠 줄 모르는 의사 타령으로 자신이 수렁 속을 헤매고 있는 것처럼 여겨졌다. 어머니가 학원비로 준 돈을 흥청망청 써버리는 것이 유일한 반항이었다. 밤늦게까지 홍대 앞에서 술을 마시고 빈 거리를 터벅터벅 걸으면 마음이 편했다. 몇 시간이 지나지 않았는데도 불야성을 이루던 밤거리는 사라지고 거리는 텅 비어 있었다. 무엇인가를 녹일 태세로 덤벼들던 유혹의 열기는 감쪽같이 흩어지고 전단지 종이쪽과 먹다 버린 음료수 병, 찌그러진 캔들이 발끝에 차였다. 그럴 때면 세상이 거짓말 같았다. 존재하는 것들의 실상이 부질없어 보였다. 순식간에 이리 되는데도 그토록 발악을 하다니. 자신의 발자국 소리조차 가여워하며 빈 거리를 걷는 일은 그즈음 유일한 낙이었다. 마치 술을 마시며 그 시간을 기다린 양 폐점의 거리를 어슬렁거렸다. 그러던 어느 날…… 하며 전환점을 맞게 되던 때를 다소 비장 어린 목소리로 얘기할 준비가 돼 있는데 인터뷰어는 이런저런 것을 캐묻지 않고 함께 그림이나 보자고 했다.

안 기자는 〈어머니1〉 앞에 가서 섰다. 성욱은 다소 놀랐다. 수많은 여인상 중에서 〈어머니1〉을 찾아낸 것이다. 검은 옷을 입은 여인이 부른 배를 양손으로 감싸고 있는 그림이었다. 아이를 잉태한 여인은 상복을 입은 채 울고 있었다. 할로겐 조명은 목탄으로 검게 칠한 상복을 반질반질 윤이 나게 비추고 있었다.

"이 그림은 순수한 제 창작은 아니구요. 케테 콜비츠의 〈과부〉라는 목판화를 패러디해본 겁니다. 학부 때 모사를 하곤 했는데, 그 기억을 되살려 목탄으로 그려본 겁니다."

"이를테면 콜비츠에 대한 오마주인가요?"

"그런 거창한 건 아니구요. 다만 제겐 절실하게 다가온 그림이었거든요. 책자에서 우연히 본 그림이었는데, 보는 순간 검은 상복의 여인에게 꽂히고 말았으니까요. 아마 제 태생적 결핍에서 비롯된 것일 겁니다."

그림 속 상복을 입은 여인의 유복자가 되고 싶었다. 기준이 형이 군바리용 륙색에 넣어가지고 다녀 겉장이 너덜너덜해진 판화집에서 그림을 보는 순간 여인의 아이가 되고 싶었다. 검은 옷을 입고 슬픔에 찬 '과부'가 자신의 생모이길 바랐다. 그렇다면 자신을 버린 부모를 이해할 수 있을 것 같았다. 아버지가 전사하거나 혹은 사고로 죽고 도저히 여자 혼자서 키울 수 없어서 보육원에 보낼 수밖에 없었다고 한다면 태생에 대해 걷잡을 수 없던 의혹이 가라앉을 것 같았다. 누군가로부터 불가항력적이었다는 고백을 들어보고 싶었다. 아무리 애를 써보아도 어떻게 할 수가 없어 그렇게밖에 하지 못했다는,

눈물 콧물로 범벅된 두서없는 변명이라도 좋았다. 한 번만이라도 그런 극적인 상황을 맞는다면 가슴속에 흉기처럼 날을 세우고 있던 그 무엇이 녹아내릴 것 같았다. 그럴수록, 그것은 집요하고 맹목적으로 타올라 검은 상복의 여인은 생모가 되었다.

"목탄으로 수없이 모사하여 동아리 방 벽면에 붙여놓은 것을 보고 선배는 그러더군요. '그림 그리는 놈들은 자신의 어머니를 사랑할 수밖에 없다'고. 선배에게 왜 그러냐고 묻질 못했어요. 선배가 그렇게 말하면 그게 곧 진리였던 때니까. 그래서 저 자신을 '어머니를 사랑할 수밖에 없는 과'로 분류시켰지만 그 말처럼 평생 저를 괴롭힌 말은 없었어요. 어머니와 수없는 애증의 터널을 넘나들며, '어머니를 사랑만은 할 수 없는 과'로 추방하고 나니…… 좀 자유로워지더군요."

성욱은 숨을 몰아쉬었다. 그림을 그리는 동안 오갔던 생각들이 마구 쏟아져 나와 스스로도 좀 민망했다. 그래서 덧붙이지 않을 수 없었다.

"안 기자님은 어머니를 사랑하는 과에 속하나요?"

"아!"

그녀는 짧은 탄성 후 대답했다.

"아마도 살아 계셨다면……."

그러더니 이내 도리질을 하며 덧붙였다.

"아마 저도 강박에 못 이겨 사랑할 수만은 없는 과로 추방시켰을 거예요."

성욱은 기자가 자신의 말투로 대답해 고개를 끄덕이며 웃을 수밖에 없었다.

"언제…… 입양되었다는 것을 알았나요?"

성욱은 어느 시점이라고 말할 수가 없었다. 자연스럽게 알아졌다. 저절로 말을 배우며 인간의 도리를 깨우쳐가는 것처럼. 할 수 있는 것과 해서는 안 되는 것을 알아가는 것처럼 그것은 어느 순간 분별됐다.

"중학교 미술 시간이었죠. '어머니날'을 맞아 어머니의 얼굴을 그리라고 했어요. 저는 어머니의 표정 속 뭔가 더 깊은 것을 그리고 싶었어요. 어머니는 화장을 하고 옷을 갖춰 입으면 근사해 보였죠. 하지만 그 화장 뒤에 감춰진 쓸쓸함과 기괴한 적막을 표현하기 위해 꽤 애를 썼는데 어머니는 그 그림을 보더니 '이건 내가 아니다'라고 하더군요. 순간 저는 단순히 어머니의 얼굴을 제대로 그리기 위해 애쓴 게 아니라는 것을 알았어요. 그때부터 어머니와의 사이에 막이 있다는 걸 알았죠."

기자는 고개를 끄덕였다. 순간 그녀의 프로필이 한눈에 들어왔다. 콧날은 길쯤했고, 입술은 적당히 도톰했으며, 턱선은 달걀처럼 매끈하게 떨어졌다. 짧은 머리를 한 이유를 알 것 같았다. 고무 찰흙이 있다면 빚어보고 싶었다. 성욱은 옆얼굴 선이 아름다운 사람을 보면 신비했다. 본인이 모르는 아름다움을 선점한 기분이었다. 무엇보다도 옆얼굴엔 꾸밀 수 없는 진실이 있었다. 분명 웃고 있는데도 옆얼굴은 우는 듯해 보이는 사람이 있다. 만약 사람들이 자신의 옆얼굴에도 신경을 쓰기 시작한다면 성형의들은 지금보다도 훨씬 더 세분화된 성형술을 고안해내야 할 것이다.

"어머님이 상당한 미인이시네요."

안 기자는 몇 그림을 건너뛰더니 〈초상1〉 앞에 섰다. 코발트빛 원피스를 입고 서 있는 여인을 까까머리 소년이 바라보고 있는 그림이었다. 버스정류장 팻말을 등지고 먼 곳을 바라보고 있는 여인은 청남빛 배경 속에서 청초했다.

어머니의 인상은 차가운 편이었다. 눈은 속쌍꺼풀이 져 이지적이나 단단해 보였고, 입술을 앙다물면 매몰차 보였다. 6·25 전쟁 때 돌 지난 아들을 들쳐 업고 함경도에서 거제도 포로수용소까지 내려온 이력을 고스란히 담고 있었다. 군의관으로 징집됐다가 포로가 된 남편을 찾아서였다. 삶의 내력만큼이나 엄격하고 강단져 보여 거리감이 느껴지던 어머니가 그날은 유난히 아름다워 보였다. 양장점을 했던 어머니는 단골이 찾아가지 않는 옷을 마네킹에게 입혔다가 그래도 찾아가지 않으면 자신이 입었다. '후까시'를 넣은 머리를 틀어 올리고 원피스와 같은 계열의 핸드백으로 멋스러움을 더했다. 단골이 본다면 후회를 하게 만들었다.

어머니는 영화관에 가기 위해 버스를 기다리고 있는 게 아니었다. 명동 어떤 다방으로 가 맞선을 볼 것이었다. 자신이 혹처럼 여겨졌다. 복잡한 거리에서 어머니가 슬쩍 손을 놓을 것 같았다. 땀이 찼다.

성욱은 손만 잡는 것으로는 불안해 원피스 자락을 붙들었다.

−와 이레 지랄맞게 구네.

어머니가 야멸차게 떼어내면 그는 삐질삐질 울며 좇았다. 어머니의 아름다움은 그에게 공포였다. 어머니가 아름다울수록 버려질 거라는 조바심이 컸다. 어머니와 그 사이에 쳐져 있는 희미한 막마저 걷히고 나면 둘 사이가 남남이라는 것은 천하에 드러날 것이다. 자신이 버려질지도 모른다는 초조함 속에서 올려다본 어머니의 얼굴은 처연할 정도로 아름다웠다. 〈초상1〉은 그때 자신을 전율시켰던 기억을 고스란히 담고 있었다.

"이분은…… 케테 콜비츠 아닌가요?"

안 기자는 콜비츠 초상 앞에 섰다. 굵은 매듭진 손으로 이마 한쪽을 괸 작품이었다. 작가는 손가락 사이로 세상을 응시하고 있었다. 결연한 의지가 담긴 눈빛과 꼭 다문 입술은 응시만으로는 그치지 않겠다는 작가 의식을 잘 드러내고 있었다.

성욱은 반가웠다. 그녀가 콜비츠를 알아보는 세대라니. 공부가 깊어 미술사적으로 알고 있다 해도 좋았다. 굳이 설명이 필요 없는, 소중한 것을 공유한 기분이었다.

"제게 그림이 세상에 존재해야 할 이유, 혹은 그 의무를 가르쳐준 분이시죠."

"또 한 분의 어머님이시군요."

성욱은 턱언저리를 만지며 웃었다.

"그림들 바탕이 목탄화처럼 거친 이유를 알겠네요."

성욱은 콜비츠의 영향을 많이 받았다. 의식뿐만이 아니라 그림풍까지 닮고자 했다. 콜비츠의 존재는 기준이 형을 통해 알았다. 그녀는 주로 전쟁과 봉기, 기아와 죽음 등을 그렸다. 전쟁터 후방에서 맞는 죽음을 극적으로 그려 전쟁의 참상을 알렸다. 전사통지서를 받은 가족들은 죽음 앞에서 휘어지고 꺾이며 애통해했다. 영문도 모른 채 아이들은 엄마를 붙들고 울어야 했다. 슬픔과 굶주림 속에서도 아이들의 눈동자는 반짝였다. 먹을 것을 갈구하는 집요한 눈빛이었다. 그녀의 목탄 스케치와 판화는 당시 시대 상황과 맞물려 가슴을 얼어붙게 만들었다. 노동자와 농민의 봉기를 담아낸 '농민전쟁 시리즈'는 의식 있는 학도들의 이정표가 되기도 했다. 당시에는 케테 콜비츠를 얘기하거나 판화전집을 가지고 있다는 것만으로도 시대적 고뇌나 현실 참여에서 비켜나 있지 않다는 것을 의미하기도 했다. 독일의 한 여성 화가가 한반도의 남쪽 대학가에서 절대적인 환대를 받은 까닭은 죽음과 기아를 빚어낸, 전쟁이라는 굵직한 메타포 때문이었다. 본인 또한 전쟁에서 아들과 손자까지 잃은 아픔을 절절하게 쏟아냈다. 그녀의 판화나 목탄화가 시대참여적이면서 개인의 슬픔을 보편적인 정서로 끌어올렸기 때문에 한국 현실에 대해 나름 발언을 하고 싶어 하던 작가들에겐 전범이 될 수밖에 없었다. 누구보다도 현실적 비판의식이 강했던 형은 콜비츠의 판화집을 룩색에 넣어가지고 다니며 닳도록 봤다.

기준이 형을 만난 것은 한참 방황하던 무렵이었다. 그날도 취한 채 썰렁한 거리를 걷는데 어느 건물에 불이 켜져 있었다. 날이 더워 문까지 열어놓고 있었다. 러닝셔츠만 걸친 남자가 누군가의 얼굴을 그리고 있었다. 누군가의 얼굴을 그려보는 일은 성욱이가 가장 해보고 싶은 것이었다. 하지만 대상은 늘 머릿속에만 있었다. 그리워하던 누군가를 구체적으로 그려보고 싶은데 거기까지였다. 그런데 그를 보며 아, 내가 가장 해보고 싶어 했던 것은 저것이었지, 하는 생각이 들었다. 머릿속으로만 그려보다 말았던 일을 남자는 밤을 밝히며 하고 있었다. 성욱은 자신이 저걸 보기 위해 거리를 헤맨 것처럼 여겨졌다. 실내로 들어섰다. 남자가 고개를 돌렸다. 눈빛이 흑연처럼 반짝였다. 동이 틀 때까지 그와 얘기를 나누었다. 만약 그때 기준이 형을 만나지 않았다면 그림을 그리지 않았을까. 지금도 그 부분은 의문이었다.

어머니는 미대를 다니는 성욱을 못마땅해했다. 6월 항쟁 무렵 전이라 학내 시위뿐 아니라 거리 투쟁도 연일 계속됐다.

—네는 데모도 안칸? 신문과 텔레비엔 온통 시위대 이바구로 일색이든데 오솝소리 핵교만 왔다리갔다리함둥?

그가 시위에 가담하지 않는 것은 어머니를 의식했기 때문이었다. 데모하면 아이 됨둥. 우리 같은 따라지 인생은 데모하면 끝장남매. 어머니는 학교에 가는 그의 뒤통수에 주문처럼 외웠다. 그는 어머니가 이곳 서울에 정착하기 위해 얼마나 많은 밤을 재봉틀 위에서 새웠

는지를 잘 알고 있었다. 여배우 이름을 단 양장점이었지만 동네 장
사였기 때문에 외상값으로 드잡이가 잦았다. 어떤 단골은 얼마 전
돈을 갚았는데 옷값을 두 번씩이나 받아 처먹으려 한다며 덤터기를
씌웠다. '이북에서 굴러온 삼팔따라지', '남편에 새끼까지 잡아먹은
박복한 여편네'라며 목소리를 높인 경아리 억양으로 잔혹하게 몰아
세웠다. 그런 날이면 어머니는 가게 셔터를 내리고 밤새워 만든 옷
을 갈기갈기 찢으며 울었다.

성욱은 기준이 형이 자신을 시위대로 이끌 적마다 발뺌하지 않을
수 없었다. 의대 아닌 미대라도 무사히 졸업하는 것이 어머니를 덜
괴롭히는 일이었다. 하지만 어머니는 데모도 안 한다며 비아냥거렸
다. 그림이나 그리는 네가 뭘 알겠냐는 투였다. 며칠 뒤 성욱은 종로
경찰서에 연행됐다. 기준이 형이 직접 인쇄한 홍보물을 나눠주려고
광화문으로 달려 나갔다가 갑자기 들이닥친 백골단에게 붙잡혔다.
어머니가 보호소로 달려왔다.

─와 하라는 공부는 안 하고 딴짓거림매. 네래 세상을 알면 을매를
아네.

그때처럼 함경도 사투리가 이질적으로 들린 적은 없었다. 어느새
안면을 바꿔 쏘아대는 화살은 그를 꼼짝할 수 없게 만들었다. 동네
아낙의 말이 맞았는지도 몰랐다. 옷값을 받고도 안 받았다고 충분히
말할 사람이었다. 성욱은 자신의 연행을 어머니에게 알리고 싶어 다
른 학우들처럼 줄행랑을 치지 않았던 것이 얼마나 부질없는 짓이었

는가를 며칠간 보호소에 있으며 통렬하게 깨달았다.

"이분은?"

안 기자는 눈을 크게 뜨며 물었다. 어깨를 기댄 부부 초상이었다. 바스트샷으로 그려진 초상화는 지나간 시간을 자석처럼 여겨지게 했다. 오랜 시간을 함께하다 보니 머리와 어깨가 저절로 맞닿은 듯했다. 성욱은 어머니의 '닥터 황'을 한 번쯤 재현해보고 싶었다. 어머니는 여전히 그와 살고 있었다. 훤칠한 키에 듬직한 체구, 뿔테 안경 속 유순한 눈빛, 정의감과 의지력으로 충만했을 턱선과 다감했던 입술.

어머니가 고향 함흥에서 닥터 황을 만난 것은 전쟁 전이었다. 함흥 고녀 시절 책을 즐겨 읽었던 은옥은 문학적 상상력을 동원하여 그리워하던 대상을 실제로 만났다. 황은 의전을 졸업한 수련의였다. 그는 상처를 째고 자르는 일에 신중했다. 종기나 종양을 떼내고 꿰맨 바늘 자국이 점차로 아물며 몸이 회복돼가는 것을 지켜보며 자연치유력을 의술만큼 신뢰했다. 그가 전방으로 차출되었을 때도 자신의 손길을 필요로 하는 곳이면 어디든 마다하지 않겠다는 태도였다. 태어난 지 얼마 되지 않은 아들과 젊고 아름다운 아내를 두고 떠나는 것이 몹시 애석했지만 전쟁 발발 3개월 만에 낙동강 근처까지 밀어붙인 태세로 보아 적화통일은 목전에 있었다. 그는 곧 돌아올 것을 다짐하며 전방으로 향했다.

은옥은 홀로 아이를 키우며 남편을 기다렸다. 전세는 엎치락뒤치

락하다가 38선 부근에서 교착상태에 빠져 국지전으로 이어졌다. 휴전협상은 매번 결렬되고 38선 부근 지역은 하룻밤 사이에 아군이 격퇴당하고 적지로 변했다. 철원의 격전지에서 부상병을 치료하던 남편이 포로로 끌려갔다는 소식이 들려왔다. 퇴각하던 인민군들과 함께 체포되어 새로 지어진 거제도 포로수용소로 가게 될 거라고 했다. 휴전협정이 체결되어 군사분계선이 확정되면 남쪽으로 내려갈 수 있는 통로는 다 막힌다고 했다. 돌 지난 아이는 걸음을 뗐다. 저 정도라면 업고 갈 만했다. 은옥은 행장을 꾸리고 배편을 알아보았다.

원산에서 배를 타고 속초까지 내려온 은옥은 부산행 기차를 타기 위해 강릉으로 가던 중 아이를 잃었다. 고열에 설사가 멎지 않는 아이를 업고 뙤약볕 속을 걸었다. 오직 남편을 만나는 일 외엔 아무것도 생각할 수가 없었다. 남편을 만나면 아이의 병도 나을 수 있었고 모든 고통은 사라질 것이었다. 그 좌표는 어두운 밤길 총소리와 포성 사이에서도 북극성처럼 빛났다. 전쟁통이었지만 가슴에 별을 품었던 시절이었다. 전쟁이 아니었더라면 저 모습대로 늙어갈지도 몰랐다. 닥터 황이 이북으로 송환되지만 않았어도 저렇게 살았을 것이다. 어머니는 시절인연이라는 말을 자주했다. 인연에도 길이가 있다면 딱 그만큼의 거리. 1년이 조금 넘는 신혼 시절이 어머니의 평생을 지배했다.

안 기자는 이번 전시회 중 가장 큰 그림 앞으로 다가갔다. 100호가 넘는 크기로 한쪽 벽면을 차지하고 있었다. 철조망으로 둘러싸인 천막 수용소는 암갈색 어둠으로 뒤덮여 있었다. 거제 수용소는 거대한 천막촌이었다. 검은 텐트가 우뚝우뚝 솟아 있었다. 어둠에 잠긴 수용소 지붕들은 큰 깃을 가진 새가 잠든 듯 음울했다. 어둠 속에서 수용소를 둘러싼 철조망 가시만이 빛났다. 철조망에 손이 닿으면 전기가 흐를 것처럼 음산하게 빛났다. 빈 포대기를 허리에 두른 여인이 어깻죽지를 내려뜨린 채 그 안을 바라보고 있었다.

"유일하게 철조망만이 살아 있는 것 같아요."

안 기자는 이 그림을 그릴 때의 느낌을 정확히 짚어냈다. 철조망의 위력을 표현해보고 싶었다. 같은 하늘 아래 훤히 들여다보이는 공간인데도 철조망 하나로 금기구역이 나뉘었다. 초소와 망루까지 세워 철통같은 수비를 했다. 민간인 지역 속의 전선이었다. 담이나 벽면에 지나지 않는 설치물이 그토록 완강한 힘을 발휘할 수 있었던 것은 전쟁포로인 인민군과 의용군을 수용하고 있기 때문이었다.

낮에는 위상이 달라졌다. 밤에는 새의 깃털 움직이는 소리도 들릴 것처럼 고요하고 섬뜩한 공간이 낮이 되면 어수선해졌다. '철망 너머로 말, 혹은 물품을 교환하지 말 것'이라고 써 붙여놓은 표지판 아래서 사람들은 말을 주고받으며 물품을 교환했다. 경비가 삼엄했으며 조금만 수상쩍게 굴어도 총부리를 겨누는데도 틈새로 담배나 일용품을 사고팔았다. 은옥은 철망 너머에서 머리에 허옇게 DDT를 살포한 채 볕을 쬐거나, 투전판을 벌이고 있는 포로들에게 군의관 황

명식을 아냐고 묻고 물었다. 웬 미친 여자가 의사를 찾는다는 소문이 퍼져 나갔는지 사나흘쯤 후에 남편이 다리를 절며 나타났다. 민머리에 헐렁한 인민군복 차림이었다. 멀고 고된 피난길에서 북극성처럼 자신을 인도하던 귀성스런 자태가 아니었다. 은옥은 남편의 누추한 행색도 놀라웠지만 데면데면하게 구는 모습을 보자 가슴이 미어졌다.

—어드렇게 왔네.

은옥은 말을 이을 수가 없었다. 무엇을 어떻게 말해야 할지 아뜩했다.

—아는?

남편의 퀭한 눈은 은옥의 등을 더듬고 있었다.

—호열자로 그만…….

은옥은 고개를 흔들며 말을 잊지 못했다. 밤낮으로 사흘을 걸어 강릉에 도착하니 아이는 몸을 가누질 못했다. 그 연하고 야들야들했던 생명체는 미라처럼 굳어 있었다. 은옥은 포대기 속에서 서로를 확인했던 존재를 길 위에 버려진 주검들처럼 내려놓아야 했다. 억장이 무너졌다. 경포대 근처의 숲 속에 정신없이 아이를 묻고, 부산으로 내려와 군함을 얻어 타고 거제도에 들어오기까지 허공을 걷는 것만 같았다.

—와, 왔네. 와 내레완.

남편은 철망을 붙잡고 흔들었다.

―내레 이 살벌한 곳에서 을마나 어렵사리 북송을 택한 줄 아네? 이남이든 북이든 결정했다고 소문나면 밤새 모가지가 동강나는데도 'G' 도장을 받아낸 건 내만을 기다리고 있을 처자식 때문 아임둥. 기란데 와…….

남편은 주저앉으며 절규했다.

―내레 이미 북송자로 낙인찍힌 몸이구마, 하늘이 두 쪽 나도 엘에스티를 타야 하구마…….

은옥은 남편이 고현리 임시 부두에서 미군함을 타고 북으로 가는 모습을 제대로 지켜보지 못했다. 그대로 쓰러졌기 때문이었다.

"어떻게 그런 일이…… 참으로 비극적 아이러니가 아닐 수 없군요."

안 기자는 턱을 괸 손을 다른 팔로 받친 채 띄엄띄엄 말했다. 비극적 아이러니라는 말이 다트처럼 박혔다. 성욱은 미래가 양양했던 젊은 부부의 삶을 한순간 어긋나게 한 것을 그려보고 싶었다. 60년이 넘도록 그들을 가로막고 있는 것을 형상화해보고 싶었다. 철조망은 어떤 무기보다도 강력하고 절대적이었다. 그런데 진짜 비극적 상황은 전쟁이 끝나도 이어진다는 것이다. 별리의 상징물을 품은 사람들은 스스로 철조망을 걷어낼 줄 몰랐다.

파도 소리와 갈매기 울음소리만 가득했던 거제도에 포로수용소를 짓기 시작하자 부산이나 가야 수용소에서 포로들이 이송됐다. 그들을 감시, 관리하는 미군 부대와 한국군 부대도 늘어만 갔다. 차가 한

대도 없던 섬에 지프나 덤프트럭이 꼬리를 물었다. 수용소 주변엔 미군과 한국 군인을 상대하는 여자들도 많아졌다. 은옥은 학교 때 배운 영어와 일본어 실력으로 밥과 술을 파는 식당에서 머물 수가 있었다. 그녀들을 대신해서 편지도 써주고 군인들이 외박을 나오면 통역도 해주었다.

은옥을 찾는 미군이 있었다. 미국 사람은 아니었다. 하와이에 사는 미국 국적을 가진 일본인이었다. 그는 은옥과 일본어로 대화를 할 수 있어 좋아했다. 은옥은 외박 때면 자신을 찾는 미군을 거절할 수가 없었다. 함께 하와이로 가서 살자고 했다. 태평양 한가운데 있다는 그 섬이 낙원처럼 다가온 것은 전혀 모르는 곳이었기 때문이었다. 은옥은 남도, 북도 아닌 제3국으로 떠난 포로들을 이해할 것 같았다.

휴전협정이 체결됐다. 군사분계선이 확정되고 접근조차 할 수 없는 비무장지대까지 생겨났다. 중공군과 인민군 포로들이 각기 원하는 곳으로 떠나자 천막은 걷혔고 미군과 한국 군인들도 LST를 타고 뭍으로 돌아갔다. 외박 때마다 하와이행을 다짐했던 미군 또한 그 배를 타고 떠나버렸다. 은옥은 해안 절벽 낭떠러지를 찾았다. 그녀 앞에는 어지러운 파도 속으로 떨어져 내리는 일만 남아 있었다. 두려운 결행만이 한 가닥 남은 용기였다.

천길 물속을 돌아 용궁 어디쯤으로 여긴 곳은 미군과 함께 산책하던 몽돌해변이었다. 집채만 한 너울성 파도는 그녀를 자갈 위로 밀어놓고 사라졌다. 심한 하혈의 흔적이 검은 미역처럼 하반신을 감싸고 있었다. 겨우 몸을 추스른 은옥은 부산으로 나와 경부선을 탔다.

고된 노동이 있어 하루를 보낼 수 있었다. 환풍기도 없는 좁은 공간 속에서 원단이나 천쪼가리에서 나오는 먼지로 숨쉬기조차 힘들었지만 온종일 재봉질을 하다 보면 하루가 저물었다. 청계천 봉제공장에서 일을 마치고 판자촌으로 돌아오면 저녁을 먹으면서도 좋았다. 다행히 '시아게'가 깔끔하고 손놀림이 빨라 보조 딱지를 빨리 뗐다. 미싱 한 대만 있어도 먹고살 수 있었다. 미군부대에서 흘러나오는 군복을 물들여 작업복으로 만들었다. 봉제공장에서 하청이라도 받으면 틀질 소리가 날아갔다. 눈썰미가 좋았던 은옥은 극장 앞 영화 간판도 허투루 보지 않았다. 주연 배우가 입은 옷을 잘 봐두었다가 비슷하게 만들어냈다. 60년대에 들어서 쏟아져 나온 '다후다'나 '지지미'는 면직물이나 견직물에 비해 취급하기가 쉬웠다. 합성섬유의 발달로 레이스나 반짝이 소재가 넘쳐났다. 은옥은 시장통 입구에 있던 구멍가게를 인수하여 양장점을 개업했다.

가게 안쪽으로 딸린 제법 큰 방에 누우면 수많은 기억들이 부유했다. 뜨신 방에서도 등짝이 시렸다. 제법 듬직한 것을 차지한 것 같은데 헛헛했다. 시린 등을 채울 수 있는 것은 따스하고 말랑말랑한 촉감뿐이었다. 그때부터 보육원을 찾아다녔다.

"두 분이 그렇게 만나셨군요. 운명적으로……."

성욱은 천천히 고개를 저었다. 어머니와 만남을 그렇게 말하고 싶지 않았다. 그것은 어떤 단어로도 표현할 수가 없었다. 함흥에서 들쳐 업고 내려온 유일한 혈육이 돌림병으로 죽지 않았다면, 그 빈자리를 채우기 위해 어머니가 보육원을 전전하지 않았다면 결코 모자 관계가 이뤄지지 않았을 것이다. 어머니가 어린 그를 업었을 때 죽은 형과 몸피가 비슷했고, 아이는 엄마의 등이 그립기라도 한 듯 왈칵 달라붙어 친밀감을 표시하지 않았던들 어머니는 다른 아이를 업었을 것이다. 성욱은 수많은 조건과 절차, 울컥하는 감정이 적절하게 맞아떨어지지 않는 한 이뤄질 수 없는 모자 관계를 단순히 '운명적이다'라는 말로 단정지을 수 없었다. 첫 안김에서부터 50년 넘게 이어온 모자 관계를 그렇게 치부해버린다면 너무 헐겁고 성의 없어 보였다. 애증의 되풀이 속에서 집을 나가고 싶은 마음은 단잠보다 더 유혹적인 적도 있었다.

"어머니와의 만남을 '운명적'으로만 여겼다면 다시 그림을 그리진 않았을 거예요."

성욱은 단호하게 말했다.

"우연이든, 필연이든 모자로 사는 동안 변수가 따르기 마련이죠. 모든 관계가 그렇듯 말입니다. 그것을 제 나름으로 헤아려보고 싶었어요."

그때였다. 어머니가 전시실 안으로 들어오고 있었다. 기자를 전시실 안쪽 제2전시실로 안내하려는 순간이었다. 얼굴이 화끈 달아올랐다. 성욱과는 달리 어머니의 모습은 느리고 차분했다. 오랫동안 만성질환에 시달려 얼굴이 부석부석하고 누렇게 떠 보이는데 오늘은 붓기도 가라앉아 있었고, 표정도 침울해 보이지 않았다. 어머니는 골드브라운색 바바리코트를 입고 있었다. 그가 사다 드린 옷이었다. 모처럼 비싼 값을 치르고 사드렸는데도 잘 입지 않아 서운했다. 금색 펄이 섞인 코트는 은발과 잘 어울렸다.

"등을 그리셨군요……."

어느새 안 기자는 제2전시실에 전시된 첫 그림을 보며 말했다. 성욱은 인터뷰의 흐름을 깰 수가 없었다.

"혹시 기자님은 어떤 것에 대해 몹시 두려워하거나…… 그런 기억 같은 걸 가지고 있나요?"

성욱은 고개를 끄덕인 후 물었다.

"트라우마를 말씀하시는 건가요?"

"뭐, 그렇다고 해도 상관없구요."

"등 돌린 와상 앞에서 물으니 등에 대해 말씀하고 싶으신 거군요."

성욱은 기자의 재빠른 호응에 웃었으나 이내 씁쓸했다.

'이산가족'을 찾는 생방송을 할 때였다. 피난 내려오다가, 혹은 피치 못할 사정으로 헤어진 가족들을 찾는 과정이 매일같이 방송됐다. 사연은 날로 넘쳐나 방송으로 다 접수할 수가 없었다. 혈육을 찾는 심인광고가 여의도 방송국 앞 광장을 메웠다. 학교에 가도 온통 그 이야기뿐이었다. 수업시간이면 선생님들도 이산가족의 아슬아슬한 만남을 얘기했다. 그들 모자만이 그 북새통에서 벗어나 있었다.

"방송사도 정규 방송까지 중단하고 이산가족을 찾는 생방송을 온 종일 내보냈는데, 어머니는 아예 텔레비전을 켜지 않았죠."

집 안엔 기괴한 적막만이 감돌았다. 그 적막감 속에서 성욱은 어떤 싹이 움트는 소리를 들었다. 자신도 혈육을 찾을 수 있을 거라는 희망이었다. 고등학교에 다니고 있던 성욱은 자신도 팻말을 들고 방송에 나가면 생모나 생부를 찾을 수 있을 것 같았다. 먼저 자신을 데려온 보육원을 알아보고 아직 보육원이 남아 있으면 기록을 찾아보고 싶었다. 자신이 어느 곳에서 태어났는지 어떤 이유로 버려졌는지만이라도 알고 싶었다. 하지만 어머니의 유령처럼 어둡고 쓸쓸한 얼굴을 보면 물을 수가 없었다. 생방송을 하던 긴 시간 동안 자신의 걷잡을 수 없는 갈망과 그것을 내리덮던 황량하면서도 괴이쩍은 적막을 잊을 수가 없었다.

"생방송 프로그램으로 이산가족에 대한 관심이 쏠리자 정부 차원에서 '남북 이산가족 만남'을 주도했죠. 어머니는 몹시 힘들어하더군요. 그 모습을 보고 있자니 분노가 치밀더군요. 저야말로 이것저것 묻고 싶은 게 많은데도 차마 묻지 못하고 버티는데 어머니는 자신의 상처로 시위하는 거 같았어요. 어머니를 돌려세워놓고 싶었죠. 끔찍한 철조망처럼 완강하게 둘러쳐진 적막을 깨고 싶었어요. 어머니에게 다가가 등을 안았죠. 그 옛날 제가 안겼던 등을 다시 찾고 싶었어요."

어머니의 생경해하던 눈빛은 충격적이었다. 니가 왜, 아니 니가 뭘

데 하는 표정이었다. 어머니의 등은 자신이 침범할 수 있는 영역이 아니었다. 어머니는 자신의 등에서 유일한 혈육을 내려놓지 않고 있었다. 그 허퉁했던 자리를 네가 메워줘 얼마나 고마운지 모른다며 볼을 비벼가며 울었으면서도 그 빈자리에는 아무것도 들여놓질 않았다. 그는 자신을 살갑게 맞아준 여인의 등에서 새롭게 태어났다고 여겼다. 어쩔 수 없이 내밀었고 단숨에 다가가 업혔을 등, 그는 그곳을 혈육이 다른 두 인간이 만날 수 있는 최고의 접점으로 여겼다. 그렇게 다져왔던 생각들이 한순간 무너져 내렸다. 그는 가출을 하고 말았다.

안 기자가 눈을 크게 뜨고 성욱을 바라보았다.

"딱히 갈 때가 없어 과방에서 지냈죠. 친하게 지내던 친구들이 반찬도 가져다주고 해서 그럭저럭 견뎠는데 여름방학을 앞두고 한 친구가 자기 고향에 가자는 거예요. 썩 내키진 않았지만 따라갈 수밖에요."

현식의 고향은 영주 무섬마을이라는 곳이었다. 분명 내륙 지역인데 태백산에서 발원한 내성천이 마을을 휘감고 돌아 육지 속의 섬마을이었다. 강을 건너 마을로 들어가는 길은 외나무다리가 전부였다. 해안선처럼 굽어진 다리를 건너 마을에 이르렀다.

―아재 오셨니껴.

솟을대문까지 갖춘 고택 앞을 지나던 중 중년 아저씨가 현식에게 허리 굽혀 인사했다. 성욱은 자신이 타고 내려온 기차가 타임머신 같았다.

－문중 사람인데 나가 워낙 항렬이 높아서 안 그라나. 삼백 년이 넘는 집성촌이다 보이 한 집 건너 아재고, 두 집 건너 당숙인기라. 사돈네 팔촌까지 다 모여 사는 동네라 한 번씩 집에 오면 인사하러 댕기기 시껍데이.

성욱은 퇴색해가는데도 위엄을 지닌 고택들도 신기했지만 마을 사람들이 친인척으로 이뤄져 있다는 것이 더 놀라웠다. 한 가지 수종으로 이뤄진 군락지에 와 있는 기분이었다.

－식이, 재실에 올라가 잘끼제.

저녁상을 물리자 친구 어머니는 당연하다는 듯 말했다. 고샅을 빠져나와 '헌수재'에 오르니 달빛도 밝고 강바람도 시원했다. 그날 밤 성욱은 현식과 안동소주를 꽤 많이 마셨는데도 잠을 이루지 못했다. 400년 가까이 재각을 지키며 무성해질 대로 무성해진 팽나무가 강바람에 연신 잎사귀를 비벼댔다. 낭랑하게 글 읽는 소리 같았다. 멀리서 개 짖는 소리조차 성독에 화답을 하는 것 같았다. 새하얀 창호지는 달빛과 미세한 소리까지 그대로 걸러주었다. 작고 연약한 나무 한 그루가 어른거렸다. 그와 어머니가 뿌리 내리도록 애썼으나 그마저도 뽑혀 있었다. 영주에서 돌아온 그는 집으로 들어갔다.

"선배 말이 맞았네요. '어머니를 사랑하는 과' 맞으세요."

안 기자가 웃으며 말했다.

"어머니가 애주가이신가 봐요."

어머니가 홀로 술을 마시는 그림을 보며 그녀가 목소리를 다소 높였다.

"거의 알코홀릭이셨죠."

어머니는 술에 취하면 닥터 황 이야기를 빼놓지 않았다.

—닥터 황은 수련의를 마치면 무의촌에 가서 의술을 펼치고 싶어 했디. 게우 뱃길이 닿는 섬도 마다하지 않슴. 아마 전쟁이 나지 않았으면 기리 했을구마.

어머니는 독한 술을 좋아했다. 위스키나 보드카를 얼음도 섞지 않고 바로 마셨다. 입안에 털어 넣고 삼키면 위장에 퍼지는 열감이 좋다고 했다.

—군의관으로 가게 됐을 때도 야전병원을 '외과학교'로 생각했디. 한 번의 전투 때마다 사상자와 부상병이 쏟아지는 기곳이야말로 의술이 가장 필요한 곳이라고 여겼디. 기래서 기꺼이 출정하디 않았슴매.

늦은 밤 식탁에 홀로 앉아 마치 누가 옆에 있기라도 하듯 중얼거렸다. 성욱은 그런 어머니 모습을 보면 안쓰럽기보다 두려웠다. 보이지 않는 대상과 이야기하는 것처럼 여겨졌기 때문이었다.

—클로다인 한 움큼만 있었어도 아가 그리 허망하게 가진 않았을 낀데. 그 바짝 마른 입술에 설탕물 한 모금만 축여줬어도 내 등에서 몇 시간을 더 머물다 가지 않았겠슴……. 기때 내레 정신없이 강릉역으로 내리갈 기 아이라 설탕물을 구하려고 민가를 찾아가야 하디 않았겠슴…….

어머니의 한탄은 강물처럼 이어졌다.

—지금도 아는? 하고 물으며 내 등을 짯짯이 훑던 닥터 황의 눈길을 잊을 수 없디. 이미 빈 등이던 내를 불길한 눈길로 쏘아보더니만 결국 내 도리질에 끄응, 하고 주저앉던 모습은 확인사살을 절감케 했디. 한뉘를 지아비와 살아야 한다고 생각했구마. 기래서 빗발치는 포탄과 비암보다도 더 징그러운 탐조등을 헤치며 내려왔디. 그칸데 어느 순간 간나 잡아먹은 에미나이에, 지아비에겐 버림받은 천덕꾸러기가 되삐지 않았겠슴.

거기까진 평상시 어조였다. 그다음부터는 누군가에게 보내는 격렬한 항의였다.

—북송? 처자식이 이남에 내려왔는데 와 지아빌 북으로 보냄? 와 가족을 부러 찢어발김? 기래놓고 이산가족을 찾아준다고마? 지들이 찢어발게놓고 다시 붙여준다고마? 하, 눈 가리고 아웅함둥?

어머니는 울부짖다 지치면 식탁 밑 의자로 고꾸라졌다. 검불처럼 쓰러진 어머니를 안아다 침대에 뉘는 일이 지겹기만 했다. 하지만 어머니는 신부전증이 심해지자 술을 마시지 못했다. 독백도 그쳤다.

성욱은 지금쯤 어머니는 어떤 그림을 보고 있나 궁금했다. 고개를 돌렸으나 벽면에 가려 바깥쪽이 제대로 보이지 않았다.

"어머님은 이 전시회를 보셨나요?"

성욱은 안 기자의 기습에 움찔했으나 자신 있게 고개를 끄덕였다. 하마터면 방금 이곳으로 오신걸요, 할 뻔했다.

"지금도 어머니랑 같이 살고 계시나요?"

"아내랑 헤어진 후로는 쭉 같이 살다가 이 전시회를 준비할 때부터 작업실을 얻어 나왔어요······."

캐나다로 떠난 전처는 성욱과 함께 그곳으로 가고 싶어 했다. 친정 식구가 다 캐나다로 이민을 가 있었다. 아내는 에드먼턴에 다녀오면 그곳을 못 잊어 했다. 로키산맥이 품고 있는 높고 낮은 산들과 침엽수로 에워싸인 호수의 전경, 겨울이면 집에까지 여우가 내려와 발자국을 남기고 가는 평화롭고 한적한 곳을 김포에 내리는 순간부터 그리워했다. 아내는 한우보다도 알바타 소고기를 더 으뜸으로 쳤다. 혹독한 추위를 이기느라 지방이 적절하게 분포되어 마블링이 추상화 못지않았다. 남북으로 나뉜 나라에서 지방색도 짙은 데다 '극우'니 '종북', '좌빨' 등 삿대질이 그치지 않고, 언제 전쟁이 터질지 모르는 곳을 떠나자고 했다. 50년이 흘렀는데도 전쟁의 망령은 여전히 주변을 맴돌고 있다고 했다. 아내는 어머니가 아직도 그들과 내통하고 있다고 여겼다.

성욱에게 캐나다로 가서 다시 그림을 그려보라고 했다. 로키의 유니크한 전경을 그려 고국에 와서 전시회를 열라고 했다. 미술 교사였던 성욱은 그림만큼이나 이민에 대한 동경도 없었다. 무엇보다도 어머니를 두고 갈 수는 없었다. 전처는 성욱하고만 사는 게 아니라고 했다. 늘 어머니란 존재가 곁에 있다는 것이다. 신혼 때 1년 같이 살고 분가했는데도 전처는 어머니라는 존재를 부담스러워했다. 하루를 같이 지내도 말 한마디 없다고 했다. 성욱은 어머니가 말을 하지 않는 것은 말할 상황이 아니어서라는 것을 잘 알고 있었다. 굳이 자신이 할 말이 없으면 하루가 아니라 1주일을 같이 있어도 말을 안 했을 것이다. 그러다 한 번씩 독설이 터지면 상대의 비위짱을 긁어 놓았다. 성욱은 어머니의 그런 침묵과 독설에 어느 정도 적응이 됐 지만 유복한 집안의 막내로 자란 아내는 힘들어했다. 늘 누군가와 애정과 관심을 주고받아야 하는 타입에게 빈말하는 것을 끔찍해하 며 온종일 입을 다문 어머니가 괴물처럼 여겨졌을지도 몰랐다.

"아, 이건…… 햇살이 등에……."

누워 있는 어머니 등으로 볕이 내리쬐는 그림이었다. 그림 앞에 선 그는 숨을 고르느라 잠시 입을 다물었다. 수많은 장면들이 오갔다. 어머니의 신부전증이 만성으로 치닫자 의사는 신장 이식을 권했다. 성욱은 어머니에게 뇌사자나 타인의 것이 아닌 자신의 신장을 기꺼 이 기증하고 싶었다. 자신의 건강한 장기가 어머니의 망가져버린 콩 팥을 대신할 수만 있다면. 혈액형 검사에서부터 백혈구 조직 적합성 항원 검사, 임파구 교차 검사를 받았다. 그런데 백혈구 조직 적합 항 원이 맞지 않아 이식을 할 수 없다고 했다. 혈육이었다면 순조롭게 진행할 수 있었다. 방법이 없는 것은 아니었다. 신장이식 교환술이 었다. 같은 처지의 이식 대기자 가족이나, 타 의료기관에 등록된 이 식 대기자와 맞바꾸는 것이다. 그것도 여의치 않아 한번 더 교환을 거쳐야 했다. 3각, 4각 절차를 기다려야 했다.

"참으로 끈질기더군요. 그 아이러니라는 존재 말예요. 일이 될라

싶을 때 꼭 어깃장을 놓는…… 그렇게 치밀한 각본을 감히, 누가 짤 수 있겠어요? 전 그때부터 운명도, 신도 믿지 않았어요. 지금도 어머니는 1주일에 세 번씩 병원에 나가 혈액을 투석하십니다. 혈압이 높아 약까지 드셔가며……."

어느 날 그가 집에 갔더니 어머니는 거실 소파에서 잠이 들어 있었다. 노령에 네 시간씩이나 투석을 했으니 힘에 부쳤던 것이다. 외투만 벗고 소파로 그대로 쓰러졌다. 노루 꼬리보다도 짧다는 겨울해가 어머니 등에 머물러 있었다. 어떤 요구나, 조건 없이도 찾아와 얼멍얼멍하게 일렁였다. 어머니는 무상의 햇살로 빚은 이불을 덮고 있었다. 성욱은 그 빛이 걷힐까 두려웠다. 청하지도 않았는데 찾아왔듯, 잡으려 한다면 쉬이 사라질 터였다. 그 빛을 잡아둘 수 있는 건 그림밖엔 없었다.

한동안 그림만 보고 있던 기자가 띄엄띄엄 말했다.

"애일은…… '겨울해'였군요."

성욱은 고개를 끄덕였다.

"전 시경(詩經)에 나오는 뜻으로 알고 왔거든요……."

안 기자는 덧붙였다.

"선생님의 작품을 이달의 그림으로 선정하고 기획안을 올렸더니, 팀장님이 애일의 뜻을 아느냐고 묻는 거예요. 제가 적당히 얼버무리자, 어원을 설명해주셨어요. 옛날 사람들은 부모 봉양하는 것을 삼정승하고도 바꾸지 않을 정도였대요. 봉양하는 날짜가 줄어드는 것을 안타깝게 여겨 아낀다는 뜻으로 쓴다고 했어요, 작가에게 필히 사연이 있을 거라고 덧붙이며……."

"그래서 그 사연을 캐러 오신 건가요?"

안 기자가 멋쩍게 웃으며 말했다.

"제가 쓰는 꼭지가 '이야기로 읽는 그림'이거든요."

성욱은 고개를 끄덕였다. 안 기자와 안내 데스크 쪽으로 나오며 보니 어머니는 철조망을 그린 그림 앞에 서 있었다. 어깨가 축 처져 있었다. 그림 속 여인처럼. 성욱은 어머니에게 다가가 어깨를 감싸주고 싶었다.

"솔직하고 진지하게 얘기해주셔서 정말 고마웠어요."

안 기자가 꾸벅 인사까지 하는 바람에 성욱도 몸을 접을 수밖에 없었다.

"오히려 제가 즐거웠습니다. 제 이야기를 이토록 진지하게 들어주는 분은 처음이었거든요."

그녀가 하현달처럼 웃었다. 손을 내미는 기자에게 프로필이 아름다웠다는 말을 할까 하다가 그만두었다. 성욱은 요즘 들어 모든 것이 덧없다는 생각을 자주 했다. 3년 가까이 준비한 전시회 작업조차도 크게 의미를 두지 않았다. 조금씩 사위어가다 어느덧 흔적 없이 사라지는 것들에 대해 나름 의미를 매겨봤을 뿐이었다.

기자를 보내고 휴대폰을 보니 부재중이 세 통이나 찍혀 있었다. 내일 작품을 실어낼 용역 회사의 번호와, 갤러리 주인인 화상의 전화였다. 〈초상1〉을 원하는 고객이 있다며 며칠 전부터 가격 조정에 들어갔다. 40여 편이 넘는 그림 중 한 작품만이 거래 선상에 올라 있었다. 나머지를 보관하는 것도 골칫거리였다.

어머니가 보이지 않았다. 전시실 안쪽 작은 홀까지 가봤으나 없었다. 화장실에 가셨나, 하고 기다렸지만 10분이 지나도 오지 않았다. 휴대폰도 받지 않았다. 자신이 있는 줄 알면서 일부러 모른 척하고 갈 리는 없었다. 조금 전에는 동행이 있어 피했다 해도 소리 내어 마무리 인사까지 나누었으니 모르진 않았을 것이다. 혹시나 해서 데스크에 놓여 있는 방명록을 훑었으나, 어머니의 이름은 적혀 있지 않았다.

문자가 왔다. 현식이었다. 인터뷰 잘 마쳤냐는 내용이었다. 덕분에 잘 마쳤노라고 답을 보냈다. 저녁에 동기들과 모임이 있으니 술잔을 주고받다 보면 오늘 했던 인터뷰 내용은 왁자지껄하게 부풀려질 것이다. 약속 시간까지는 한 시간 정도가 남아 있었다. 데스크 안내인에게 먼저 들어가겠다고 하고 밖으로 나왔다.

양재역 근처 흑돈집으로 가기 위해 지하철을 기다리는데 안 기자의 말이 떠올랐다. 『시경』의 뜻처럼 성욱 또한 초조함으로 조바심을 치던 때가 있었다. 겨울해를 그려 넣는 그림이 완성될수록 째깍거리는 소리가 들렸다. 마치 자신이 그림으로 남은 시간을 확인하는 것 같았다. 붓을 든 저승사자처럼 여겨졌다. 그는 불안함과 두려움에서 벗어나기 위해 쫓기듯 그림을 그렸다. 자신의 그림에 주술적인 힘을 쏟아부을 수만 있다면. 부적이라도 좋았다.

어머니의 휴대폰 단축번호를 다시 눌렀다. 받지 않았다. 얼굴이 달아오르며 심장이 걷잡을 수없이 뛰었다. 도로까지 나가 택시를 잡아 탔다.

퇴근 인파로 종로 3가에서 광화문까지 가는 데 20분이 넘게 걸렸다. 경복궁역 근처에서 내렸다. 어머니가 살고 있는 구파발까지 가려면 아무래도 지하철이 나았다.

무악재, 홍제, 녹번, 불광…… 역 이름이 강물처럼 흘러갔다. 성욱은 긴 배를 타고 지하 수로를 거슬러가는 것 같았다. 하루가 생의 전체를 느껴지게 하는 날이 있다. 인터뷰 탓만은 아닐 것이다. 인터뷰 탓이었다. 그놈의 인터뷰 탓이었다! 50대에 이르니 지천명에 대해 자주 생각하게 됐다. 천명은 무엇인가. 그에게 주어진 천명은 있기나 한 것인가. 생의 반환점을 넘긴 그가 지금 꼭 해야 할 일을 알아차리는 것이 천명 아닐까. 평생 화두였던 어머니를 그리는 것이 지금 해야 하는 일이라면. 그는 서둘러 학교 근처에 작업실을 얻었다. 퇴근하면 곧장 달려가 자정까지 그림을 그렸다. 전시회는 그 자투리 시간과 방학이 모여 이루어졌다. 그런데 어머니는 왜 전시회만 둘러보고 그냥 가셨을까. 구파발역에서 내린 성욱은 계단을 두 개씩 뛰어 올랐다.

거리의 상점들은 불을 밝히고 있었다. 두서없는 자동차의 헤드라이트도 거리를 밝혔다. 아니 어지럽히고 있었다. 거리는 난리라도 난 듯 부산했다.

─날래날래 걸으라우야. 걸음걸이를 보면 정신 상태를 알 수 있다.

그럴 때면 어머니는 여군 같았다. 성욱은 걸음을 빨리 했다. 그는 지금 어머니의 뒤를 날래날래 좇고 있었다. 아파트 입구에 이르렀다. 한걸음에 달려가 엘리베이터를 탔다. 1층, 2층, 3층…… 어머니는 전망이 툭 트인 층을 좋아했다. 맨 꼭대기 층에 이르자 엘리베이터 벨이 울리고 문이 열렸다. 그는 시합에 출전하는 선수처럼 잽싸게 몸을 뺐다.

도어 록을 누르는데 손끝이 떨렸다. 경첩이 찌그덕거리는 소리를 내며 문이 열렸다. 거실로 들어섰다. 어두운 데다 공기마저 싸늘했다. 어머니 방문 앞에서 헛기침을 했다. 오랜 버릇이었다.

불이라도 좀 켜고 계시지는. 방 안의 적요가 섬뜩하여 일부러 투덜거렸다. 그는 무엇인가를 밀어내듯 무뚝뚝하게 말했다.

"저 왔어요."

어머니는 주무시는지 미동도 없었다. 그는 벽을 더듬어 스위치를 올렸다. 침대 위 어머니는 고개를 약간 비튼 채 천장을 보고 있었다. 미처 다물지 못한 입만큼 동공이 풀려 있었다. 성욱은 침대 위로 쓰러졌다.

오마니!

그렇게 어머니를 불러보고 싶었다. 끝내 내려놓지 못했던 죽은 형을 대신해서.

어머니는 대답하지 않았다.

복날은 간다

그 어느 것도 아우를 힘이 없다.

이제껏 소신대로 살아왔던 삶이 누군가에게 조롱당하고 있는 것만 같다.

곁눈 한 번 주지 않고 조신하게 살아온 세월이 자신의 은결든 마음을 다잡기 위한 안간힘이었다면,

어느덧 굵직한 대못으로 자라 이젠 그 어느 것도 받아들일 수가 없다.

다시 한기가 끼쳐온다.

복날은 간다

붉은 페인트로 쓴 가게 이름이 버드나무 사이로 흘낏 비친다. 바삐 걷던 이평택은 숨을 몰아쉰다. 어젯밤 아들의 전화를 받고 밤새 뒤척이다가 동이 틀 무렵에야 깜박 잠이 들었다. 잠 속에서도 그녀는 지금처럼 길을 걸었다. 푸른 기와집을 향하고 있었다. 예전에 살던 집은 푸른 기와지붕 뒤편으로 대나무 숲을 두르고 있어 보기만 해도 마음이 서늘했다. 길은 물속처럼 아늑했지만 사방이 너무 고요해 적막감이 감돌았다. 바람결에 요령 소리가 스쳤다. 그 소리가 너무 쓸쓸하여 소리 내어 울었던 것도 같다. 깜짝 놀라 깨어나보니 눈물 대신 입가에 침이 묻어 있었다. 대충 옷을 꿰고 바삐 달려왔어도 햇살은 어느새 댐에서 피워 올린 물안개를 말끔히 걷어낸 후였다.

늘 보는 식당이지만 오늘따라 유난히 허름하다. 빛바랜 기와를 인 한옥 한 채가 함석 덧문을 내리고 있다. 덧문을 걷어내면 선팅 대신

구멍이 송송 뚫린 습자지를 붙인 유리창에 베니아 합판으로 만든 창틀이 종잇장처럼 너덜거린다. 처마를 가로질러 띠를 두르고 있는 애자는 사기 빛을 잃은 지 오래다. 물받이로 덧대놓은 함석판은 부식되어 끝이 맨드라미 꽃잎처럼 구불거린다. 서까래 사이가 유독 까만 것은 수많은 개들의 비명이 실금처럼 아로새겨진 탓인지도 모른다. 자신도 모르게 진저리를 친 이평댁은 덧문 아래 달린 자물쇠통에 열쇠를 꽂는다.

식당으로 들어서자 안채 뒤꼍에서 장 씨의 몽둥이질 소리가 들려온다. 오늘은 여느 때와 달리 햇살이 퍼지기도 전부터 작업을 서두른 모양이다. 이따금 들려오는 신축 공사장의 투박한 기계 소리에 비해 그의 매질 소리는 불땀이 센 참나무 장작이 타는 소리처럼 바짝 긴장해 있다. 주방으로 들어와 앞치마를 두른 이평댁은 매질 소리를 신호로 물을 끓이기 시작한다. 맨살에 검정 조끼만을 걸친 채 허리를 모로 틀며 매질을 해대는 장의 모습이 끌로 파낸 듯 선명하다. 개를 잡을 때는 매달아 죽여야만 냄새가 안 나고, 죽은 개는 적당히 매질로 다스려야 육질이 부드럽다는 속설을 아직도 따르고 있다. 매스컴에서는 개를 두들겨 잡는 방법을 야만적인 행위로 몰아세우지만 지금까지 재래 방식을 고집하는 버들네 식당은 단골들이 끊이질 않는다.

주방에 난 반투명 창문으로 빛이 스며든다. 여름해는 한번 터져 나오면 걷잡을 수가 없다. 햇살이 짱짱하게 퍼지기 전에 해야 할 일들이 스친다. 장이 올가미에서 끌어내린 개를 가스 화덕에 그슬리는 동안 이평댁은 숫돌 위에 칼과 손도끼를 챙겨놓고 살코기와 내장을 담아낼 소쿠리도 챙겨야 한다. 성질이 급한 장은 자신의 작업 순서에 따라 도구가 마련되어 있지 않으면 불같이 화를 냈다.

장의 매질 소리가 한층 더 거세어진다. 식당 주인 버들네가 며칠 동안 냉랭하게 대했던 것에 대한 앙갚음이라도 하는 모양이다. 장은 지난주 내내 전조등이 박살나고 몸체가 찌그러진 오토바이를 시위하듯 세워두었다. 복날과 주말이 겹쳐 단골들의 주문이 늘자, 어쩔 수 없이 깨진 유리 조각을 털어내고 집을 나섰다. 그렇게 나가버린 장이 밤늦도록 돌아오지 않자 버들네는 즐겨 보는 사극이 시작돼도 텔레비전 화면에 눈길을 주지 못했다. 늘 그림자처럼 조용하던 버들네의 남편 황 씨가 오토바이에 몽둥이를 갖다 대는 순간 장의 눈빛이 너무 섬뜩했기 때문에 더 조바심을 치는지도 몰랐다.

버들네의 무릎 통증이 점점 심해지자 장은 오토바이 뒤의 철망을 떼어낸 후 뒷자리에 환자를 태우고 읍내의 병원을 다녔다. 그래도 별 차도가 없자 용하다고 소문난 한의원을 수소문하여 침을 맞으러 다녔다. 거의 하루 품을 파는데도 장의 동행은 한사코 이어졌다. 주말인데도 장은 버들네를 태우고 병원에 갔다가 밤이 꽤 이슥해진 뒤 돌아왔다. 다음 날까지 그가 계속 머물러 있자, 온종일 붉그락푸르락 얼굴을 붉히던 황 씨는 개를 잡을 때 쓰는 막대기로 장의 오토바이를 내리쳤다.

―개잡종들 같으니라고!

황 씨가 패악을 부리고 떠나자, 장은 부서진 오토바이를 발로 걷어 차며 울분을 토해냈다.

―니기미 씨팔, 병원에 다니느라고 그랬다는 말 한마디만 해도 이 난동은 안 일어났을 거 아녀?

겁에 질린 버들네는 밖으로 나가는 남편을 붙잡지도, 제 역성을 들어주지 않았다고 화를 내는 장에게도 말 한마디를 건네지 못했다.

―그렇게 말을 아껴 무슨 영화를 누리겠다고 꿀 먹은 벙어리 노릇을 한댜? 남편 앞에서는 요조숙녀 행세를 하려 드는 꼴이라니. 그런 여편네를 태우고 좋다는 병원은 다 쫓아다니며 온종일 쪼그리고 앉아 기다렸으니…….

장은 맨주먹으로 백미러를 내리쳤다. 금이 간 유리처럼 장의 손에서 피가 흘렀다. 하지만 버들네는 생채기보다도 그의 눈에서 이글거리는 푸른 눈빛을 더 무서워하는 눈치였다.

간혹 개의 목에 올가미를 매고 잡아당길 적이면 섬뜩하도록 날이 선 인광을 쏟아내며 숨을 거두는 놈이 더러 있다. 심하게 버티는 녀석일수록 자신의 마지막 그 무엇을 지키기 위한 양 눈을 밝혔다. 장의 눈에서 그런 노기가 일자 버들네는 어찌할 바를 몰랐다. 자신의 하는 일을 생각하여선지 장은 동네에서 일어나는 흔한 싸움질조차 피했다. 버들네의 남편과도 될 수 있으면 마주치지 않으려고 주말이면 집을 나섰다가 남편이 아이들에게 가고 없는 월요일 오후에 돌아왔다. 그는 갑작스러운 상황을 꾹 눌러참는 눈치였으나, 오토바이에 몽둥이가 내리쳐질 때의 눈빛은 자신의 마지막 무엇인가를 지키려는 개의 그것과 다를 바 없었다.

다행히 자정에 가까워서야 전신주 울음소리 같은 그의 오토바이 소리가 들려왔다. 버들네는 아픈 다리를 끌며 달려 나가 식당 유리문을 잡아채듯 밀었다.

—니미랄, 코너링을 하는데 어떤 넋 빠진 새끼가 중앙선을 넘어 마구잡이로 달려들잖아. 눈이 애꾸다 보니 차종으로 치지도 않나들, 원. 잽싸게 길섶으로 쓰러졌기에 망정이지 하마터면 천당 갈 뻔했다니까.

장은 글러브를 탁자 위에 패대기쳤다. 버들네는 그가 한쪽 전조등이 박살난 오토바이로 벌였을 아슬아슬한 곡예를 염려하기보다는, 포터로 개비하겠다고 으름장을 놓을까 봐 더 두려워했다.

—그가 포터를 몰고 나가면 두 번 다시 돌아오지 않을 것만 같아.

버들네가 한숨을 지을 적마다 이평댁은 입술을 비죽였다.

—샛서방 놓칠까 봐 별놈의 수작을 다 부리네.

버들네는 여느 때와는 달리 장이 수저를 들기도 전에 안채로 들어가버렸다. 오토바이 소리가 나기 전까지 안절부절못하던 몸짓이 무색하리만치 찬바람을 일으켰다. 장이 비록 거칠게 내뱉긴 하였으나 말문을 트는 것으로 화해의 몸짓을 취한다는 것을 알면서도 그녀는 그런 태도를 무질러버렸다. 이평댁으로서는 알다가도 모를 일이었다. 좋을 적에는 우물가에서 등물을 끼얹다가도 뒹구는 작자들이 토라지면 손돌이 추위보다도 더 매서웠다.

버들네의 남편 황 씨가 돌아오는 주말이다. 석양 무렵 시외버스를 타고 돌아올 것이다. 뒤꼍에서 들려오는 장의 매질 소리에는 쫄깃쫄깃한 육질의 맛을 돋우기 위해 굳어가는 개의 근육을 적당히 푸는 동작만이 아닌, 그간의 꼬인 심사마저 다분히 얽혀 있을 것이다.

몽둥이를 내려놓은 장은 손을 몇 번 턴 후 감나무에서 올가미를 끌어내린다. 축 처진 개 아래에는 싸질러놓은 똥이 한 줌이다. 생명체가 태어나 처음으로 하는 행위가 배내똥을 싸는 일이라면, 마지막 행위 또한 배설물을 쏟아내는 것이다. 장은 개를 바닥으로 내려놓고, 삽으로 개똥을 떠내 들깨와 차조기 잎으로 푸르게 덮인 텃밭 너머로 훌쩍 던진다. 그는 가스불로 개털을 그슬리기 전에 나무 둥치로 만든 의자에 앉아 숨을 고르며 담배 한 대를 태운다. 필터를 깊게 빨아 내뱉는 그의 볼에는 실지렁이 모양의 땀이 흐른다. 조끼조차도 거추장스러운지 어깻죽지가 말려 있다.

담배꽁초를 거칠게 던진 장은 막대기 라이터로 가스 화덕에 불을 붙인다. 두 손으로 들어 올린 개의 다리를 나누어 잡으며 털을 그슬린다. 감나무 잎 사이로 비쳐든 햇살이 쪼그리고 앉아 있는 장의 이마를 비추기 시작한다. 수돗가 옆에 놓인 가스 화덕 주위로 개털을 태운 노린내가 흥건한데도 그는 혀를 잇몸 사이로 밀어올린 채 까맣게 탄 털을 깎는다.

칼날에 묻은 털을 손가락으로 훑어낸 장은 사지를 허공에 들린 채로 누워 있는 개의 배꼽에 칼을 찌른다. 배를 지나 칼날이 가슴팍에 이르자 그는 칼 대신 손도끼를 들어 깡통을 따듯 갈비뼈를 갈라낸다. 어느 틈에 수돗가로 나와 장의 날렵한 동작을 바라보고 있던 버들네는 플라스틱 함지를 들이민다. 장은 창자를 꺼내 담고 허파와 생간을 양푼에 따로 분리한다. 예전에는 사기(邪氣)와 칼에 베인 창을 다스린다 하여 염통과 쓸개까지도 모아두었지만 이젠 찾는 사람이 없다. 간과 창자만 빼놓고는 거의 다 버린다. 버들네는 천일염이 가득한 바가지를 내미는 것으로 그의 작업을 지켜보고 있다는 것을 다시 한 번 알린다.

장이 소금을 뿌려 창자를 치대고 나자 고무 호스를 쥐고 있던 버들네가 물을 뿌리기 시작한다. 그가 반으로 갈라 찌꺼기를 훑어내고 굵은 소금으로 치댄 내장은 눈 깜짝할 새 코팅을 입힌 것처럼 말끔하다. 시골 고샅길을 누비며 똥이나 음식 찌꺼기를 먹고 사는 짐승의 속이 저리도 깨끗할까 싶어 이평댁은 잘 씻어놓은 내장을 볼 때마다 놀란다. 특별히 더러운 것이라고 여겨 한껏 무시한 것이 투명하리만치 깨끗하게 놓여 있는 것이다.

장은 나무 도마에 올려 있는 개의 몸통을 잡고 손도끼로 잘라 플라스틱 함지에 던진다. 토막 난 몸통은 장의 칼질에 의해 수육과 탕거리별로 나뉜다. 버들네는 고무 호스를 높이 들어주고 이평댁은 수돗가 가장자리에 뭉쳐 있는 내장 찌기나 우무처럼 엉긴 피를 빗자루로 쓸어낸다. 엉켜 있던 선지가 쿨렁쿨렁 수챗구멍으로 씻겨나간다. 들척지근한 노린내와 비릿한 피 내음은 수돗물을 아무리 쏟아부어도 쉽게 떠내려가지 않는다. 시멘트 바닥이 파이도록 쓸어내린 이평댁은 수챗망에 걸린 찌꺼기를 손으로 훑어내 핏빛으로 변한 구정물통에 처넣는다.

함지를 들기 위해 엎드린 버들네의 엉덩이는 어느새 실팍한 박으로 변해 있다. 허리를 구부리고 걷지만 알맞게 휜 허리는 그녀의 유연성을 면티 밖으로 유감없이 드러낸다. 예전에는 얼굴이 미추름한 데다가 허리가 버들가지처럼 낭창낭창하다 하여 버들네라고 불렀지만 이젠 살집이 올라 그녀의 허리춤은 두루뭉실하다. 오히려 그 두툼한 허리가 떠돌이 개장수에게 안정감을 주는지도 모른다. 하지만 늘 버들네의 뒤를 좇던 장의 눈길은 밑으로 깔려 있고, 버들네는 살짝 저는 다리를 유난히 재게 놀린다. 말 한마디 주고받지 않으며 서로를 외면하는 가운데 필요 이상으로 흐르는 긴장을 부산한 동작으로 흩뜨려놓을 태세다.

주방에 함지를 부린 버들네는 시부저기 돌아선다. 얇은 셔츠가 물결처럼 출렁인다. 그녀의 가슴은 여름날의 뜨겁고 무성한 기운을 먹고 자란 호박 같다. 내장을 담은 소쿠리를 들던 이평댁은 자신의 몸에서 바람 빠지는 소리를 듣는다. 버들네의 육감적인 몸매 앞에 서면 자신의 몸에서는 언제나 그 소리가 났다.

일 년 중 가장 덥다는 말복이다. 아침부터 불볕더위가 에누리 없이 퍼부어질 모양이다. 인상을 찌푸린 채 사료 포대를 든 장은 우리로 향한다. 검정 셰퍼트 한 마리와 잡종들이 우루루 달려와 철장 그물에 코를 들이민다. 눅눅한 개털 냄새와 지린내가 단번에 마당을 질러와 코를 찌른다. 이평댁은 외면하듯 고개를 꺾으며 수돗가를 정리한다.

으릉으릉 컹컹!

찌그러진 세숫대야에 고개를 처박고 정신없이 사료를 먹어대는 검정 셰퍼트의 궁둥이를 장이 발길로 걷어찼나 보다.

─언젠간 네놈도 감나무에 고깃덩이로 걸려질 거야. 압력솥에 푹 고아진 채로 식도락가의 입맛에 맞춰 잘게잘게 찢겨지겠지. 그래서 그때 네놈을 끌고 아산으로 간 거야. 들쥐라도 잡아먹으며 원 없이 들판을 누벼보라고. 목줄까지 던져버리고 뒤도 안 돌아보고 왔는데, 며칠 후에 식당 앞을 어슬렁거려? 천하에 겁쟁이 같으니라구.

장은 어깨를 웅크리고 셰퍼트와 똑같이 으르렁거린다. 노려보는 개의 눈빛이 살을 찌를 듯 날카롭다. 장 또한 눈알이 충혈되도록 놈을 쏘아본다.

─한 무기수가 출소를 1주일 앞두고 목을 매달았어. 1급 모범수여서 가석방 예정자로 선정되어 생활보호 지도관에서 생활했는데 그만 죽고 말았어. 왜 죽었는지 알아? 처음 입어보는 사복의 허리띠를 맬 줄 몰라 쩔쩔매다가 그것에 목을 맸다는 거야.

사료를 준 장은 언제나 어깨를 움츠리고 개와 똑같이 으르렁거린다. 그때마다 이평댁은 혀를 찬다.

─유유상종이라드니, 원……

검둥이의 목덜미는 어느새 세숫대야로 돌아가 있다. 장은 수캐의 궁둥이를 발로 한 번 더 걷어찬 후 철장 문을 거칠게 닫아 건다. 그리고 식당 옆 한 귀퉁이에 콘크리트 블록으로 지어진 방으로 다가가 몸을 구기듯 몰아 넣는다.

주방은 뜨거운 훈김과 고기 삶는 냄새로 가득하다. 두 개의 대형 압력솥에서 나오는 열기로 좁은 공간은 숨이 막힐 듯하다. 푹 고다시피 한 고기를 플라스틱 바구니에 건져내 찢고 있는 버들네의 등에는 땀에 전 셔츠가 들러붙어 있다. 앉은뱅이 의자에 걸터앉은 채 솎음배추와 부추를 다듬던 이평댁은 땀을 흘리며 고기를 찢는 버들네를 바라본다. 오동포동하게 붙은 살집이 셔츠 아래에 그대로 드러난다. 날마다 개고기를 먹어 살성이 저리도 탐스러울까? 질투심이 여간 아니라는 샛서방이 개 패듯 하여 맷집으로 다져진 탓일까. 50대 초반이라는 말이 무색하도록 버들네의 몸피는 유들유들하다. 그러니 서방을 둘씩이나 꿰차고 사는 것인지. 강파른 턱에 주근깨가 볼언저리로 오종종 붙어 있는 이평댁은 얄팍한 입술을 비죽거린다. 솥 뚜껑 같은 자신의 손등이 배춧잎처럼 푸르딩딩하다. 삭정이처럼 마르고 시커먼 팔뚝이 여간 남사스럽지 않다. 자신의 서러운 세월이 외모 때문이라는 생각이 들자 그녀는 대바구니에 함부로 솎아져 있는 겉절이용 배추를 거칠게 움켜쥔다. 어젯밤 병원에 한번 다녀가라는 아들의 간청에도 은근히 무시하는 태도가 비쳤다. 평생 남편이라는 작자에게 버림만을 받고 살았는데도 이젠 간병을 맡을 차례라는 듯 사뭇 당당하기까지 했다. 그녀는 고갱이를 긁어내지도 않고 싹둑싹둑 잘라버린다. 다소 과격해져야만 같은 여자로서 시샘이 갈 만큼 살집 좋은 버들네를 삐쩍 마른 자신이 한껏 비웃을 수 있으며, 무엇보다도 귓전에서 맴도는 아들의 청을 떨쳐버릴 수가 있는 것이다.

늦가을비가 오락가락 내리던 밤이었다. 식당 일을 마치고 동네 슈퍼에 들러 놀다가 밤늦게 집으로 돌아가던 이평댁은 희끗희끗한 물체가 후다닥 뛰어 짚가리 속으로 숨어 드는 것을 보았다. 초저녁부터 내린 비로 제법 빗물이 고여 있는 길을 찰박찰박 소리가 나도록 뛰어갔기 때문에 그녀는 산짐승이라도 되는 줄 알고 그 자리에 우뚝 섰다. 그냥 지나치기에는 뭔가 미련이 남아 조심스럽게 다가가니 빗속을 달려온 주인공은 다름 아닌 버들네였다. 그녀는 희끗거리는 물체를 보았을 때보다 더 놀랐다. 낯이 뜨거워 맨몸의 주인공을 바로 볼 수가 없었던 것이다. 그녀는 고개를 바로 들지도 못하고, 자신의 몸으로 버들네를 가린 채 집으로 갔다.

이평댁은 수건으로 몸을 닦게 하고 옷가지를 건넸다. 보리차를 따라 주자 버들네는 덜덜거리는 손으로 받아 달게 마셨다.

─놀라셨지요?

조금 진정이 되었는지 버들네는 처음으로 말문을 텄다.

─그 사람은 화가 나면 물불을 못 가리고만요. 하기야, 제가 손님

들 방에 너무 오래 있었지요. 당최들 놓아주어야 말이지요.

　이평댁이 나올 때까지도 방을 차지하고 있던 일행으로 인해 사달이 난 모양이다.

　─아무리 그렇다고 이런 야심한 밤에 사람을 이 모양을 해서 내쫓다니. 비까지 구질구질허게 내리는디……

　이평댁은 변명하려는 여인이 더 밉살스러웠다. 버들네는 빗물이 떨어지는 머리카락을 젖히며 무슨 말을 하려다가 씁쓸하다고도 할 수 없고, 허탈하다고도 할 수 없는 묘한 웃음을 흘리더니 입을 다물었다.

　이평댁은 어처구니가 없었다. 요조숙녀도 아니고, 한창 물오른 각시도 아닌 쉰 줄에 접어든 여편네를 손님방에 오래 앉아 있었다는 이유만으로 차가운 빗속으로 쫓아내는 사내를 도무지 이해할 수가 없었다. 샛서방이라는 작자가 버들네보다 더 나이가 어린데도 말이다. 더군다나 주말이면 집으로 돌아오는 남편 때문에 자신은 시골 장터를 떠돌아야 하는 처지 아닌가. 호기심이 일어 이것저것 물어보고 싶었으나 남의 허드레옷을 걸쳐 입고서도 자신의 단순한 표정과는 다른 미묘한 표정을 짓고 앉아 있는 여편네에게 꼬치꼬치 캐물을 수가 없었다. 이평댁은 동네 사람들이 그래도 명색이 남편인데 그토록 매정하게 굴 수가 있냐며, 어서 아픈 남편에게로 돌아가라고 막무가내로 구는 것에 대한 은근한 반발로 더 입을 다물었는지도 모른다. 이미 평생 서린 한이 가슴에 엉그름져 있건만 남편이라는 이유로 얼버무리려는 것은 자신이 이를 앙다물고 견디어온 세월에 대한 모독이 아닐 수 없었다.

이평택은 밑둥이가 반씩이나 잘려나간 배추 시래기를 쓰레기통에 담는다. 점심 때가 임박해졌건만 아직 다대기를 만들 양념도 손질해 놓지 않았다. 부리나케 일어서는데 장이 안채로 통하는 식당 문을 열고 들어선다. 베개에 눌렸는지 장의 머리는 닭벼슬처럼 올라붙어 있다. 눈두덩이가 부석부석 부어 있어 심통 부리는 아이 같다. 의자를 빼고 앉더니 리모콘으로 텔레비전 소리를 키운다.

화면에는 애완견의 다이어트에 관한 임상실험이 방영되고 있다. 운동 부족과 영양 과잉으로 애완견이 퇴행성 관절염이라는 진단을 받자, 주인은 하루에 사료를 스무 알씩 세어 주는 다이어트 프로그램을 실행했다. 코가 눌린 듯 납작하여 골진 주름살이 얼굴 전체를 물결처럼 맴돌고 있는 애완견은 갑자기 줄여버린 식사량으로 하루 종일 배가 고파 코를 끙끙거리고 다닌다. 하지만 주인은 이내 외면한다.

장은 식탁에 팔을 괸 채 우두둑 마디를 부러뜨리며 화면을 보고 있다. 근수를 올리기 위해 도살되기 전 억지로 물을 먹어야 하고, 비육을 위해 좁은 사육장 안에서 부대끼는 식용견에 비한다면 애완견은 분명 다른 세상을 살고 있었다. 목에 두른 줄이 안 보이도록 살가죽이 늘어난 개가 연골이 닳았다는 이유로 배고픔을 참아가며 인간이 만들어낸 프로그램에 적응해야 했다. 그것을 견디지 못한 개는 돌아다니며 라면 상자를 찢고 문짝을 발톱으로 박박 긁으면서 심통을 부린다.

　—의사가 살부텀 빼라고 했다면서?

　버들네는 관절에 무리가 가지 않도록 체중 조절을 하라는 의사의 말을 무시했다. 여전히 좋은 먹성으로 이것저것 가리지 않고 먹어댔다.

　—나한테 이 육덕을 빼고 나면 뭐가 남겠어.

　버들네는 물기 덮인 눈망울로 퉁바리 놓는 이평댁을 바라보며 대꾸했다.

　—하이고야, 구데기 무서워 장 못 담겄다.

　이평댁은 어김없이 구시렁거리면서도 그녀의 푸짐한 살집이 그저 예사롭게만 여겨지지 않았다.

　—시골 장터를 구석구석 돌며 사들인 똥개를 싣고 나면, 속력을 내어 돌아갈 수 있다는 것이 얼마나 다행인지 몰라. 블록크로 엉성하게 쌓아올린 방은 이음새가 맞지 않아 외풍이 드센 데다 잠자리마저 얼룩져 있을망정…….

　손님이 없는 날이면 장과 버들네는 식당의 덧문을 조금 일찍 내리고 술잔을 기울였다. 정이 많은 버들네는 술에 취하면 일을 마치고 돌아가려던 이평댁에게 술 한잔 하고 가라며 붙들었다. 그녀는 히죽히죽 웃으며 소주잔을 채워 억지로 이평댁의 입가에 흘려 넣었다.

　—오직 오토바이 소리에만 귀를 열어놓고 있을 여편네를 생각하

면 죽어라고 속력을 낼 수밖에. 마흔이 넘도록 집 한 칸 장만 못 하고 떠도는 개장수를 거두어준 푸짐한 손길을 향해서 말야. 그런데 니미 럴!

장은 혀를 차며 술을 따랐다.

—이제 그것들은 날 한없이 끌어내리려 한단 말야. 한번 쏘이면 잊혀지지 않는 독한 풀냄새처럼 날 한정 없이 끌어내리려 한다구. 운명이라는 것으로 아예 체념하게 만들어버린단 말야!

오호라, 핑계 좋아 사돈네에 가는구먼, 이평댁은 손으로 물외장아찌를 집어 먹으며 코웃음을 쳤다. 하지만 갑자기 코끝이 매워왔다. 개같이 얽혀 사는 인생에도 그런 순정이 있다니. 오히려 강단지게 잡도리하며 살았던 자신의 인생이 텅 비어버린 것 같았다. 함께 술을 마시면서도 못내 이죽거리던 이평댁은 자신의 푸른 기와집을 떠올렸다.

외로움과 적적함을 달래기 위해 무던히도 쓸고 닦았던 다섯 칸짜리 기와집은 늘 유리처럼 반질거렸다. 사업에서 실패한 남편이 서울에서 여자를 데리고 와서 잠시 살았던 시절에는 시도 때도 없이 솟구치는 눈물 때문에 부엌의 서까래가 거미줄처럼 어룽졌다. 집을 에워싼 대숲의 청량한 바람소리는 긴 밤을 홀로 지새워야 하는 이평댁의 마음을 달래주기도 했지만, 새벽녘 잠이 깬 자신을 더없이 쓸쓸하게 만들었다. 오랜 세월 동안 자신의 일부가 되어버린 푸른 기와집은 작년에 완공된 이평댐 속에 수몰되어 있다. 이평댁은 자신의 몸처럼 쓸고 닦았던 집을 두고 떠날 수가 없었다. 주변의 막대한 공사로 일손이 달리는 버들네 식당에서 일을 하기 시작했다.

볶아놓은 들깨를 갈기 위해 분쇄기의 스위치를 막 누르려는데 전화벨이 울린다. 이평댁은 자신도 모르게 몸을 움찔거린다. 탕거리용으로 삶아진 고기를 찢던 버들네가 달려 나가 전화를 받더니 아니나 다를까 이평댁에게 고갯짓을 한다.

"엄니, 이젠 아버지께서 미음마저도 토해버리고 마네요. 오늘 아침, 옆 침대 간병인이 두꺼비 등판처럼 얼룩덜룩한 토사물을 보더니 임종이 가까워졌대요. 하루에도 몇 번씩 혼수상태에 빠져드는데 그토록 모질게만 구실 거예요?"

남편의 보호자가 되어 병실을 지키는 아들은 이제 대놓고 나무란다. 하지만 남편이 집칸이라도 가지고 있지 않았으면 다니던 전자회사가 부도를 맞는 바람에 실업자에 빈털터리가 된 아들이 그토록 열심히 병원을 드나들지는 의문이다. 그녀는 자신이 직접 낳은 아이는 아니지만 애지중지하여 키운 자식에게 내둘림을 당한 것 같아 등줄기가 서늘해진다. 수화기를 힘없이 내려놓은 이평댁은 주방으로 돌아와 스위치를 돌린다. 분쇄기의 어지러운 금속성 소리가 자신의 허전한 마음을 잘게 부수는 것만 같다.

버들네가 무치는 겉절이에서는 참기름 냄새가 넘쳐난다. 참기름만으로만 범벅해놓으면 오히려 푸성귀의 감칠맛이 사라지는데도 장의 반찬을 만들 때면 양념을 아끼지 않았다. 양념이 묻은 손을 행주에 쓱 문지른 후 커다란 쟁반에 이것저것 반찬을 들고 가 식탁 위에 놓는다. 수저를 든 장은 밥살을 깊게 찔러 허겁지겁 입으로 나른다.

"국도 나오기도 전에 밥그릇 다 비우겠네."

버들네는 눈을 흘기며 국그릇을 내려놓는다. 장은 고개를 밥그릇에 묻다시피 하고 수저질만 한다.

장이 밥그릇을 다 비워가자 버들네는 숭덩숭덩 썰어온 간 접시에 소주 한 병을 내놓는다. 밥그릇을 물린 그는 말없이 소주잔을 기울인다. 김이 서린 간 한 점을 베어 문다. 백설기처럼 푸슬푸슬한 육질이 입안 가득 고소함을 퍼뜨리는지 장의 입매가 적당히 풀린다. 그는 또 한 잔을 따라 단숨에 들이킨다. 인생의 옳고 그름, 사소한 분노와 슬픔조차 한 잔의 소주에 녹아날 수 있다는 듯 그는 술을 달게 마신다. 하지만 주말 오후가 되면 오토바이를 타고 다시 길을 나서야 한다. 일주일 동안 팽팽하게 눈끝을 잡아당기던 긴장감이 한순간 사라진 듯하다. 버들네는 장의 곁에서 전표와 금고 속의 잔돈을 몇 번씩 헤아리며 카운터를 쓸고 닦는다. 괜스레 부산한 척하지만 그녀의 몸동작은 아까부터 같은 동작을 되풀이되고 있다.

손을 앞치마에 닦으며 식당의 풍경을 흘끔거리던 이평댁은 입가를 실룩인다. 지난 주말에 그 난동을 치렀으면서도 볼을 발그족족하게 물들인 채 샛서방 주위를 맴돌다니. 하지만 이평댁은 지금 같은 정경을 볼 때마다 뭔가가 께름칙하다. 그들이 손을 잡고 있는 것도 아니고, 마주 보며 눈을 맞추는 것은 더더욱 아니며, 등을 돌리고 앉아 각기 서로 딴전을 피우고 있는데도 그들 사이에는 이상한 기류가 흐르는 것만 같다. 어떤 농밀한 기운이 끈적끈적하게 엉켜 들어 땀이 줄줄 흘러내리는 찜통 같은 무더위보다도 더한 열기를 피워 올린다. 주위를 철저히 소외시켜버리는 그들만의 공간 속에서 이평댁은 어처구니없게도 점점 낭패스러워지는 것이다. 자신의 악담이 점점 더 거칠어지는 것도, 슈퍼 앞 평상으로 물어 나르는 소문이 더 적나라해지는 것도 지금처럼 알 수 없는 정황 때문이다. 터무니없이 볼이 화끈거릴수록 자신이 지금껏 살아온 진중했던 세월의 무게가 한낱 허깨비로 여겨진다. 얼굴이 벌게진 이평댁은 개수대에 그릇을 소리나게 몰아넣는다. 정오도 안 되어 점심 식사를 서두르는 일행이 들이닥친다.

"가게 문 닫아뿔믄 개장국 못 묵어서 우짜나 싶었는데 버들네를 다시 보니 반갑구먼. 멀리서 귀한 손님 모시고 왔으니까 '특대'로다가 올려봐. 먼저 수육부터⋯⋯."

공무원인 듯 하얀 남방 깃에 금속 마크를 단 50대 초반의 남자가 주문을 한다. 그는 신발을 벗고 방으로 가서 한가운데 자리를 잡는다.

"여기가 그렇게 유명한 집이야?"

처음으로 온 듯한 표정으로 두리번거리는 남자에게 공무원이 속삭인다.

"이 집은 말야, 도사견이나 잡종은 아예 쓰질 않고 순 토종 똥개로만 끓인다구. 게다가 기운 넘치는 샛서방이 직접 두들겨 잡아 육질이 얼마나 난들난들한데. 누에 속살보다 더 보드랍다니깐. 냉동된 채로 들어오는 중국산이 판을 치는 마당에 이 집만은 재래식으로 온 갖 정성을 다해 잡고 끓여대니 우리 같은 독구이들이 그 먼 길을 마다할 이유가 없지."

처음 온 남자의 입이 벙긋이 벌어진다.

"댐 아래 가게들은 모조리 새 건물로 바뀌는데도 그 맛을 잃지 않으려고 건물조차 이대로 둔다던데?"

턱 언저리가 두둑하여 얼굴이 유난히 넓적해 보이는 일행이 대꾸한다.

"암튼 대단해. 한여름 복더위에 땀을 뿌리고 와서 묵으면 노골노골히게 고아진 고기가 입안에서 살살 녹아요. 야들야들한 껍데기가 또한 얼마나 별민데. 들깨와 된장으로 간을 맞춘 국물조차 입안에 쩍쩍 달라붙는다니깐."

공무원은 이평댁이 날라다준 물수건으로 얼굴과 목덜미를 닦으면서 입맛을 다신다.

"그러고 보면 확실히 손맛이란 게 따로 있는가 봐."

처음 온 남자가 내려놓은 야채 접시에서 오이를 한 점 골라 먹으며 맞장구를 친다.

"그래서 서방을 둘씩이나 꿰차고 사는 거 아닙니까? 미인 소박은 있어도 솜씨 좋은 여자 소박은 없다잖아요?"

일행은 짓궂은 웃음으로 끼들거린다.

"아, 카운터에 앉아 계시는 저분이 이부(二夫)종사 하시는 분이시구만."

처음 온 남자는 고개를 빼고 버들네를 짯짯이 훑어본다. 그의 입가에는 어느새 닳아빠진 웃음이 물려 있다.

쌈장과 들깨 접시를 내려놓던 이평댁은 슬그머니 화가 치민다. 이곳에 오는 사람들은 단순히 보신탕을 먹기 위해 오는 것이 아니라 소문을 확인하러 오는 이들이 더 많다. 그리고 이곳에 와서 보신탕을 먹으면 자신 또한 모자라는 정력을 보강이라도 할 수 있다는 듯 뻘뻘 땀을 흘려가며 왕성하게들 퍼먹는다. 버들네가 폐병을 앓는 남편의 병구완을 위해 보신탕을 끓이다가 결국 식당까지 하게 되었다는 것에는 관심도 없다. 버들네가 끓이는 보신탕 맛이 기가 막히다는 소문이 이 근방을 뒤덮을 무렵 동네 한 영감이 황달로 오랫동안 자리보전을 하다가 개장국을 먹고 원기를 회복하는 것을 직접 보기도 한 이평댁은 사내들이 한쪽 이야기에만 치우칠수록 부아가 난다. 기혈이 부족하여 늘상 귀에서 나는 소리 때문에 시달리던 독거노인이 버들네가 푸지게도 퍼다 준 개장국을 먹고 귀울음이 싹 그쳤다는 얘기도 이 동네에선 모르는 사람이 없는데 소문은 야릇한 쪽만 부풀려지는 것이다.

— 젊으나 늙으나 남자들이란……

소주병과 잔을 투박스럽게 내려놓은 이평댁은 돌아서며 혀를 찬다.

울울한 버드나무 그림자가 식당 바닥에 그물망으로 엉켜 들 무렵 전화벨이 요란스럽게 울린다.

"뭐라구요? 왜 하필이면 슈퍼에서? 알았어요. 알았어. 곧 뫼시러 갈게요……."

그냥 들어오기가 머쓱하였던지 술을 마신 황 씨가 슈퍼 평상에 고꾸라져 있나 보다. 가스불 위의 찜통에다 탕을 끓이던 이평댁은 또한 번 구경거리가 터졌다고 여긴다. 버들네의 안절부절못하는 모습은 더욱 가관이다. 절룩이며 식당 안을 오가는 모습이 우리에 갇힌 짐승과도 같다.

이평댁은 입꼬리를 올리며 안채 마당으로 나온다. 마침 헬멧을 옆구리에 낀 장은 비행복 같은 작업복의 지퍼를 끌어올리며 방문을 나선다. 그는 오토바이가 세워져 있는 막사 겸으로 다가가, 오토바이를 끌어내린 후 장갑으로 안장을 턴다. 철장 안에 있는 셰퍼드가 다가와 꼬리를 흔든다. 그가 철장에 손을 대자 녀석이 분홍색 혀로 손바닥을 핥는다. 그는 손끝으로 머리통을 두드리고 안장에 오른다.

"큰사장님이 술에 취해 슈퍼 앞 평상에 쓰러져 계시다는데……."

이평댁은 평소 쓰지 않던 사장이라는 단어에 콧소리를 치며 말한다.

"수화길 내려놓은 버들네가 쩔쩔 매고 있구먼. 아무래도 작은사장님이 수고를 좀……."

"뭐야? 이젠 나보고 뒤따까리까지 하라고?"

헬멧을 눌러쓴 그는 킥 스타터를 거칠게 내린다. 오토바이가 부르

릉거리자 검둥이가 막사 안을 날뛴다. 장은 오토바이에서 내려 철장을 연다. 검둥이가 개줄을 끌며 막사를 뛰쳐나온다. 이평댁은 앞치마를 움켜쥐고 깜짝 놀라는 척하며 뒤로 물러난다. 장은 무엇인가를 지시하고 사정하면 더 어깃장을 놓는 성미다. 미리 앞질러 그의 성깔을 돋워놓았으니 그는 뒤도 돌아보지 않고 이곳을 빠져나갈 것이다. 그가 오토바이에 올라탄 채로 반쯤 열린 대문을 단숨에 젖히며 나서자 검둥이는 꼬리를 흔들며 따라 나간다.

엔진 소리가 사라지자 집 안은 비질을 마친 마당처럼 조용해진다. 기우뚱한 모습으로 사라져가는 오토바이의 뒷모습을 보고 있던 버들네가 계산대 앞으로 철푸덕 주저앉는다. 이평댁은 잽싸게 주방으로 들어간다.

"아줌마, 귀에 말뚝 박아놨수? 소주 한 병하고 수육 한 접시를 주문한 지가 언젠데 그렇게 넋을 빼놓고 앉아 있어? 실연이라도 당한 사람처럼……."

일행 중 유독 취기가 먼저 올라 얼굴이 벌건 사내가 혀끝이 꼬부라진 소리를 낸다. 어느 때보다도 부지기수로 식당을 찾은 손님들로 실내는 시끌벅적하다.

"실연은 좀 넘했다. 아무리 쥔 아줌마 몸매가 실하다 해도 저 연세에 웬 실연이냐. 자식들이 속을 썩인다면 몰라도. 최 반장은 술 그만 먹어야겠어. 치마만 두르면 다 여자로 보이니. 아줌니, 여그 소주 한 병 더요. 하루 종일 먼지 가루를 마셨더니 목 안에 이끼가 낀 것처럼 껄끄러워 쫙쫙 씻어내야겠어."

인근 공사장에서 몰려온 단골 패거리들이 빈병을 들어 올리는데도 버들네는 꼼짝도 하지 않는다. 이평댁은 부춧잎을 깔고 살짝 찐 수육 채반을 소주병과 함께 쟁반에 담아낸다.

"주인 아줌마, 장사 안 할 거요?"

감독이라 불리는 남자가 벨트를 느슨하게 풀며 계산대 쪽을 힐끔거린다.

"좀 아프다요."

"어디가 아픈데?"

눈자위가 이미 붉어질 대로 붉어진 남자는 한껏 과장된 표정을 지으며 묻는다.

"관절이 도져 치료를 받고 있구만요."

"제기럴, 구육은 쥔장이 먹어야겠구먼. 예로부터 오장을 편케 하고 골수를 충족시켜 허리와 무릎을 따뜻하게 한다는 구육인데 장사만 할 게 아니라 드셔가며 몸보신 좀 하시지 그래."

"감독님도 참, 주인 아줌마는 더 이상 드시면 안 되지라. 그러다 사장님이 또 한 사람이 더 필요하면 감독님이 책임지실 거유?"

시덥잖은 농지거리를 들어가면서도 버들네는 석상처럼 앉아 있다. 이평댁은 그것보라는 듯 눈을 게슴츠레하게 뜬다. 남녀간의 정분이란 칼로 떼어내도 떨어지지 않을 것 같다가도 제 스스로 지쳐 나가떨어지는 법이다. 결국은 서울 여자가 제 핏줄도 떨쳐놓은 채 집을 나가버린 것만 보아도 알 수 있었다. 그런 속성을 익히 알고 있기에 지난 주말 황 씨가 개 잡는 몽둥이로 장의 오토바이를 내리치는 아수라장 속에서도 그녀는 차분하게 식탁에 앉아 수저에 종이집을 씌우고 있었다. 더군다나 장이 버럭 화를 내고 떠나간 모습을 떠올리자 여유마저 생긴다. 그녀는 염려스러운 듯 버들네에게 다가간다.

"손님도 어지간히 받았으니 저녁 들어야지."

이평댁의 달짝지근한 채근에도 미동이 없다.

"슈퍼에 큰사장님 쓰러져 있다믄서. 모셔올라믄 어여 밥 묵고 기운 차려야지."

여편네는 꿈쩍도 안 한다. 이평댁은 돌아서 주방으로 온다. 밀려드는 손님들의 주문을 혼자서 챙기느라 아직껏 저녁을 먹지 못했다. 그녀는 겉절이가 남은 양푼에다 밥을 두어 주걱 퍼 넣는다. 쓱쓱 밥을 비비던 그녀는 주방에서 식당 쪽으로 난 유리문으로 카운터를 살핀다. 버들네는 여전히 등을 돌리고 앉아 있다.

— 열녀 춘향이가 따로 없구먼.

그녀는 입을 삐죽이며 밥을 입 안으로 밀어 넣는다. 고소한 참기름 맛에 알싸한 고춧가루가 매운맛을 풍기며 혀에 척척 감긴다. 온종일 누린내와 느끼한 냄새만을 맡다가 채소의 신선하고 아삭아삭한 맛이 혀에 닿으니 자신의 몸조차 텃밭의 푸성귀처럼 푸르게 변하는 것만 같다. 수저에 밥을 듬뿍 떠 입에 넣으려던 그녀의 눈길이 여전히 카운터에 앉아 있는 버들네에게 가닿았다. 물가에서 날아온 모기 떼가 극성을 피울 텐데도 허리를 굽히고 앉아 있는 살찐 등이 유난히 애처롭다.

이평댁은 밥알이 든 수저를 내려뜨리고 만다. 늘 눅진하고 진득진득한 그 무엇으로 빵빵하게 차오르던 여편네의 등이 눈사람처럼 녹아내릴 것만 같다. 다리를 절룩거리면서도 인상 한 번 쓰는 일 없이 기운 팔팔하던 여편네가 한순간 재가 되어 무너질 것만 같다. 이평댁은 불똥이 자신에게 떨어질지도 모른다는 생각이 들자 밥 양푼을 밀어 제치고 다시 버들네에게로 다가간다.

"술도 못 마시는 사람이 대낮부터 웬 깡술을……."

버들네는 계산대 위의 전표가 날아갈 만큼 한숨을 내쉰다. 순간 이평댁은 명치끝이 조여왔다. 그렇다면 저 청승은 휑하니 나가버린 개장수 샛서방이 아닌 남편을 향한 것이었단 말인가. 저 분방한 가슴에도 남편을 안쓰러워하는 마음이 있다니. 이평댁은 호된 둔기로 머리를 얻어맞은 것처럼 아찔하다.

취객들이 외쳐대는 고함 소리와 담배 연기, 식탁 위에서 차조기 잎에 덮인 채로 끓고 있는 보신탕의 열기가 엉겨간다. 형광등 아래로 몰려드는 하루살이와 나방이 어지러이 나선을 그린다. 개뼈다귀와 먹다 남긴 음식들로 너저분한 식탁의 쓰레기를 허투루 치우던 이평댁은 손님들이 남긴 소주병을 치우려다 빈 접시에 소주를 따른다. 일 년 중 가장 무덥다는 복날에 자꾸 한기가 드는 이유를 알 수가 없다. 무엇인가에 몹시 무안을 당한 것 같기도 하고, 호되게 내쳐진 것 같기도 하여 마음을 종잡을 수 없다. 그녀는 소주를 따라 벌컥벌컥 마시기 시작한다.

어떻게 일을 끝냈는지도 모르게 마친 이평댁은 시계를 본다. 자정이 다 되어가는데 슈퍼로 남편을 데리러 간 버들네는 감감무소식이다. 그녀는 불을 끄고 가게 문을 닫는다.

덧문을 막 내리고 돌아서려는 순간, 어둠 속에서 발자국 소리가 난다. 저벅저벅 걸어오는 샛서방의 어깨에는 축 처진 팔이 대롱거린다. 그 뒤로 대여섯 발자국 떨어져 버들네가 다리를 절룩이며 걸어오고 있다. 성큼성큼한 장의 걸음에 비해 절뚝거리는 버들네의 걸음은 한없이 느려터지지만 술에 곯아떨어진 채로 샛서방 등판에 실려오는 남자의 무게가 그들의 어울리지 않는 행진을 적당히 조율하고 있다. 이평댁은 알 수 없는 배신감으로 몸을 떤다. 멀리 갔어야 할 장을 보자 부아가 치민다.

"영락없는 코메디에 드라마가 따로 없고만. 참말로 수완들도 좋아."

장이 화가 난 듯 재빨리 대문 안으로 들어가버리자, 외등 아래에는 버들네와 이평댁뿐이다. 버들네가 핏발을 세운 눈으로 이평댁을 노려본다. 침침한 외등 아래에서도 붉은빛의 기운이 선연하다.

─토종개를 실어다주던 샛서방이 발견했기에 망정이지 하마터면 본서방이 뺑소니 차에 치인 채로 천당 갈 뻔했대잖아. 어찌나 피를 많이 흘렸던지 쓰러져 있던 자리가 피바다를 이루었다는데……

버들네가 수퍼 앞 평상 주위를 절뚝거리며 안절부절못하고 있을 때 장은 달아나듯 가던 길을 꺾어 돌아온 모양이다. 뒤늦게 나타난 그가 황 씨를 들쳐 업자, 구경거리에 나선 동네 사람들은 들으라는 듯 그들의 얽힌 관계를 수군거렸을 것이다.

─암튼 묘한 인연이야. 처음엔 본서방이 먼저 개장술 잡았대누먼. 마누라가 힘든 일을 하니 좀 도와달라고. 자기가 영영 병원에서 못 걸어 나올 줄 알았나 보지? 굴러온 돌에 박혀 있던 돌이 빠진 꼴이지, 뭐…….

자신이 수퍼 앞 평상으로 물어 나른 수군거림이 귓가에 쟁쟁하다.

"천하 독종 같으니라고!"

버들네의 목소리는 개가 크르렁거리는 것처럼 높지는 않지만 매서웠다.

"앉은 자리에서 풀도 안 날 독종 눈에는 모든 것이 코메디고 드라마겠지. 그러니까 임종이 오늘내일한다는 남편조차 매정스레 잘라 내겠지. 그리고 보면 그놈의 팔자는 본래 독수공방하기 위해 태어난 거 아녀? 어찌 그리 홀로청청한 양반께서 이런 지저분한 속세에서 살끄나? 명경지수에서 독야청청 살 일이지."

버들네는 자신이 받은 수모를 이평댁에게 퍼붓기라도 하려는 듯 앙칼지게 내뱉고 돌아선다.

명경지수? 코웃음 치며 버들네의 말을 되뇌던 이평댁의 눈에서 눈물이 삐죽, 새어나온다. 담장 너머 안채에 불이 켜지자 무엇인가 소중한 것을 지켜보기라도 하려는 듯 발돋움을 하던 이평댁은 힘없이 돌아선다.

오늘만은 왠지 숯빛처럼 까만 집으로 가고 싶지가 않다. 아무도 없는 빈방에 들어가 벽면을 더듬거려 불을 켜면 형광등 울음소리만이 공간을 채우는, 관 속처럼 적막한 곳으로 들어서기가 싫다. 그렇다고 아들의 청원대로 새삼스럽게 병실을 찾아가고 싶지도 않다. 누워 있는 환자를 보면 병수발을 하겠다는 마음은커녕 평생 동안 눌러 참았던 설움이 먼저 폭발할 것만 같다. 그 어느 것도 아우를 힘이 없다. 이제껏 소신대로 살아왔던 삶이 누군가에게 조롱당하고 있는 것만 같다. 곁눈 한 번 주지 않고 조신하게 살아온 세월이 자신의 은결든 마음을 다잡기 위한 안간힘이었다면, 어느덧 굵직한 대못으로 자라 이젠 그 어느 것도 받아들일 수가 없다. 다시 한기가 끼쳐온다. 그녀는 동네 쪽으로 내려가지 않고 댐 쪽으로 발걸음을 돌린다.

쑥부쟁이와 개망초가 피어 있는 들길을 따라 걷는다. 마을 세 개와 논밭, 저수지를 삼킨 거대한 콘크리트 성벽이 점점 가까워진다. 댐이 생기기 전 박아놓은 목책을 따라 붉은 깃발이 펄럭이던 자리에는 성벽처럼 견고한 콘크리트 댐이 들어서 있다. 수문마저 굳게 닫혀 제방은 어떤 경계를 가르는 거대한 벽으로 보인다. 이평댁은 벽면 가장자리로 난 나선형 계단을 타고 오르기 시작한다. 다른 사람들처럼 보상금만을 쥔 채 훌쩍 마을을 떠날 수는 없었다. 제방에 올라 물새도 깃들지 않는 잔잔한 수면을 보고 있노라면 잠긴 집이, 자신이 가꾸어온 문전옥답이 오롯하게 떠올랐다. 날이 저물고 어두워지면 돌아갈 곳이 있어 다행이라는 장의 한탄처럼 가슴이 시리도록 살가운 정경으로 말이다.

이평댁은 벽면 가장자리로 나 있는 철제 난간을 잡고 힘들게 오른다. 어둠에 묻혀버린 듯 침침한 수은등이 비칠거리는 그녀의 그림자를 더욱 길게 늘어뜨린다.

잔잔한 수면은 주위를 에워싼 산빛보다 더 어둡다. 숨을 고른 그녀는 둑길에 우두커니 선 채 어두운 수면을 바라본다. 순간 그녀의 눈에 인광이 인다. 목을 매단 개처럼 마지막으로 안간힘을 쓰며 토해내는 푸른빛 속엔 이평리 가장 양지바른 곳에 터를 잡은 푸른 기와집이 떠오른다. 물 위에 떠 있는 배처럼 그것은 점점 다가온다. 조금만 손을 뻗으면 양철 대문이 손에 잡힐 것만 같다. 그녀는 둑길에서 경사진 시멘트 벽을 타고 내려와 물속에 발을 담근다. 온종일 폭염으로 달구어진 물은 한기로 덜덜 떠는 그녀의 발목을, 무릎을 감싸준다. 그녀는 양손으로 물살을 가르며 앞으로 나아간다.

이평댁은 경첩이 닳아 삐그덕거리는 문을 밀고 들어가 대숲이 훤히 보이는 대청문을 활짝 열어젖힌 채 뒤꼍의 바람이 넘나드는 곳에 자리를 깔고 고단한 육신을 어서 누이고 싶다. 그녀는 힘껏 팔을 힘껏 저으며 따뜻한 물속으로 걸어 들어간다.

젖은 장화를 말리다

젖은 몸을 말리는 것은 또 있었다.

누군가 고무장화를 막대기에 걸어놓았다.

검은 바탕에 하얀 땡땡이 무늬가 박혀 있는 장화였다.

흙탕물에 빠지기라도 했는지 막대기에 거꾸로 꽂아놓았다.

화영의 눈에는 장화가 단지 꽂혀 있는 것으로만 보이지 않았다.

가시털로 허공을 디디며 뻗어가는 오이 넝쿨처럼 땡땡이 고무장화는 걸음을 내딛고 있었다.

젖은 장화를 말리다

비목(碑木)은 작고 초라했다. 두 뼘 정도의 나무를 깎아 꽂아놓은 듯했다. 가로와 세로 막대를 이어 묶은 철사 끝도 삐져나와 있었다. 새롭게 등산로를 조성하던 중 유골이 나왔다는 팻말에 쓴 글귀가 없었더라면 묘비인 줄 몰랐을 것이다. 화영은 휴대폰을 꺼내 카메라 앱을 켰다. 연거푸 셔터를 누르는 동안 침 넘기는 일도 거추장스러웠다. 카메라를 들고 오지 않았다는 후회조차 번거로울 지경이었다. 인내와 평정심을 최고로 치는 접사 촬영만큼이나 긴장했다.

서둘러 모니터링을 했다. 한두 장은 건질 수 있을 것 같았다. 여태껏 찍었던 묘비석과는 다른 질감이었다. 등산로 바닥에 새로 깔린 마직포는 황토보다도 붉고 두툼해 거적을 덮어놓은 것 같았다. 그 옆으로 비목은 털 뽑힌 새의 형상으로 서 있었다. 화영은 이질감 속의 미묘한 대비를 놓칠 수 없었다. 하지만 총을 꺼내듯 민첩하게 군

것은 팻말의 내용 때문이었다. 포크레인으로 길을 조성하는 와중에도 영가의 혼이 묻혀 있었다는 것을 알리고 있었다. 비목은 생면부지의 흔적을 서툴게나마 보여주고 있었다.

산에는 주검에 관한 암호가 많았다. 얕은 돌무지, 길보다 조금 불룩한 묏자리, 파묘한 흔적이 남은 자리에는 수종을 알 수 없는 어린 나무를 심어놓기도 했다. 잎도 틔우지 못한 묘목은 꽂아놓은 듯 위태로웠다. 뿌리를 내리고 무성하게 자라기보다는 세찬 비바람에 꺾이고 떠내려갈 것 같았다. 작고 여린 것이 주검이 묻혔던 자리를 지키는 것을 볼 때면 마음이 스산해졌다.

비목 사진을 한두 장 건질 수 있다는 생각이 들자 화영은 산을 내려가기 시작했다. 지난주 국립묘지에 실사 나가 찍어온 사진을 정리하는 데 집중할 수 없어 올라온 길이었다. 얼마쯤 내려왔을 때였다. 재희라면 비목 둘레에 막걸리라도 뿌리지 않았을까 싶었다. 술이 없으면 담배라도 불을 붙여 올렸을 것이다. 결국 재희 생각으로 귀결되고 말았다. 산으로 피한 보람도 없었다.

재희는 산길을 가다가도 비석을 보면 그냥 지나치지 않았다. 묘비에 음각된 글씨를 짚어가며 읽는 그녀를 볼 때마다 자신의 유전인자 속에 흐르는 어떤 기운을 찾아내려는 것처럼 보였다. 그녀의 아버지는 비문을 지어 생계를 유지했다. 아버지가 문장을 짓기 위해 대청마루나 마당을 서성이며 중얼거릴 때마다 재희는 무서웠다. 아버지가 죽은 영혼과 말을 주고받는 것 같았다. 철이 들면서부터 아버지는 그들의 생애를 다듬어 시를 짓는다고 여겼다. 재희는 길을 가거나 등산을 하다가도 비문을 만나면 애써 읽었고, 돌에 새겨진 고인의 삶이 귀감 되면 넙죽 절을 올렸다. 화영은 그런 재희가 부담스럽기도 했으나, 이내 숙연해지곤 했다. 마음을 담은 동작이 녹록찮게 여겨졌기 때문이다.

화영은 걸음을 빨리했다. 새롭게 깔린 마직포는 억세고 단단했다. 깔개의 질감에 익숙해지려면 꽤 올라 다녀야 할 것 같았다. 갈수록 등산로는 데크나 깔개로 도포됐다. 토양 유실을 방지하고 장마나 폭설을 대비한 것이겠지만 적당히 딱딱하면서도 부드러운 흙길이 그리웠다. 바람이 불어왔다. 바람은 포장할 수 없을 것이다. 화영은 훈풍을 들이켰다. 재희를 만났던 때도 봄날, 해 질 녘이었다.

그녀를 만난 곳은 북촌도서관이었다. 도서관 시청각실에서는 한 달에 한 번씩 고전 영화를 상영했다. 시청각실은 지하였고, 천장이 낮은 데다 두꺼운 암막 커튼이 쳐져 있어 장마철이 아니더라도 곰팡이 냄새가 났다. 도서관은 시내에 있었지만 건물이 낡아 오래된 학교 같았다. 세상의 빠른 변화와는 동떨어진 곳에서 스멀스멀 피어오르는 곰팡이 냄새를 맡으며 보는 영화는 장면 하나하나에 애틋함을 안겨주었다. 영화를 보고 나면 풍성한 기억들로 자신이 오랜 세월을 산 노파 같았다.

〈줄 앤 짐〉은 지금껏 알고 있던 사랑이라는 형태를 깨버렸다. 사랑은 두 사람만이 갖는 뜨겁고 은밀한 교류가 아니었다. 한 여자와 두 남자의 사랑 이야기는 친구와 애인을 함께 공유하는 영역으로까지 확장됐다. 남자 주인공인 줄과 짐은 문학이나 철학은 물론이고 예술적 취향에 관한 사소한 감정마저도 끊임없이 토론하는 사이였다. 어느 날 그 둘 사이에 매혹적인 카트린이 나타난다. 분방하면서도 자의식으로 가득 찬 카트린은 여행가방에 황산을 가지고 다녔다. 거짓말을 하는 이들의 면전에 뿌리기 위해서다. 카트린은 먼저 줄과 관계를 맺으나, 짐을 향한 자신의 감정도 솔직하게 발산한다. 놀라운 것은 줄이 짐에게 카트린과 교제를 권유하는 것이었다. 자신은 카트린을 잃지 않기 위해 친구로 남겠다는 것이다. 줄의 집에서 셋은 동거를 시작한다. 영화는 '3인의 순결한 사랑'이라는 부제가 붙을 만큼 등장인물들의 삶과 사랑에 관한 소신을 당당하게 펼쳐 보였다. 다만 서로를 좋아하고 사랑하며 질투하고 절망하면서도 아슬아슬하게 유지되던 관계가 점점 파국으로 치달을 뿐이다. 카트린이 짐을 태운 자동차를 타고 전력질주하여 강물로 뛰어드는 것으로 영화는 끝을 맺지만 뻔뻔스러울 정도로 인물의 심리 묘사를 충실하게 해냈다. 화영은 미술대학을 다니며 받았던 문화적 충격보다 더 큰 충격을 받고 허둥대며 계단을 오르고 있었다. 그때였다. 앞서 오르던 여자의 몸이 기우뚱거리며 화영에게로 쏠렸다. 발을 헛디딘 모양이었다. 화영은 엉겁결에 그녀를 떠안을 수밖에 없었다. 여자는 미안해하며 화영의 뒤를 따랐다.

해가 기울고 있었다. 쌀쌀한 기온이 오히려 청량했다. 화영은 등나무 아래 벤치에 앉았다. 여자는 배낭을 내려놓더니 커피? 하고 물었다. 뭔가로 보상을 하고 싶어 하는 것 같았다. 화영은 고개를 끄덕일 수밖에 없었다. 그녀는 재빨리 돌아섰다. 긴 머리를 묶고 후드 달린 점퍼에 등산화 같은 걸 신고 있었다. 투박한 신발을 신어선지 걸음이 뒤뚱거리는 것처럼 보였다.

　─발목이 약해서…… 보정용 신발을 신을 수밖에 없어.

　커피를 마시던 화영이가 무심코 상대의 신발에 눈길을 주자, 변명하듯 말했다. 화영은 머쓱했다. 자신이 조금만 더 시선을 깔끔하게 처리했더라면 굳이 듣지 않아도 될 말이었다. 그런 데다 상대는 너무 진지하게 고백을 하는 것이다. 화영은 그러냐며 맞장구를 칠 수도, 말없이 앉아 있기도 편치 않았다.

　관상수의 그림자가 길어지고 있었다. 화영은 해 질 무렵 나무나 물상들이 긴 그림자를 끄는 모습을 좋아했다. 그림자가 자아처럼 여겨져 안팎을 한꺼번에 보는 기분이었다. 지는 꽃잎도 그림자를 드리울까. 뜰을 에워싼 적요 속에서 시라도 한 수 읊어야 할 것 같았다.

　─한 점 꽃잎이 지면 봄빛이 준다는 한시가 있어…….

　화영은 여자를 쳐다봤다. 이심전심도 놀라웠지만 시구도 애틋했다.

　─한시를 많이 읽나 봐.

　여자는 한학에 능통했던 아버지가 집안 기둥마다 주련을 달아놓아 그 구절들을 읽으며 자랐다고 했다.

―전공이?

―물리학과를 다니다 휴학하고, 고전을 공부하고 있어.

원자나 소립자만으로는 물질을 규명할 수 없다고 생각한 그녀는 한 대학 부속기관에서 운영하는 학당에 다니고 있다고 했다. 어학연수나 학비 마련, 혹은 스펙을 쌓느라 휴학을 하는 경우는 많았지만 유학(儒學)을 공부하기 위한 경우는 처음이었다. 화영은 영화를 상영하지 않는 날에도 북촌도서관으로 갔다. 재희는 세상과는 다른 감각으로 살아가는 것 같았다. 그녀를 만나러 갈 때면 세상을 뒤로 가는 기분이었다.

등산로 입구에 이르렀는데도 신발털이 설치물이 보이지 않았다. 화영은 엉뚱한 길로 내려왔다는 것을 알았다. 경기도에 있는 석주산은 L시와 S시에 걸쳐 있었다. 두 도시는 행정구역은 달랐지만 인접해 있어 왕래하는 버스는 많았다. 내리막길 아래로 아파트가 보였다. 그곳까지 가면 L시로 가는 버스는 탈 수 있을 것 같았다.

길옆으로 허리 높이의 펜스가 쳐져 있었다. 녹색 철망 너머에는 크고 작은 텃밭이 있었다. 언덕으로 에워싸인 분지를 여러 사람이 나눠 경작하는 듯했다. 크기와 모양이 다른 밭들은 가장자리에 병이나 돌을 쌓아놓거나 막대를 꽂아놓았다. 서너 평쯤 되는 크기에서부터 부직포로 천장을 두르고 그늘막을 갖춰놓은 곳도 있었다. 분지의 끝자락에 있는 밭에는 하얀 부스가 설치돼 있었다. 행사장에서나 볼 수 있는 사각뿔 모양의 그늘막은 언덕을 뒤로하고 있어 다른 밭보다 조금 높았다. 부스 안에는 여자가 앉아 있었다. 버스 편을 물어보면 될 것 같았다. 화영은 펜스 안으로 들어갔다.

여인은 이젤까지 펼쳐놓고 그림을 그리고 있었다. 어깨 깊숙이 고개를 묻은 채 열중하고 있었다. 화영은 가슴이 먹먹해졌다. 자신은 쓰지 않아 퇴화해버린 기능을 아직도 누군가는 붙들고 있었다. 선뜻 말을 붙일 수가 없어 돌아서려는데 여인이 얼굴을 들었다.

"죄송해요. 방해할 생각은 아니었는데……."

화영은 서둘러 변명했다. 그녀가 그림을 그리고 있다는 것을 알아차리는 순간 머릿속이 뒤죽박죽돼 뭘 물어야 하는지도 잊어버렸다. 화영이 필요 이상으로 당황하자 여인이 희미하게 웃었다. 눈가로 잔물결이 일렁었다. 화영은 좀 더 다가갈 수 있었다.

스케치북에는 파꽃이 그려져 있었다. 털모자 방울 같은 꽃이었다. 파잎은 바람을 불어넣은 듯 꼿꼿했다. 슈퍼마켓 진열대에 축 처진 채 누워 있던 잎들과는 달랐다. 화영은 부스 옆 파밭으로 눈길을 돌렸다. 동그란 꽃봉오리를 밀어올리고 있는 파잎은 고무 호스처럼 단단해 보였다.

"대단하시네요."

화영은 여인의 사생 능력에 감탄하지 않을 수 없었다. 여인은 곁에 놓인 플라스틱 스툴을 내밀었다. 자신의 그림을 알아봐준 이와 좀 더 얘기를 나누고 싶어 하는 듯했다. 부스 안은 간이용 의자 외에도 농기구를 담은 플라스틱 박스, 비료 부대, 물뿌리개, 양동이 등으로 어수선했다. 그런 속에서 그림을 그렸다는 게 놀라웠다.

"그림 그리시는 분이신가 보죠?"

"그리 보여요?"

여인은 눈을 크게 뜨며 되물었다. 그 사실을 인정받고 싶어 하는 눈치였다.

"잠시 데생을 배운 적은 있어요. 미대 가려고. 결국 못 가고 말았지만……."

화영은 데생을 배웠다는 말에 여인을 자세히 바라보았다. 머리가 반백이어서 그렇지 나이가 그다지 많아 보이지는 않았다. 미추룸한 얼굴에 피부가 고와 머리 염색만 한다면 훨씬 더 젊어 보일 것 같았다. 여인은 그만 그리려는지 이젤 위 스케치북을 들어 뒤로 접혔던 부분을 펼쳤다. 스프링 뒤로 넘어간 부분이 제법 돼 보였다.

"제가 좀 봐도 될까요?"

여인은 웃으며 스케치북을 내밀었다.

봄동, 아욱, 상치, 쑥갓 등 잎채소가 연필로 세밀하게 그려져 있었다. 포기를 이룬 작물들은 스케치북 속에서 자라고 있는 듯했다. 오이꽃은 막 피어난 양 생생했다. 작은 꽃잎 한쪽 끝이 살짝 말려 사실감을 더했다. 대상에 대한 깊은 애정과 묘사력 없이는 그릴 수 없는 경지였다.

"오이꽃이 막 피어나는 것 같아요."

화영의 감탄에 여인은 반색했다.

"그래요? 어머니도 좋아하시더라구요."

화영이가 네? 하는 눈빛으로 바라보자, 여인은 재빠르게 말을 이었다.

"실은 이 텃밭은 어머니 건데 다치셔서 꼼짝 못 하시거든요. 그래서 밭도 돌볼 겸 나와서 한 점씩 그려다가 보여드리고 있어요."

화영은 아직도 이런 사람이 있다니 싶어 여인을 다시 쳐다보았다. 무슨 수공업자를 만난 기분이었다.

"빗길에 미끄러져 고관절 수술을 하셨는데도 병실에 누워서도 텃밭 타령만 하시는 거예요. 지금쯤 상춧대가 올라왔겠다, 고추밭에 지지대를 꽂아야 할 텐데, 하시며……."

화영은 고개를 끄덕였다.

"처음엔 밭작물들을 사진으로 찍어다가 보여드렸는데 어느 날 핸드폰을 안 가지고 온 거예요. 집에 가서 가져올까 하다가 귀찮더라구요, 무심코 앉아 있는데 주변이 새롭게 다가오는 거예요. 새 우는 소리가 입맛을 다시는 것 같기도 하고, 어릴 적 맡았던 풀냄새가 스치기도 하고. 그동안 핸드폰으로 사진 찍고 문자 전송하느라 주변을 제대로 느끼지 못했다는 걸 깨닫는 순간, 한번 그려보고 싶어지는 거예요."

또 한 번 뒤로 가는 기분이었다. 재희와 청계산에 올랐다가 내려오는 길이었다. 등산객으로 북적대던 산길도 어느 한순간에 이르면 조용해지는 때가 있다. 정적 속에서 정자가 보였다. 현판에는 '담박명지(澹泊明志)'라고 쓰여 있었다. 마음이 담백하지 않으면 뜻을 밝게 가질 수가 없다는, 제갈량이 아들을 훈계하기 위해 쓴 글이었다. 재희는 자기가 좋아하던 구절이라며 마음이 고요하고 평안해야만 원대한 곳에 이를 수 있다는 다음 구절까지 인용했다.

"고요하고 차분한 상태에 이르면 뜻을 밝게 가질 수 있다는 옛말이 있는데…… 이곳에서 비로소 그것을 찾으셨군요."

여인은 활짝 웃으며 말했다.

"그렇게 의미를 붙여주니 정말 그럴싸하네요."

재희의 말을 옮긴 것에 불과했지만 여인은 눈빛을 반짝였다.

"차 한잔 하실래요? 집에서 가져온 차가 있어요."

여인은 구석에 놓인 휴대용 박스를 열고 보온병을 꺼냈다. 슬쩍 보니 캔맥주가 들어 있었다. 화영은 맥주에서 눈길을 거둘 수가 없었다. 밀 보리 이삭이 화환처럼 그려져 있는 맥주는 화영도 즐겨 마시는 것이었다.

"차보다는 맥주를 더 좋아하나 보죠?"

여인은 웃으며 맥주를 가리켰다.

화영은 들키고 말았다는 표정을 지으며 웃었다.

"저도 즐겨 마시는데, 요즘 배 속이 안 좋아 매실차를 마시고 있어요. 한잔하실래요?"

깊은 산속에서 감로수를 받아든 기분이었다. 여인에게서 캔을 받자마자 마개를 급하게 땄다. 갈증뿐 아니라 허기마저 가셨다. 맥주

값을 해야 할 것 같았다.

"저도 한때…… 그림을 그렸어요."

"아, 그러세요?"

여인은 눈과 입을 동시에 키웠다.

"동기가 하는 화실을 소개해드릴 수도 있어요."

화영은 호기롭게 말했다.

"지금은…… 안 그리시나 봐요."

빈속을 타고 내려가는 호프의 강렬함보다 더 큰 통증이 가슴을 훑었다. 안 그리기보다는 못 그리고 있었다. 하지만 어머니에게 밭작물을 그려다가 보여주는 여인 앞에서 그림을 못 그리고 있다고, 어느 날부턴가 그림이 그려지지 않는다는 얘기를 할 수는 없었다.

새소리가 들렸다. 입맛을 다시며 우는 것 같지는 않았다. 텃밭에서 나는 것 같기도 했고 뒤쪽 언덕 너머에서 나는 것 같기도 했다. 언덕 아래로 길게 누워 있는 텃밭이라서 공명이 그럴싸했다. 화영은 남은 맥주를 들이켰다.

"하나 더 드릴까요?"

화영은 거절할 수가 없었다. 다음엔 꼭 자신이 한잔 사겠다는 말을 다짐하듯 건넸다. 화영은 캔을 딴 후 여인의 종이컵에 부딪쳤다. 기시감 때문인지 버릇이 스스럼없이 나오고 있었다. 마치 재희가 앞에 앉아 있는 것 같았다. 화영은 이 상황을 어떻게 받아들여야 몰라 당황했다.

―왠지 니가 사 올 줄 알고 아직 점심을 안 먹고 있었지.

화영이가 맥주캔이 든 비닐봉지를 흔들자 재희가 웃으며 말했다.

―내가 이곳 도서관에서 니 생각을 하면 그것은 내 머리를 스치는 바람에 실려 나뭇잎에 전해지고 나뭇잎은 이리저리 흔들리며 잔잔한 거리의 공기를 뒤흔들고, 그 파장이 건물을 넘고, 막 유리문을 밀고 나온 사람의 옷깃에 묻어 지하철을 타고 L시로 날아가, 학교에 가려고 지하철을 타던 너의 행로를 틀게 하지. 하지만 내가 아무리 텔레파시를 보내도 주파수가 맞지 않으면 수신을 못 하겠지…….

재희는 만날수록 동시대를 살아가는 사람 같지가 않았다. 오래된 병풍 속에서 나온 여인 같았다. 언젠가는 훌쩍 자신 곁을, 서울이라는 도시를 떠날 것만 같았다. 그럴수록 조바심이 나 재희가 공부하고 있는 북촌도서관을 드나들었다. 어느 땐 수업을 제치고 이곳으로 등교하기도 했다. 도서관 식당 메뉴는 학교 식당에 비하면 성찬이었다. 돈가스가 나오는 날은 캔맥주를 사가지고 와 낮술을 마시기도 했다.

재희는 화영처럼 영화를 즐기는 편은 아니었다. 〈줄 앤 짐〉을 본 것도 학당에 가기 전 남은 시간을 때우기 위해서였다. 하지만 영화를 보자고 하면 거절하지는 않았다. 장 자크 아노 감독의 〈연인〉을 보던 날이었다. 베트남에 살고 있는 프랑스 소녀의 운명 같은 사랑 이야기였다. 〈줄 앤 짐〉처럼 분방한 삼각관계는 아니었으나 어린 프랑스 소녀와 중국 부호의 은밀한 애정 행각은 또 한 번 충격적이었다. 화영은 영화에 너무 몰입해서 본 탓인지 시청각실을 나왔을 때는 허기가 졌다. 도서관 비탈길을 내려오면 문전성시를 이루는 떡볶이집이 있었다. 화영은 떡볶이를 시켜 게걸스럽게 먹었다. 입안이 홀라당 벗겨질 정도로 뜨겁고 매운, 감칠맛이 차지게 밴 떡볶이는 씹을 적마다 쫄깃거렸다. 먹을수록 더 먹고 싶어졌다. '마약떡볶이'라는 소문 그대로였다. 재희는 포크질을 조금씩 늦추더니 접시가 바닥을 드러내자 슬며시 냅킨을 화영 쪽으로 밀었다. 순간 화영은 얼굴이 달아올랐다. 접시 바닥을 물들인 고추장 양념처럼 볼이 화끈거렸다. 화영은 지금도 〈연인〉을 떠올리면 볼이 먼저 붉어졌다.

화영은 도서관에 와도 열람실로 가지 않고 벤치에 앉아 재희를 기다렸다. 남들은 학비를 벌기 위해 아르바이트를 하고, 졸업작품 전시회로 분주한데 화영은 그곳으로 갔다. 도서관 정원은 전망이 좋았다. 언덕배기에 자리하고 있어 시가지가 한눈에 내려다보였고, 늘 바람이 불었다. 오래도록 벤치에 앉아 있다 보면 바람이 전언처럼 여겨졌다. 도서관에 문서로 저장되지 못한 문자들이 떠도는 것 같았다. 바람의 메시지를 온몸으로 맞는 것은 정문에서 도서관 건물까지 터널을 이루고 있는 벗나무였다. 아름드리 벗나무가 이리저리 쏠리며 내는 비질 소리는 바람을 읽는 소리였다. 온몸으로 읽기에 나무는 날로 유연해졌다. 화영은 나무처럼 바람을 맞고 싶었다.

─공자님 제자인 증점도 그 비슷한 말을 했어.

재희는 양손을 깍지 낀 채로 화영을 바라보았다.

—기수에서 목욕하고 무우에서 한가롭게 바람이나 쐬는 경지를 최고라고 읊어 공자님이 무릎을 치게 만들었거든.

화영이 두런두런 자신의 느낌을 얘기하면 재희는 문헌을 꼭 덧붙였다. 화영은 자신이 유유한 사상적 흐름에 닿아가는 듯해 우쭐해지기도 했다. 재희도 이따금 화영이 와 있지 않나 싶어 정원을 둘러본다고 했다. 화영이 없으면 머쓱해져 어슬렁거리다 다시 열람실로 들어간다는 것이다. 재희는 휴대폰을 사용하지 않았다. 도서관에도 없고 집전화나 이메일에도 답장이 없으면 불안했다. 재희가 어디론가 훌쩍 가버릴 것 같았다. 재희가 병풍 속에서 뛰어나온 듯한 느낌이 강할수록 불안감이 커져갔다. 화영은 기우라고 여겼다. 재희를 좋아하는 마음이 멋대로 키우는 그림자라고 단정했다. 그러나 그것은 들어맞았다. 재희가 사라진 것이었다.

여인은 다 마신 종이컵을 내려놓지 않고 들고 있었다. 화영은 빨리 캔을 비워야 할 것 같았다.

"천천히 마셔요. 전 치커리를 좀 뜯어야 하거든요."

여인은 박스에서 면장갑을 꺼내 꼈다. 장갑 하나를 꼈을 뿐인데도 이젤 앞에 앉아 있을 때완 달라 보였다. 편한 배기바지를 입고 있어선지 엉덩이도 펑퍼짐해 보였다. 여인의 앞모습과 다른 뒤태를 보자 갑자기 그녀의 삶이 궁금해졌다. 무엇을 하는 사람이기에 다시 그림을 그리기 시작했을까. 저 나이가 되면 그 정도의 여유는 갖게 되는 걸까. 화영은 20년 후 자신의 모습을 그려보았다. 그때쯤이면 자신도 다시 붓을 잡을 수 있을까. 재희만 사라지지 않았다면 붓을 놓고 묘비 사진이나 찍으러 다니는 일은 없었을까.

ㅡ왜 묘비만 찍죠?

그런 질문을 받을 때마다 화영은 난처했다. 한국화를 전공한 그녀가 일을 할 수 있는 곳은 많지 않았다. 그림을 계속할 재능도 열정도 잃은 그녀를 유일하게 받아주는 곳은 동화를 출판하는 출판사였다. 그것도 전래동화 전집이나, 유명한 작가의 소설을 아동물 시리즈물로 출간할 때뿐이었다. 띄엄띄엄 있던 일거리조차도 줄어들었다. 필력을 잃은 탓도 있었지만 재희가 사라진 후 작업실에만 박혀 있을 수가 없었다.

재희가 보이지 않았다. 연락도 되지 않았다. 원룸도 뺀 상태였다. 그녀가 다녔던 학당에 갔으나 원룸의 주소로 돼 있어 고향으로 연락을 할 수도 없었다. 동네 파출소에 실종신고를 냈지만 그 어떤 단서도 찾아내지 못했다. 기다림에 지쳐 어떤 흔적이나 주검이라도 확인하고 싶었으나 그것마저도 허락되지 않았다. 실종은 죽음보다 더 가혹했다. 끝내 돌아오지 않을 거라는 공포와 언젠가는 돌아올지도 모른다는 희망이 뒤섞여 문을 닫아걸지 못하게 했다. 삶과 죽음, 존재와 부재 사이에 경계석을 세울 수 없었다. 오직 빈자리만을 더듬게 할 뿐이었다.

묘비가 다시 보이기 시작했다. 생몰연대가 있고, 주검이 단정하게 묻혀 있는 봉분과 그 이력을 새긴 문패가 아름다웠다. 회색 돌덩

어리에 새겨진 정확한 생애가 그 어떤 것보다도 화영을 사로잡았다. 화영은 재희처럼 비석을 읽고 절을 올리는 대신 묘비석을 카메라에 담았다. 재희가 자살했을지도 모른다는 생각으로 괴로웠던 적도 있었다. 하지만 비문을 읽고 감동을 받으면 절을 올리는 유림의 딸이 자살을 시도하지는 않았을 것이었다.

자신에게 어떤 금기를 주고 싶은 시간대가 있다. 학부 때 동기인 복학생이 있었다. 그는 잘 웃지 않았다. 그가 웃는 모습을 본 적이 없었다. 영주 부석사에 야외 스케치를 갔다가 갑자기 비가 쏟아져 우산을 함께 썼다. 이런저런 이야기 끝에 그는 자신이 좋아하고 따랐던 수녀님이 다른 성당으로 전출 간 후로 웃음을 잃었다고 했다. 화영은 복학생을 올려다봤다. 너무도 소소한 일로 자신을 엄격하게 다루는 그가 석상 같았다. 화영 또한 자신의 프로필로가 복학생의 그것 같기를 바랐다.

―조용, 하잖아요.

화영은 방황과 번뇌를 한마디로 일축했다. 왜 묘비를 찍냐고 물으면 조용하지 않냐고 되물었다. 지인들은 더 이상 묻지 않았다. 자신의 반문을 조용히 하라는 말로 여기는 것 같아 씁쓸했지만 굳이 변명하지 않았다.

부스 안팎이 점차로 어두워지고 있었다. 화영은 캔을 일그러뜨리며 일어섰다. 부스는 다른 밭보다 조금 높은 곳에 위치하고 있어 텃밭 풍경이 한눈에 들어왔다. 이랑마다 서로 다른 작물들이 자라고 있어 자연스럽게 분할이 됐다. 푸른 잎만 있는 게 아니었다. 간간이 적색들도 섞여 대비를 이뤘다. 미국의 색면 화가의 그림이 떠올랐다. 화면을 가로와 세로로 나눠 채색한 구성과 흡사했다. 화영은 거대한 그림 앞에 서 있는 기분이었다. 그런 느낌은 너무도 오랜만이어서 텃밭이 비현실적으로 다가왔다.

컴퓨터 화면에는 국립현충원에서 찍어온 사진들이 필름처럼 펼쳐져 있다. 200장을 넘게 찍어온 사진에서 10장 정도를 골라냈다. 다시 '그룹전'에 보낼 작품을 골라야 했다. 사진을 찍는 일은 카메라에 풍경을 쓸어 담는 거나 마찬가지다. 쓸 만한 사진을 선별하고 확대와 축소를 거쳐 자르고 색 보정까지 하는 후반부 작업이 더 길고 지루했다. 빨리 작품을 선정하고 인화를 마쳐야 액자를 주문할 수 있었다.

적막 속에 일렬로 서 있는 묘비석은 거푸집으로 찍어낸 양 똑같다. 연회색 재질도 한결같았다. 그림자마저도 한 방향이다. 삶과 죽음의 순간은 제각각일 텐데 봉분과 비석이 이토록 한결같아도 되는 건가 싶었다. 무엇으로 저들의 생과 죽음을 구분지을 것인가. 묘비에 새긴 생몰연대와 이름? 그 앞에 놓인 꽃바구니? 지난번 석주산에서 찍어온 비목 사진은 달랐다. 서툰 낫질로 만들어져 산속에 꽂혀 있었지만 그곳이 6·25 때 격전지였다는 사실을 증거하는 표지석이었다. 똑같은 모습으로 사열하듯 서 있는 묘비 사진을 한두 장 빼더라도 비목 사진을 넣고 싶었다. 세 장을 골라 창에 띄웠다. 화면이 사라지면 마우스를 클릭을 했고, 사라지면 반복했다.

카카오톡 문자를 알리는 신호음이 울렸다. 사진이 전송됐다. 연푸른 넝쿨이 지지대를 타고 오르는 모습이었다. 지지대에는 분홍 끈을 매놓았다. 선물 포장을 할 때 주로 쓰는 핑크였다.

─넝쿨들 머리 올려줬어요. 밭이 온통 울긋불긋. 보고 싶으면 건너오셔요. ^^

텃밭 여인이었다. 그날 헤어지며 동기가 하는 화실을 소개해줬다. 화실을 찾아갔는지 고맙다는 인사말과 한번 놀러 오라는 문자를 받았지만 간다고 하면서도 가보지 못했다. 푸른 텃밭에서 새틴 끈으로 머리를 묶고 자라나는 작물들이 어른거렸다. 싱싱한 기운이 몰려드는 것 같았다. 화영은 컴퓨터를 끄고 작업실을 나왔다. 아직 맥주 빚도 못 갚고 있었다.

한 달 만에 찾는 텃밭은 다른 모습이었다. 길옆 옥수숫대가 펜스보다 더 높게 자랐고, 밭작물만큼 잡풀도 무성했다. 머리를 올린 작물은 오이뿐만 아니었다. 고추밭에도 지지대를 꽂고 이랑 전체를 두 줄의 끈으로 둘러놓았다. 끈 종류도 다양했다. 비닐끈에서부터 낚시줄, 노끈도 요긴하게 쓰였다. 지지대도 가지각색이었다. 나무 막대나 알루미늄, 플라스틱 막대는 기본이고 우산대나 커튼봉, 골프채도 거꾸로 박혀 있었다. 그 사이를 빨랫줄처럼 연결한 끈을 타고 덩굴손이 뻗어나고 있었다.

"며칠 전 내린 비로 콩과 오이 넝쿨이 뒤엉켜 그림만 그리고 있을 수가 없네요."

여인은 가림막이 귀밑까지 내려온 모자에 고무장화를 신은 채로 화영을 맞았다.

"끈들의 퍼레이드가 장관이네요. 운동회 여는 줄 알겠어요."

여인은 고개를 끄덕였다.

"하루가 다르게 크기 때문에 잔손이 많이 가네요. 며칠만 안 와도 잡초는 뿌리를 깊숙이 내리고, 작물은 다른 식물을 타고 올라가버리기 일쑤예요. 대리 농사꾼 죽을 지경이네요."

여인은 밭을 향해 살짝 눈을 흘겼다.

"씨만 뿌리면 거둬지는 게 아니었군요."

"어머니한테 얻어먹을 때는 저도 그러는 줄 알았어요."

여인은 고개를 끄덕였다.

"그림 공부는 잘 되고 있어요?"

"네. 좋으신 분을 소개해줘서……. 손 원장님이 주변 정경도 함께 그리는 세밀화에 도전해보래요. 요즘엔 펜으로 많이들 그린다며……."

여인은 눈에 힘을 주며 다소 익살스런 표정을 지었다.

"맞아요. 인사동에서 펜화전도 본 것 같아요."

화영은 여인이 본격적으로 매진할 수 있는 길을 찾은 것 같아 반가웠다.

"우선 맥주 파티를 해야겠네요."

화영은 스툴에 앉자마자 사 온 맥주를 꺼냈다. 장갑을 벗던 여인이 손끝을 살폈다.

"다쳤어요?"

화영이 묻자 여인은 오이 넝쿨을 줄에 매다가 긁힌 거라고 했다.

"오이 잎 뒤에 가시 달린 거 알아요?"

"오이가 아니라 잎에도 가시가 있나요?"

"열매에도 가시가 있지만 잎 뒤에도 거친 털이 나 있어요. 지지대 나 다른 식물을 감고 오르려면 매끈해서는 어렵겠죠."

잎 뒤에 거친 털을 달고 뻗어가는 생명력이 경이로웠다. 덩굴손은 털 달린 발을 허공에 내딛으며 어디까지 뻗어나갈까. 재희가 말했던 원대한 곳이 떠올랐다. 마음을 고요하고 밝게 가지면 이르게 되는 곳. 오이에게도 그곳이 존재하기에 더듬더듬 찾아가는 걸까. 노란 꽃을 랜턴처럼 밝히며. 꽃은 동전만 한데도 왜 그리 밝고 선명한지 알 것 같았다. 스스로를 환하게 밝혀야만 눈에 띌 것이다. 조용하고 평화로워 보이지만 임무를 수행하는 작물들로 텃밭은 더 무성해질 것이었다. 언젠가 살풀이를 추는 춤꾼과 선산 묘지에서 공연을 꿈꾼 적이 있었다. 하지만 천연의 무대는 결코 호락호락하지 않았다.

"살풀이 공연을 한다기에 보러 간 적이 있어요. 뒤풀이에서 춤꾼 과 얘기를 나누는데 흥미롭더라고요."

춤꾼은 상대를 바로 보지 못하고 힘을 뺀 목소리로 혼잣말처럼 중 얼거렸다.

─추석 때 공연이 잡혀 좀 이른 성묘를 갔어요. 늦더위가 기승을 부리던 날이었는데 아버님 산소에 올랐더니 진한 풀벌레 소리가 기막혀요. 국립국악단과 공연을 해본 적도 있는데 그런 연주와도 비교가 되지 않을 만큼요. 아직 벌초를 하지 않은 산소 주변은 무더위와 장마에 웃자란 잡초로 낮은 봉분을 가려버릴 정도요. 그 속에서 울려 퍼지는 풀벌레 울음소리는 손끝 발끝을 간질여요. 회한곡처럼요. 그것에 맞춰 살풀이를 추고 싶어요.

화영에게 공연예술가의 열망이 그대로 전해졌다. 느리면서 어눌한 말투와 문장을 요, 자로만 끝내는 독특한 어법도 인상적이었다. 게다가 묘비 앞에서 추는 살풀이라는 말에 더 매혹됐다. 음향기에 녹음된 소리가 아닌 천연의 소리에 맞춰 영가의 넋을 푸는 동작을 카메라에 담고 싶었다.

곧바로 춤꾼의 선산을 찾았으나 추석이 지나 벌초 후였다. 잘려나간 잡초와 함께 풀벌레 소리도 사라졌다. 화영은 천연 무대의 일회성을 실감했다. 둘 다 아쉬움이 너무 컸던지라 다음을 기약하지도 못했다.

"이곳은 정말 순간순간 일어나고 쓰러져요. 내가 핸드폰을 안 가져왔던 날, 봄동을 보지 못했다면 그림 그리는 일을 생각하지 못했을 거예요. 흙을 밀고 나온 모습이 어찌나 생동감이 넘치던지 가만히 있을 수가 없었거든요."

여인은 '기운생동'을 말하고 있었다. 사군자를 가르치던 교수는 이정의 '풍죽(風竹)'을 슬라이드로 보여주며 그 기법을 설명했다.

─비바람에 흔들리는 댓잎을 보세요. 바람과 댓잎이 만나 '천지의 리듬'을 타고 있는 것 같지 않나요.

화영은 지금도 생생한 댓잎을 떠올리며 말했다.

"맞아요. 봄동 스케치에서 그런 리듬이 느껴졌어요. 이젠 제가 한 수를 배우네요."

여인은 고개를 젓더니 어색한지 불쑥 어릴 적 이야기를 꺼냈다.

"어머니는 앞마당에 수세미를 키우셨는데, 한 해도 거르지 않고 그물망을 만들어주셨어요. 조금 전 끈을 치는데 문득 그게 길처럼 여겨지더군요. 오이 넝쿨을 잡아주는 것에 불과하지만 식물에겐 감고 오를 수 있는 길이라고 생각하니 일손을 멈출 수가 없더라구요."

화영은 수많은 길이 펼쳐져 있는 텃밭을 바라보았다. 이랑을 에워싸거나 밭을 가로질러 매인 끈은 허공을 나뉘며 길을 내고 있었다. 역광이 비쳤다. 길들이 빛나 보였다.

갑작 쏟아진 비를 피해 텃밭 부스로 들어섰다. 새로 구입한 카메라로 사진을 찍기 위해 나서던 길이었다. 반사경과 프리즘을 없앤 미러리스 카메라는 가벼워 휴대하기 편했다. 화소 수도 늘어나 고화질에 대한 기대도 컸다. 석주산은 그동안 오르내렸던 길보다 텃밭 쪽에서 올라가는 것이 더 편하다는 것을 알았다. 작업실 앞 정류장에서 텃밭 아래까지 버스가 다녀 접근성도 좋았다. 버스에서 내려

막 산으로 오르려는데 비가 쏟아졌다. 비를 피해 부스로 무단 침입을 할 수밖에 없었다. 한낮인데도 비가 내려 주위엔 아무도 없었다.

천막에 떨어지는 빗소리가 거셌다. 밭고랑까지 뒤덮은 작물과 땅에 떨어지는 빗방울 소리까지 합쳐져 빗소리에 에워싸인 듯했다. 바람막이가 젖어 살갗에 들러붙어 있었다. 습기를 품은 눅진한 섬유는 떠올리기 싫은 기억처럼 피부를 자극했다. 며칠 전 여인과 맥주를 마시며 꽤 많은 이야기를 나누었다. 왜 그림을 그리지 않느냐는 물음에 재희 이야기를 하지 않을 수 없었다. 자신의 무능과 게으름을 재희의 실종으로 떠넘기는 것 같아 변명까지 늘어놓다 보니 이야기가 길어졌다. 그래도 의식 저편으로 밀쳐놓은 그 이야기까지 발설하진 않았을 것이다.

화영은 재희의 행방을 추적하다가 설악산 용대리를 떠올렸다. 재희와 마지막 여행을 간 곳이었다. 일감마저 끊겨 울적해 있는데 백담사나 둘러보고 오자고 해서 떠났다. 설악은 가을의 절정에 이르러 있었다. 온 산을 물들인 단풍 속으로 발길은 한없이 끌려 들어갔다. 느릿하게 걷고 있는데 바랑을 진 선승 두 명이 앞질렀다. 선세계로 갓 입문했는지 걸음에서 칼바람 소리가 났다. 풀기 어린 승복은 빳빳했고, 가뿟한 바랑에서는 불경 한 소절이 흘러나올 것 같았다. 일체의 연을 뒤로하고 자신의 길을 찾아가는 선승의 결기가 그대로 묻어났다.

한 시간 정도 산을 오르니 북소리가 났다. 산속 깊은 곳에 그토록 너른 터가 있나 싶을 정도로 툭 트인 곳에 암자가 있었다. 북소리는 그 암자에서 나오는 법고 소리였다. 조금 전 그들을 앞질러 간 선승들이 장삼을 두른 채 종루각에 서 법고를 두드리고 있었다. 손에 쥔 북채를 두드리기만 하는 게 아니었다. 맑은 소리가 나는 각을 '톡' 하고 때리더니 북채를 허공으로 던졌다. 빙글빙글 공중돌기를 하고 내려온 채를 잡아 미친 듯 두들겼다. 동작 하나하나가 치밀하여 자칫 한눈이라도 판다면 북채를 떨어뜨릴 것 같았다. 한 치의 오차도 허용치 않는 동작들이 눈코 뜰 새 없이 이어졌다. 화영은 선승의 무서운 몰입에 전율했다. 세간의 뭇 생명들을 구원하고자 치는 북소리라기보다는 자신의 길을 가차 없이 가고자 하는 염원을 담아내고 있었다. 관객들의 넋을 홀랑 빼놓고 선승은 다시 길을 나섰다. 콧잔등으로 송송 밀어올린 땀을 닦을 새도 없이 바랑을 지더니 서둘러 떠났다. 화영은 선승의 땀방울을 보는 순간 맨살을 본 것 같아 흠칫 몸을 떨었다.

―오세암으로 해서 봉정암까지 간다누면. 저녁 예불을 봉정암에서 드리려면 서둘러야겠지.

―하루에 삼사순례라니. 더군다나 봉정암에서 예불을 올리다니 머잖아 성불하시겠네.

봉정암은 내설악 가장 깊은 곳에 있는 절이었다. 부처의 진신사리를 모셔놓은 적멸보궁으로 우리나라에서 가장 높은 위치에 있었다. 수행도량처로 규율을 엄정하게 하기 위해 아무나 묵을 수도 없는 절이었다. 아직까지 임도조차 나지 않아 절에 필요한 물건을 올리거나 쓰레기를 내려올 때면 헬리콥터가 떴다. 불자라면 꼭 한 번 가보고 싶은 순례지였다.

화영은 선승의 뒤를 따르고 싶어졌다. 깊은 산속에 있다는 절이 성지처럼 여겨졌다. 날이 선 잿빛 승복에 땀방울을 숨기고 부리나케 가는, 갈 길이 정해져 있는 자들의 포행을 쫓고 싶었다. 졸업을 했는데도 받아주는 곳은 없었다. 그동안 그려왔던 그림에도 확신이 들지 않았다. 먹물과 화선지만 날렸다고 자학하며 떠나온 여행이라 그들의 발걸음이 더 분명해 보였다.

재희도 서두르고 있었다. 조금 전까지만 해도 함께 누렸던 여유가 걷혀 있었다. 화영아, 너무 좋지 않니, 역시 오길 잘했지 하며 자신의 말에 공감해주지 않으면 걸음을 떼지 않겠다는 듯 늘어지던 동작은 온데간데없었다. 홀로 바삐 걷고 있었다. 재희 또한 선승의 땀방울을 본 것이 틀림없었다. 그때만큼은 영혼의 일치가 싫었다. 재희가 느낀 것을 자신도 느끼고, 재희가 본 것을 자신도 봤을 때 느꼈던 안도감이 사라졌다. 자신이 본 민망할 정도로 아름다운 것을 그녀도 보았던 것이다. 자신에게 온통 집중했던 눈빛을 그것을 향해 발산하고 있었다.

둘은 부지런히 걷기 시작했다. 좁은 산길이 나오면 먼저 가려고 앞을 다투었다. 결국 재희가 발목을 접질려 주저앉고 말았다. 오세암의 청기와가 발아래로 내려다보이는 고갯마루에서였다. 오세암 전경이 한눈에 내려다보였다. 이미 도착한 선승은 북을 두드리기 시작했다. 평지에서 듣던 북소리와는 또 달랐다. 연꽃을 닮은 산봉우리 속, 누각에서 퍼지는 북소리는 저 아래서부터 메아리지며 차올랐다. 발목이, 무릎이, 어깨가 어떤 간구로 스며드는 것 같았다. 조금만 더 조금만 더 젖어들면 법열의 경지에라도 오를 것 같았다. 순간 재희는 뭐가 다급했는지 잽싸게 내려가다 발목을 삔 것이다.

의식을 마친 선승은 오세암에서 나와 고갯마루를 지나갔다. 그들은 부지런히 걸어도 저녁 무렵에야 닿을 수 있는 봉정암을 향해 몸을 밀듯이 나아갈 것이다. 바람을 일으키며 나아가는 선승의 뒷모습을 보자 화영은 온몸의 힘이 빠졌다. 재희는 얼굴을 찡그린 채 발목을 붙들고 있었다. 화영은 고개를 돌렸다. 누군가가 쩔쩔매는 재희에게 다가가 등산용 스카프로 응급처치를 해줬다. 가까스로 산을 내려오는 동안에도 둘은 말이 없었다. 재희가 절룩거리며 산길을 내려오는데도 화영은 배낭은커녕 부축도 하지 않았다. 재희의 걸음걸이가 위태롭게 보였던지 뒤따르던 남자가 스틱을 건네며 배낭을 들어줄 때도 화영은 모른 척했다. 한동안 둘은 연락도 하지 않았다.

빗줄기가 굵어졌다. 밭고랑은 도랑이 됐다. 간혹 산으로 오가던 인적조차 끊겼다. 화영은 자신이 텃밭을 지키는 경비가 된 듯했다. 자투리땅 텃밭으로 갑자기 쏟아진 비를 그으려고 뛰어든 게 아니라, 홀로 초소를 지켜야 할 임무를 받은 것 같았다. 새가 날아들면 소총이라도 겨누어야 할까. 굳이 생각하고 싶지 않은 그 기억마저도 방

아쇠를 당길 수만 있다면.

태준을 만난 것은 재희와 여행을 다녀온 후였다. 동기의 작품전에 갔다가 그곳에 그림을 보러 온 그를 동기가 사촌오빠라며 소개해줬다. 태준은 인물도 준수한 데다 인품도 반듯했다. 누구나 다 부러움을 살 만한 직장에 다녔고 집안도 빠지지 않았다. 무엇보다도 화영이 미대를 졸업했다는 것을 마음에 들어했다. 형은 의사고, 누나는 법조인과 결혼했으니 자신은 예술가과 결혼을 하는 것이 가문을 위한 일이라며 농담처럼 말했다. 사회에서는 외면당하는 자신의 졸업장이 결혼이라는 취업에는 요긴하게 쓰일 수도 있을 것 같았다.

화영은 태준과 만난다는 사실을 재희에게 알리지 않았다. 딱히 숨겼다기보다는 굳이 말을 하고 싶지 않았다. 태준과 만나던 날, 재희와도 약속이 있었다. 태준을 두 시간만 만나고 바로 재희에게 갈 작정이었다. 가지 마라, 가야 한다 하는 실랑이를 벌이다 약속 시간에 늦어버렸다. 태준은 자신의 차로 백화점 앞까지 데려다주었다. 백화점은 휴점이었고, 셔터가 내려져 있었다. 재희는 보이지 않았다. 태준은 그냥 가자고 했다. 백화점 앞 어딘가에 재희가 있을 것이다. 상대가 늦는다고 해서 그냥 갈 그녀가 아니었다. 태준은 가자며 화영의 손을 잡았다. 재희의 시선이 느껴졌다. 순간 화영은 강렬한 기운이 번지는 것을 느꼈다. 병풍 속 여인처럼 고상하게 구는 재희 앞에서 분방해지고 싶었다. 재희가 누리는 고전의 깊이와 풍요로움 앞에서 갖게 되는 열등 의식이 망상을 불러일으키고 있었다. 화영은 스스로를 그 정도로 옹졸하다고 여기고 싶지 않았다. 바로 그런 의식이야말로 열등 의식에서 나온다는 것도 떨쳐내고 싶었다. 어떤 상황에서도 자신의 욕망에 충실했고 당당했던 카트린이 스쳤다. 화영은 다른 한 팔로 태준의 손을 잡았다. 등을 보이고 있기 때문에 멀리서 보면 보면 그들의 동작이 꽤 밀착돼 보일 것이다. 태준은 화영의 반응을 민감하게 받아들였다. 그의 입에서 뜨거운 김이 쏟아졌다. 태준의 혀는 날렵하고 집요했다.

차에서 내렸을 때 화영은 눈을 제대로 뜰 수 없었다. 눈부신 태양 아래 벌거벗고 있는 기분이었다. 재희는 백화점 건물의 기둥에 기댄 채 내려다보고 있었다. 사팔뜨기처럼 두 눈을 모은 채 쏘아보는 눈길이 불볕보다 더 따가왔다. 다행히 재희가 먼저 자리를 피해주었다. 다행히도가 불행히도로 바뀌는 시점이었다.

용대리행을 망설이던 화영은 선승들의 법고 소리를 들었던 암자를 찾았다. 늦가을 북소리가 멎은 마당에는 마른 낙엽만 굴러다니고 있었다. 그들이 앉아서 법고 소리를 들었던 요사채에는 김장을 끝냈는지 무청이 매달려 있었다. 화영이가 인기척을 하자 보살로 보이는 노파가 방문을 열었다. 화영은 자신의 폴더 휴대폰에 찍혀 있는 재희의 사진을 내밀었다.

─혹시 이 사람 여기 오지 않았나요?

노파는 고개를 저었다. 그때 살찐 아낙 한 명이 손을 닦으며 방 안에서 나왔다. 화영은 휴대폰 사진을 보였다.

—아, 그 아가씨 아니래요? 예불 올리려고 북을 치면 나와 앉아 있던 아가씨 맞대요.

화영은 귀가 번쩍 뜨였다.

—여기서 묵었나요?

—네, 며칠 묵었나 봐요.

—어디로 간다는 말은 없었구요?

아낙은 고개를 저었다.

—참, 그 아가씨, 시계를 놓고 갔대요. 수돗가에서 세수하면서 풀어놓았는지 시계가…… 시계 알이 까만 게 시계라기보다는…….

아낙이 일어나 주섬주섬 시계를 찾았다. 재희는 가는 손목에 어울리지 않게 커다란 시계를 차고 다녔다. 진한 자수정 덮개 때문에 시곗바늘을 보기도 어려웠을뿐더러 바닥을 알 수 없는 심연처럼 느껴졌지만 무척 아꼈다. 나침반이라도 되는 양 길을 걷다가도 들여다보곤 했다.

화영은 기다릴 수가 없었다. 까만 시계는 재희의 것이 틀림없었다. 암자를 빠져나와 산길을 내려오는데 화영은 재희가 시계를 일부러 놓고 간 거라는 생각이 들었다. 나침반마저 버리고 어디론가 가버린 것이다. 재희는 단순히 사라진 것이 아니었다. 어딘가로 간 것이었다. 순간 실종신고가 아무런 의미가 없다는 것을 깨달았다.

재희가 사라지고 난 뒤 화영은 더 이상 태준을 만날 수 없었다. 그와 둘이서 나누는 은밀한 동작에도 뜨악한 시선이 느껴져 몰입할 수가 없었다. 시선을 떨쳐낼수록 몸은 더 굳어졌다. 붓을 놓은 지도 너무 오래돼 그림도 그릴 수가 없었다. 손이 게으른 자에게 카메라는 다행이었다. 눈이 포착한 것을 그대로 재현했다. 구상하고 그리는 동안 전혀 다른 것이 되고 마는 그림에 비해 사진은 원하는 것을 재빠르게 복사했다. 설명하고 덧붙일 필요가 없었다. 얼마든지 줌을 밀고 당겨 원하는 것을 취할 수 있었다.

때로는 의외의 것이 찍혀 있을 때가 있었다. 있다는 사실을 전혀 몰랐는데 그것은 너무도 당연하게 존재하고 있었다. 묘비 사진에는 작은 풀벌레나 이슬방울이 딸려 있곤 했다. 풀잎과 똑같은 빛깔이어서 전혀 보지 못했는데 인화를 하고 보니 여치가 찍혀 있었다. 의도한 것만 보려는 인간의 좁은 시각에 일침을 놓는 듯 미물은 생생했다. 문득 선승의 땀방울에 혹하여 자신이 놓쳐버린 것에 대한 의문이 일었다. 법고 소리를 통해 재희는 무엇을 깨달은 것일까. 북소리가 울리기 시작하자 고갯마루에서 다급하게 뛰어가려 했던 것은 무엇 때문이었을까. 원자나 소립자만으로는 만물의 이치를 제대로 규명할 수 없다며 더 근원적이며 지극한 것을 좇던 그녀는 그날, 무엇을 깨우친 것일까. 여전히 렌즈 밖에 존재하는 실상과 진실을 향해 화영은 셔터를 계속 누를 수밖에 없었다.

빗줄기가 잦아들었다. 해가 떠올랐다. 텃밭은 지열을 뿜었다. 화영은 일어나 카메라 가방을 둘러멨다. 지지대를 타고 오른 방울토마토가 포도송이처럼 매달려 있었다. 수분을 머금은 열매는 더 영글어졌을 것이다. 농부의 발자국 소리만으로 작물이 자라는 것은 아니었다. 뙤약볕은 축축한 땅과 열매에 맺힌 습기들을 서둘러 거두어가고 있었다.

젖은 몸을 말리는 것은 또 있었다. 누군가 고무장화를 막대기에 걸어놓았다. 검은 바탕에 하얀 땡땡이 무늬가 박혀 있는 장화였다. 흙탕물에 빠지기라도 했는지 막대기에 거꾸로 꽂아놓았다. 화영의 눈에는 장화가 단지 꽂혀 있는 것으로만 보이지 않았다. 가시털로 허공을 디디며 뻗어가는 오이 넝쿨처럼 땡땡이 고무장화는 걸음을 내딛고 있었다. 재희의 신발이 겹쳐졌다. 넙적하고 투박하여 등산화처럼 보였던 신발은 그녀의 가는 발목을 지지하며 쉬지 않고 나아갈 것이다.

화영은 가방을 열고 카메라를 꺼냈다. 허공으로 길을 내며 걸어가고 있는 장화를 향해 셔터를 눌렀다.

당신의 레퀴엠

당신은 아내의 울부짖음으로 예술을 찬탄하거나 논하지 않고도

삶 자체를 그 이상으로 진지하게 살아가는 사람들이 있다는 것을 알았다.

고전주의와 낭만주의를 논하지 않아도 가슴속에 품었던 사람을 위해

단 한 번뿐인 레퀴엠을 부를 수가 있다니!

삶의 의미를 묻는 사람은 결코 그것을 알 수 없고,

그것을 한 번도 묻지 않는 사람은 그 대답을 알고 있다던 책 구절을 떠올리며 당신은 괴로웠다.

당신의 레퀴엠

숲 속을 빠져나온 당신은 숨을 몰아쉰다. 반원형 돔을 두르고 있는 콘서트홀이 당신을 맞는다. 상앗빛 석조건물은 빗줄기 속에서 불을 밝히고 있다. 당신의 굳어진 얼굴에 안도감이 어린다.

크리스털 등이 반짝이는 로비는 눈부시다. 날이 어둡고 을씨년스러울수록 불빛은 더욱 빛난다. 스낵바에서 구워내는 음식 냄새가 불빛만큼이나 부산하다. 숱 많은 여인의 머리 냄새를 맡았을 때처럼 자극적이다. 사람들은 향기 좋은 커피에 갓 구워낸 파이를 먹으면서도 무수히 말을 쏟아낸다. 한 천재 작곡가의 비통 어린 절규를 앞두고 있기 때문일까. 관현악단과 어우러질 혼성합창단의 화음은 그 어떤 의식보다도 웅장하리라는 기대가 수다를 키운다.

당신이 지나치면 사람들은 약간씩 몸을 움츠러뜨린다. 일행이 없는 당신은 카페테리아의 어느 좌석에도 앉지 못하고 서성인다. 오늘 연주될 곡목이 자꾸만 혀끝을 맴돈다. 일회용 비닐봉지 속에 접어 넣은 우산을 지휘봉 삼아 팔을 휘두르고 싶다. 다소 겉돌기만 하는 어색함이 즉흥적인 행동을 불러일으키는지도 모른다.

로비의 벽면에는 오늘 연주할 지휘자의 사진이 붙어 있다. 독일의 전설적인 지휘자, 첼리비다케의 수제자가 250년이 된 오스트리아 천재 작곡가의 음악을 어떻게 해석해낼지 궁금하다. 당신은 상임 지휘자의 화려한 경력보다 날카로운 콧날에 기대를 건다. 허공을 향해 솟아 있는 콧날은 감수성을 잡아 늘여놓은 듯 날렵하다. 아름다운 선율로 단련된 두개골도 도드라져 있다. 중지를 구부려 두드리면 맑은 소리가 날 것 같다. 잘생긴 이마가 돋보이도록 쓸어 넘긴 은발은 사색의 깊이를 더해준다. 당신은 지휘자의 사진을 보며 다소 느슨해진 보타이를 쥔다. 호박에 당초무늬 칠보를 입힌 펜던트는 당신이 가장 좋아하는 펜던트다. 2년 전 당신이 거사를 치르던 날, 마지막으로 건 메달이기도 하다.

홀 안으로 입장하라는 안내방송이 흐른다. 당신은 레퀴엠이나 교향곡은 2층에서 듣는 걸 좋아한다. 오케스트라와 혼성합창단이 토해내는 함성은 다소 떨어져 들어야 제대로 들리기 때문이다. 로열석에 앉아 지휘자의 발끝을 바라보며 듣는 것처럼 어리석은 일은 없다. 한번 굳어진 생각은 옳다고 믿어버리는 당신은 의식적으로 등을 곧추세우고 계단을 오른다.

좌석은 2층 난간 바로 앞이다. 1층 일부와 무대가 한눈에 내려다

보인다. 당신은 상의를 벗어 한 팔에 걸고 단정하게 앉는다. 점점 잦아지는 발자국 소리, 연주장임을 감안한 낮은 속삭임과 악기를 튜닝하는 소리가 연주 전 설렘을 몰고 온다. 당신은 2년 전에도 이 자리에 앉아 레퀴엠을 들었다. 그날은 오늘처럼 숲길을 돌아 나오지 않고, 승용차로 콘서트홀을 찾았다.

당신은 승용차에 올라앉자마자 안전벨트를 맸다. 순간 당신은 서늘한 한기를 느꼈다. 무엇인가를 빼앗으려는 자와 그것을 빼앗기지 않으려는 자와 실랑이를 벌이는 듯한 착각이 일었다. 등골이 오싹했다. 주위를 둘러본 당신은 운전석에 혼자 앉아 있는 자신을 확인하고 헛웃음을 날렸다.

대풍과 함께 몰아닥친 무더위는 빗줄기 속에서도 기승을 부렸다. 정신을 가다듬은 당신은 와이퍼를 작동했다. 보타이를 매기 위해 와이셔츠 단추를 끝까지 잠가 따끔거리는 것도 참아야 했다. 당신은 후면경을 조절하려고 팔을 들었다가 거울에 비친 자신의 얼굴을 보았다. 오랜 불면 끝의 눈자위에는 가짓빛 그물이 일렁였다. 당신은 아파트의 주차장을 서서히 벗어났다.

아내의 서점을 지나고 있었지만 눈길도 주지 않았다. 아내는 검은 뿔테 안경으로 지독한 근시를 감추고, 허리가 없는 풍뚱한 몸으로 손님들이 찾는 책을 기꺼이 찾아주고 있을 것이다.

독한 년!

한결같은 모습으로 살아온 아내가 감쪽같이 자신을 속인 것이 분했다. 서점을 외면한 채 욕을 했다. 아내가 당신의 승용차를 발견했다고 해서 뛰쳐나오는 일은 없을 텐데도 서점 앞 삼거리에서 좌회전 신호를 기다리고 있던 당신은 신호가 떨어지기도 전에 운전대를 꺾었다. 서로에게 무관하게 사는 일이 습관으로 굳어진 부부였지만 그날의 행동은 유난히 거칠었다. 당신은 분기탱천했으며, 질투심은 천상까지 닿아 있었다.

남부순환로를 타기 위해 두 개의 사거리를 직진했다. 신대방사거리에 이르자 좌회전 신호를 받기 위해 1차선에 멈추었다. 구로 쪽으로 우회전을 하여 서부간선도로를 타고 가면 20년도 넘게 근무한 방송국이 나왔다. 당신은 두 평 남짓한 스튜디오에서 클래식 음악 전문 방송을 기획했다. 고등학교 때부터 들었던 음악이 밥줄이 되고, 전문성까지 인정받아 라디오 프로그램을 진행했고, 금요일 오후면 일반인들을 상대로 강의까지 했다. 강의라야 교향곡이나 협주곡, 실내악, 성악곡, 오페라 등의 명연주 실황 녹화나 세계 거장급들의 음반을 간단히 해설을 곁들인 후 들려주는 수준이었다. 당신은 사람들을 만나는 일이 즐거웠다. 바늘 떨어지는 소리도 알아채야 할 만큼 세심해지는 스튜디오 작업에서 쌓인 긴장을 금요일 오후, 사람들과 만남에서 풀었다.

음악 감상을 하러 오는 이들로는 주로 직장여성이나 대학생, 주부가 많았다. 가끔씩 당신의 또래인 초로의 남자나 직장을 다니는 남성들이 기웃거리기도 했다. 그들은 오래가지 못했다. 아무래도 매주

한가한 시간을 낼 수 있는 일에는 여성들이 더 자유로웠다. 당신은 좋은 공연이 있으면 수강생들에게 소개를 하고 현장으로 가서 직접 들었다.

당신은 수강생들에게 어떤 요구도 하지 않았지만 음악을 듣고 기록해두는 것만은 강조했다. 예술이라는 게 이미지를 쫓는 작업이니만큼 듣거나 보고 나면 실체가 사라졌다. 당신은 그것을 아쉬워하며 리포트를 작성하게 했고, 내용이 좋은 사람에겐 음악회 갈 수 있는 기회를 제공했다. 수강생들이 대부분 여자여서 다양한 여성들과 데이트를 할 수 있는 기회는 자연스럽게 이루어졌다.

남부순환로로 들어섰다. 콘서트홀이 생긴 이래로 줄곧 달렸던 길이 있다. 빽빽한 숲 아래에 자리 잡은 음악의 전당에서 당신은 수많은 연주가를 만났다. 이자크 펄먼이나 로스트로포비치를 보았던 곳도 그곳이었다. 폴 뉴먼을 닮아 더욱 좋아했던 카를로스 클라이버가 지휘하는 빈 필하모닉 교향악단의 표를 구하지 못해 몇 배에 해당하는 웃돈을 주고 표를 산 적도 있었다. 그중에서도 다니엘 바렌보임의 열정적 무대를 잊을 수 없다. 팔레스타인 청소년과 이스라엘 젊은이들로 이뤄진 오케스트라를 이끌고 와서 베토벤 교향곡 전곡을 연주했다. 그의 지휘는 파란만장했던 스캔들만큼이나 열정적이었다. 〈영웅〉과 〈운명〉을 연주할 때는 검투사 같았다. 잘못 연주하면 찌를 것처럼 지휘봉을 휘두르며 젊은 오케스트라를 이끌었다. 사뭇 과시적이기까지 했다. 3번 〈영웅〉 피날레를 연주할 땐 당신도 일어나 그처럼 발을 굴려가며 지휘를 따라 하고 싶었다. 세계적 명장 반열에 오른 그가 베토벤 교향곡 전곡을 연주하는 동안 매일같이 콘서트홀로 차를 몰며 당신은 최고의 호사를 누렸다.

음악은 내게 무엇이었을까.

그날 당신은 좌회전 신호를 기다리며 물었다. 때때로 눈에 보이는 집이 아니라 근사한 전당 한 채를 가슴속에 품고 있다고 자부했다. 그런데 갑자기 그 실체가 묘연했다. 호기심? 음악은 호기심이 아니었을까. 늘 호기심이 앞섰다. '시간예술'인 음악은 재현될 때마다 소리의 빛깔과 느낌이 달랐다. 말러 스페셜리스트라고 부르는 임헌정과 부천시향이 연주하는 〈부활〉은 말러를 연주하기 위해 지휘를 시작했다는 정명훈과 서울시향이 들려주는 것과는 시작부터가 달랐다. 곡의 해석도 차이 나고 연주하는 기량도 달라 새롭게 들렸다. 새로 교향악단이 생겨나면 어떤 교향곡을 가지고 첫 무대를 채울 것인가가 궁금했다. 취미는 점점 애착이 되어 그것을 확인하지 않고서는 견딜 수가 없었다.

호기심은 비단 음악뿐만 아니었다. 당신은 음악만큼 여자도 좋아했다. 말러와 쇼스타코비치의 음악이 전혀 다르듯 여성들도 생김새만큼이나 감성 코드가 달랐다. 당신은 개개인이 지닌 감성의 빛깔을 존중했고, 음악이란 매개와 더불어 향유했다. 그들이 제출한 리포트를 읽고 함께 음악회를 다님으로써 훨씬 더 풍요롭게 교감할 수가 있었다.

당신에겐 음악회의 티켓을 예매할 때마다 그 음악에 맞는 여성을 선택하는 일은 기쁨 이상의 것이었다. 물론 티켓 값이 배가 들었지만 선택의 기회를 갖는 것에 비할 바가 아니었다. 그렇다고 당신은 자신에게 주어진 권한을 함부로 휘두르지도 않았다. 인간에 대한 예의를 자부심으로 여기는 당신은 언제나 정중했고 빈틈없었다. 음악이 다양한 만큼 수강생들에게 고루 기회를 제공했다. 당신은 대단한 지휘자였다. 음악에 대해 관심을 갖고 몰려드는 수강생들을 타고난 변주 능력으로 다루었다. 외골수로 자라 이 나이까지 결혼은커녕 사랑도 제대로 못 해본 나는 그 점이 몹시 부러웠다.

당신과 음악회를 간 것은 뜻밖이었다. 혜정이가 당신의 프러포즈를 거절만 하지 않았어도 함께 브람스를 듣는 일은 결코 일어나지 않았을 것이다. 당신은 내가 정성스럽게 써낸 리포트를 제대로 읽지 않는 눈치였다. 리포트는 누구의 것인가가 중요했지 그 나름의 가치는 별로 인정받지 못했다. 그것을 알아차린 나는 리포트를 내지 않았다. 당신과 음악회에 같이 갈 명분을 아예 잃은 셈이었다.

그러던 어느 날 내게는 전혀 올 것 같지 않았던 기회가 찾아왔다. 당신은 혜정과 함께 늦가을 정취를 헤아리며 음악회에 가서 브람스를 들으려고 했다가 불발되고 말았다. 당신은 바로 앞에서 술잔을 기울이고 있던 내게 불쑥 함께 가자고 했다. 두 사람의 가벼운 실랑이를 물끄러미 바라보며 술을 마시고 있던 나는 느닷없이 내게로 튄 불똥을 피해야 하나, 받아들여야 하나로 망설였다. 결국 나는 나설 수밖에 없었다. 처음부터 내겐 선택의 여지가 없었는지도 모른다.

그날 당신을 따라가 브람스를 듣고 난 후 내 생은 브람스를 듣기 전과, 들은 후로 나뉘었다. 그렇게 비장하면서도 아름다운 선율이 존재한다는 것이 놀라웠다. 왜 하필이면 브람스였을까. 〈아마데우스〉를 보고 모차르트에 매료되기도 했으며, 정명훈 씨가 신이 내린 작품이라고 격찬해마지 않던 슈베르트의 〈미완성 교향곡〉은 MP3로 내려 받아 귀가 닳도록 듣곤 했는데도 브람스를 들은 후에야 비로소 귀가 튄 듯했다.

연주회가 시작되기 전에 당신은 브람스라는 작곡가에 대해 얘기를 했다. 로비에 선 채로 단 한 명의 수강생을 위해 열강을 하는 당신의 모습은 진지하고 아름다웠다. 나는 당신으로 인해 브람스의 고독하면서도 숭고한 생애를 음악보다 먼저 접했다. 스승이자 유일한 후원자였던 슈만의 아내, 클라라 슈만을 사랑하였으나 끝내 이루지 못한 그들의 사랑 이야기를 들으며 이미 나는 브람스에 감동할 준비가 돼 있는지도 몰랐다.

막이 열리자 오선지에 갇혀 있던 브람스의 생애가 서서히 선율로 피어났다. 소리는 귀로 듣는 게 아니라 눈으로 보는 것이었다. 어떤 실체가 와락 느껴지는 순간이 있다면, 그때 나는 선율의 실체를 보았다고 할 수 있겠다. 더없이 투명해져 모든 것이 그대로 비치는 듯했다.

세상에는 이런 아름다움도 존재하는구나. 눈물이 핑 돌았다. 그 어느 것에도 성공해본 적이 없던 나는, 그래서 자신 없는 것만이 유일한 트레이드 마크가 되어버린 나는 극진한 위로를 받는 느낌이었다. 이 지구라는 별에 왔다 간 어느 누군가는 외롭고 고독한 생애 속에서도 저토록 아름다운 선율을 만들었다는 사실이 감격스러울 뿐이었다.

2악장이 끝나고 3악장이 막 연주되려던 참이었다. 나는 팔걸이에 팔을 올리다가 당신의 손등을 스치고 말았다. 순간 어떤 차가운 기운이 몸을 휘감았다. 잘못하면 베일 것 같은 예리한 기운이었다. 언젠가 뒤풀이에서 수강생 하나가 땅꾼들이 뱀 잡는 방법에 대해 떠들었던 이야기가 떠올랐다.

비안을 잡는 방법두 가지가지겠지만…….

눈초리가 가는 입술만큼이나 매섭게 생긴 수강생은 실제 땅꾼처럼 비암이라는 단어를 길게 늘여 뺐다.

비암이 막 구멍으로 들어가는 순간, 아무리 꼬리를 잡고 당겨도 끄떡없대. 비암은 표면이 비늘로 덮여 있잖아. 온갖 힘을 써서 비늘을 일으켜 세우는 바람에 통로가 꽉 막혀 절대로 빠지지 않는다는 거야. 아무리 힘센 장사가 와서 잡아다녀도 꼼짝하지 않는대. 그때 어떻게 하는 줄 알아? 한쪽 손으로 비암을 잡고 다른 한쪽 새끼손가락을 깨물면 그 짜릿한 통증이 비암에게 전달되어 맥을 못춘다네. 사람 독이란 게 그렇게 무섭다는구만. 사람 독을 맞으면 그토록 꼿꼿하게 서 있던 비늘이 한순간 가라앉는대나. 그때 구멍에서 빼낸 비암 꼬리를 잡고서 두어 바퀴 돌리면 헬렐레하면서 축 늘어진다는 거야.

당신의 손등을 스치는 순간 뱀이 위기를 느끼고 온몸의 비늘을 꼿꼿하게 세운 것처럼 큐티큘라층이 불불이 일어난 느낌이었다. 음악에 취한 당신은 신경이 온통 곤두서 있었다. 그 고귀한 세계에서 빠져나오지 않으려는 듯 안간힘을 쓰고 있었다. 우리가 아주 특별한 공간에 갇혀 있는 기분이었다.

연주가 끝나고 공연장을 나와 허둥지둥 걸었다. 당신과 같은 시공간 속에서 절대적인 공감대를 나누었다고 여겨졌다. 꿈길을 걷는 것 같았다. 무작정 걷다가 기척이 없어 돌아다보니 당신은 한참 뒤에 되돌아가고 싶은 표정으로 서 있었다. 주위를 둘러보니 내가 서 있는 곳은 길이 아닌 주차장이었다.

가로수 은행잎이 다 떨어지고 찬바람이 쌩쌩 이는 거리에서 당신은 바바리코트 자락 아래로 나온 내 가는 다리에 눈길을 주었다. 가로수의 빈 가지만큼이나 을씨년스러운 다리는 언제나 감추고 싶은 아킬레스건이었다. 그 다리로 여전히 볼을 물들인 채 허둥대는 날 차마 두고 갈 수 없었던지 당신은 얼른 눈에 띄는 생맥주집을 가리켰다.

주말을 앞둔 가게는 말을 나누기 힘들 정도로 시끄러웠다. 당신은 맥주만 한잔 마시고 일어날 생각이었는지 여러 사람이 둘러앉을 수 있는 커다란 원탁에 앉았다. 맥주가 나오고 우린 브람스를 위해 건배를 올렸다. 취기가 퍼져서일까. 당신은 다소 상기된 채로 맥주를 마시는 내 옆모습이 그다지 밉상은 아니라는 듯 바라보았다. 당신은 맥주 한 잔을 더 시켰다.

　사람들은 쉴 새 없이 떠들었고, K-pop은 발악을 하듯 스피커에서 쏟아졌다. 깊어가는 가을밤, 불멸의 걸작이라고 하는 브람스 4번 교향곡을 들었던 귀가 흙먼지로 덮이는 기분이었다.

　피디님, 나가요.

　난 벌떡 일어나며 소리쳤다. 술이 절반가량 남았는데도 당신에겐 선택의 여지가 없었다. 밖으로 뒤따라 나온 당신은 머쓱해하며 서 있었다. 나는 택시를 잡기 위해 도로로 뛰어갔다. 이번에도 당신에게 선택권은 없었다. 나는 기사에게 갈 방향을 정확히 일러주었고, 택시는 마포대교를 단숨에 넘었다.

　차가 도착한 곳은 용산역 부근 강변이 내려다보이는 초고층 빌딩이었다. 나는 빌딩의 회전문을 밀고 들어갔다. 당신은 다소 놀란 표정으로 따라 들어왔다.

　올라갈수록 한강변의 조망권이 넓어지는 고속 엘리베이터는 43층에 멈추었다. 엘리베이터에서 내리자 당신은 주춤 물러섰다. 막 물이 오르기 시작한 싱싱한 아가씨들이 일렬로 서서 우리들을 맞았다. 나는 지배인을 찾아 한참 이야기를 나눈 후 당신에게 들어가자고 했다. 지배인이 카드를 문에 긁자 벽처럼 보이던 곳이 문이 되어 열렸다. 벽 대신 실내를 에워싼 통유리 너머 지상의 불빛이 한눈에 내려다보였다. 서울 하늘에 별이 없는 이유는 지상으로 다 내려왔기 때문일 거라는 표정으로 당신은 눈앞에 펼쳐진 전경을 홀린 듯 바라보았다.

우리들이 안내된 좌석은 무대가 정면으로 바라다보이는 곳이었다. 원형 무대에는 그랜드 피아노와 콘트라베이스, 트럼펫 주자가 재즈를 연주하고 있었다. 테이블 위엔 알코올램프 불꽃이 재즈의 붐붐거리는 속도로 흔들렸다.

얼마 전에 제 친구 남편의 출판기념회를 마치고 뒤풀이로 왔던 곳이에요. 세무사인 그는 어느새 새로 개편된 부동산 양도세법에 관한 책을 썼더군요. 경제적 감각이 뛰어난 이들은 책을 써도 돈이 되는 책만 쓰나 봐요. 새로 개편된 세법이 복잡하여 전국 부동산에만 깔아도 천문학적인 숫자가 산출되더군요. 상기된 친구 남편은 출판기념회를 요 앞 백화점 토파즈홀에서 치르고, 2차는 야경이 죽여주는 이곳으로 올라와 술을 샀어요. 전 그의 경제적 수치와는 상관없이 이곳의 전경에 반했어요. 제가 가봤던 곳 중 가장 럭셔리한 곳이었거든요. 그토록 아름다운 곡을 들었는데 이 정도 되는 곳에서 세레모니를 해야 되지 않겠어요?

당신은 여전히 놀란 눈으로 날 바라보았다. 내가 그토록 두둑한 배짱을 지니고 있을 줄은 몰랐다는 듯. 음악 강의가 끝나고 갖는 뒤풀이에서 맨 끝에 쪼그리고 앉아 줄담배만 피우다 사라지곤 했으니. 발렌타인 17년산 어때요? 하고 내가 물었을 때 당신은 고개만 끄덕였다.

여기는 카드를 발급받은 VIP만 오는 곳인데, 친구 남편 이름을 대며 지인이라고 통사정을 했어요. 중요한 분을 모시고 왔으니 오늘 비즈니스를 잘 끝내면 정회원에 가입하겠다고 하면서. 자, 브람스를 제대로 건배해요.

당신은 발렌타인을 스트레이트로 마셨다. 얼음을 넣으려던 나도 그냥 마시기 시작했다. 독한 술이 들어가니 몸이 후끈 달아올랐다.

설마, 한 달치 생활비를 다 꼴아박는 건 아니겠지?

당신은 아몬드를 집어 먹으며 물었다.

그날 밤 지불한 술값은 한 달치 부식비와 맞먹는 돈이었다. 사람이 살다 보면 어떤 분기점이라는 게 있다. 어제와 오늘이 매일같이 반복되지만 가끔씩 뭔가가 아주 특별하게 다가오는 날이 있다. 아무리 궁핍하게 산다고 하지만 그런 날 정도는 기념해야 되지 않을까. 서머싯 몸의 소설을 보면 자기가 좋아하는 여자와 한 끼의 식사를 치르기 위해 일주일치 주급을 몽땅 털어 넣는 남자 이야기가 나온다. 그래도 그는 여자의 환심을 살 수 없었다. 그는 돈이 떨어져 굶어 죽기 직전에서도 여자와 갔던 비싼 레스토랑을 떠올린다. 주급을 몽땅 털어 그녀와 함께 먹은 캐비아 요리를 잊을 수가 없었던 것이다. 물론 난 발렌타인보다 브람스를 잊을 수가 없었다.

왜 독문학을 택했냐고 당신이 물었다. 나는 당신이 다시 한 번 내 리포트를 제대로 읽지 않았다는 것을 확인했다. 오랫동안 당신의 방송만을 들어오다가, 방송국 소강당에서 갖는 모임에 처음으로 갔던 날, 바흐의 〈무반주 첼로 협주곡〉을 들었다. 그날 나는 집에 돌아와 내가 독문학을 한 이유와 첼로 하나만으로 집요하게 이어지던 곡에 대한 느낌을 단숨에 적었다.

『독일인의 사랑』을 읽던 중 원서로 한 번 읽고 싶었다. 그것은 내가 처음으로 마주한 사랑의 형태였기 때문이다. 그 책을 읽는 동안 나는 마리아처럼 병상에 누운 채로 사랑은 자신들의 생명과 더불어 이미 존재하고 있다는 벵상의 음성을 들었다. 그들은 그들만의 '고유한 언어'로 사랑을 교감했다. 침묵조차도 그들만의 '고유한 침묵'으로 다스리려 했다. 하지만 태어날 때부터 이미 가지고 태어난다는 사랑을 나는 한 번도 이뤄보지 못했다. 이제는 유일한 첫사랑이 되어버린 책. 바흐의 곡은 벵상과 마리아의 사랑처럼 순정한 몰입을 유도했다. 첼로 하나만으로 이데아를 펼쳐나가는 고집스러움이 자신들의 고유한 언어와 침묵으로 사랑을 나누는 마리아와 벵상을 닮아 있었다. 나는 첼로를 연주하듯 리포트를 썼다.

나는 발렌타인을 홀짝거리며 그때를 떠올렸고, 오랫동안 가슴속에 품어왔던 말들을 누군가에게 표현할 수 있다는 것에 감격했다. 내 생애 처음으로 맞는 이벤트 속에서 발렌타인과 함께 황홀한 밤이 깊어갔다.

수능시험에서 제2외국어를 택한 수험생이나, 독일로 발령 난 해외 주재원의 아내를 가르쳐 받은 과외비를 다 쏟아부어도 아깝지 않았다. 어둠에 깊숙하게 잠겨든 강이 한눈에 내려다보였다. 브람스라는 고독한 인물에게서 태어난 독일인의 순수한 사랑이 검은 강물 위로 피어올랐다.

당신의 표정은 강물처럼 어두웠다. 혜정 대신 내가 앉아 있는 것이 못마땅하다는 듯 시선조차 피했다. 당신은 혜정에게 브람스의 깊고 그윽한 세계를 들려주고 싶었을 것이다. 다소 철없는 행동에 비해 훨씬 풍부한 표정을 지을 줄 아는 혜정이 서서히 감동하는 것을 보고 싶었을 것이다. 물기를 머금은 혜정의 눈동자에 조용히 비쳐들 자신의 모습은 상상만으로도 흐뭇했을 것이다. 하지만 당신 앞에는 필요 이상으로 심각한 표정을 짓고 있는 못생긴 여자가 자기만의 환상을 키우고 있었다. 혜정이라면 그토록 쉽게 자신의 감정을 드러내지는 않았을 것이다. 뭔가 가까워졌다고 느끼면 다음 날엔 더 쌀쌀맞게 굴어 간밤의 행동을 수없이 되짚어보게 만드는 혜정은 절대로!

내가 점점 추태를 부리기 시작한 것은 당신의 시선이 내 얼굴 너머로 피아노 연주자의 깊게 파인 등판에 자꾸만 가 있기 때문만은 아니었다. 그녀의 알맞게 휜 하얀 등을 시샘했다기보다는 당신의 분방함에, 도무지 나에게 집중하지 않는 건방진 태도에 화가 났다. 나는 무엇인가를 깨닫고 새로 태어난 기분인데도 당신은 함께해주지 않았다.

점점 초조해지던 나는 집에 들어가기 싫다는 뜻을 비쳐 당신과 가까워지지 않는 거리감을 좁혀보려 애썼다. 당신은 그만 일어나는 게 좋겠다고 정중하게 말하는 것으로 거절했다.

택시를 잡은 당신에게 먼저 타라고 했을 때 당신은 두말 않고 올랐다. 기다렸다는 듯이 달아나는 택시의 꽁무니를 보며 나는 우리가 두 번 다시 만나는 일은 없을 것을 예감했다. 거리에 홀로 남겨진 채로 한참을 허둥대던 나는 곰팡이가 부조된 지하 방으로 돌아왔다.

당신은 여전히 아름다운 곡들을 선곡하여 방송으로 내보냈으며, 틈나는 대로 매력적인 파트너와 음악회에 갔다. 공교롭게도 당신이 나를 다시 생각하게 된 것은 새벽녘에 들었던 아내의 울부짖음 때문이었다.

그가 죽었어. 그가 죽었다구.

당신은 너무도 선명한 울부짖음에 눈을 떴다. 그것은 아내 쪽 침대에서 터져 나온 소리였다. 당신 부부는 오래전부터 트윈 베드를 사용했다.

아냐, 그는 결코 죽지 않아.

한참 후, 자신이 내뱉은 말을 주워 담기라도 하듯 아내는 자신의 비명을 부인했다. 높지도 크지도 않았지만 오싹했다. 오열을 삼킨 음성은 누군가에게 강력하게 항의하고 있었다. 당신은 더 이상 침대에 누워 있을 수가 없어 거실로 나왔다. 한참을 서성이다 코냑을 꺼냈다.

누구일까. 저토록 비통해하며 죽음을 부인하고픈 이는. 신에게 순명하는 것을 최고의 미덕으로 삼는 가톨릭 신자인 아내가 신의 부름을 완강하게 부인하다니. 문학이나 전공 서적보다는 여성지와 참고서가 대부분인 서점에서 책을 팔다가, 주일날 아침이면 미사포와 묵주를 챙겨들고 성당에 가는 아내. 그 아내가 어느 소프라노 가수보다도 울림이 강한 목소리로 절규했다는 사실을 당신은 믿을 수가 없었다. 죽으며 딱 한 번 노래를 부른다는 가시나무새의 그것처럼. 당신은 이를 앙다물며 아내의 행적을 되짚어보았다. 지지난주엔가, 성당에 다니는 아내는 연도(煉禱)에 참석한다고 까만 정장을 입고 나섰던 기억이 떠올랐다.

그 주인공을 위해 아내는 그토록 비통한 절규를 하였을까. 아내의 비명이 계속 귓전을 맴돌았다. 당신은 독실한 신자인 아내가 순종을 거스르면서까지 죽음을 부인하고 싶어 하는 자가 못 견디게 궁금했다. 무미건조하게 살았던 아내에게 그토록 애통해하는 죽음이 있다니. 당신은 술병을 거세게 움켜쥐었다. 순간 당신은 가스버너를 지핀 채 음독한 나를 떠올렸다. 죽은 지 일주일 후에 발견되었는데도 너무 추워 떠느라 누구 하나 제대로 눈물도 흘리지 못했다는 형식적인 장례식을 떠올리며 가슴 한켠에 살얼음이 낀 듯 몸을 떨었다.

당신은 내 장례식을 치르던 날, 방송 녹음이 밀렸다며 참석하지 않았다. 2월의 맹추위가 기세를 떨쳤고, 장례식에 참석하고 온 혜정은 손가락이 쩍쩍 달라붙어 제대로 울 수도 없었다며 진저리를 쳤다. 당신은 혹독한 추위로 조문객조차 빨리 끝나기만을 기다리는 살벌한 장례식 풍경을 떠올리며 혜정의 어깨 너머로 지는 해를 바라보았을 뿐이었다.

당신이 추운 거실에서 나를 떠올렸던 것은 당신 자신에 대한 깊은 연민 때문이었다. 당신이 갑자기 죽는다 해도 아무도 절규하지 않을 것 같은 절망 속에서 내 황량한 장례식 풍경을 떠올렸던 것이다. 자신의 죽음을 진심으로 슬퍼해줄 이가 아무도 없다는 것처럼 외로운 일이 또 있을까. 당신은 그런 주변이 너무 두려웠다. 내 비극 또한 그런 자각에서부터 싹트기 시작했다.

음악회에 다녀온 후 당신은 나에게 조금치의 곁도 주지 않았다. 아예 없는 존재로 취급했다. 나를 비껴선 당신의 눈빛을 보며 학부 때 내가 잠시 좋아했던 남학생을 떠올렸다. 시를 썼던 그는 컬이 진 머리를 테리우스처럼 길러 여학생들에게 인기가 많았다. 도서관 앞 민주광장에서는 '호헌 철폐'와 '고문정국 물러가라'를 외치는 소리가 넘쳐나던 때였다. 그는 인문대 창틀에 앉아 광장을 내려다보곤 했다. 언젠가 두건과 마스크를 쓴 학생들에게 재갈을 물린 채 폭행을 당했다는데도 그는 유유하게 굴었다. 학생들이 몸에 시너를 뿌리고 옥상에서 뛰어내리는 분신이 이어지자, 교수들까지 성명서를 발표했다. 그는 여전히 창틀에 동그랗게 등을 만 채로 앉은 채 대통령이 처형되는 모의재판의 검게 타오르는 연기를 바라보고 있었다. 민주화를 외치지 않으면 어용으로 몰리는 경색된 분위기 속에서 나는 그에게 동질감을 느끼지 않을 수 없었다. 수업이 끝나면 아르바이트로, 어학원으로 뛰어다녀야 했던 나 또한 민주화 대열에서 벗어나 있기는 마찬가지였다.

수업이 끝나고 학교 앞 생맥주집에서 서빙을 하기 위해 헐레벌떡 뛰어가던 날이었다. 그가 나를 불렀다. 내가 그냥 지나치려 하자 그가 2층 창틀에서 가볍게 몸을 날려 잔디밭으로 뛰어내렸다. 동작이 어찌나 가벼웠던지 고양이 한 마리가 사뿐히 뛰어내리는 것만 같았다.

아무리 바쁘더라도 운동화 끈은 제대로 매고 다니셔야죠.

그는 다짜고짜 내 앞에 무릎을 꿇더니 먼지와 때로 뒤덮인 운동화 끈을 매어주었다. 모의재판에서 화형식을 치르는 인물 중 한 명의 자제라느니, 경찰의 프락치라느니 말이 많았지만 그날 이후 그는 내게 아주 특별한 사람이었다. 훗날 TV에서 재방송됐던 〈추억〉이라는 영화에서 로버트 레드포드가 바브라 스트라이샌드의 운동화 끈을 매주는 장면을 보며 그가 그것을 흉내내본 것에 불과했다는 것을 알았지만 내겐 소중한 장면이 아닐 수 없었다.

그 후 그는 교정에서 자취를 감추었다. 프락치 활동이 들통나 학생들에게 쫓겨났다는 소문이 나돌았다. 나는 재벌과 고급 공무원 자제들이 많이 다닌다는 대학으로 유학을 갔다는 또 다른 소문 속에서 그 시기를 힘들게 보냈다.

나를 비껴선 당신의 눈빛과 그의 눈빛이 자꾸만 겹쳐졌다. 무엇인가에 감동하려 들면 어느새 비껴서 있거나 사라졌다. 그때서야 깨달았다. 음악회에서 당신의 팔에 불불이 일었던 큐티큘라층은 나에 대한 거부였다는 것을. 나와 같은 공간 속에서 빠져나오지 않으려는 몸짓이 아니라, 내가 살짝 스치기만 해도 안간힘을 다해 밀어내려는 거부의 몸짓이었다는 것을 뒤늦게야 알았다. 사람의 독이 닿으면 힘을 잃은 뱀처럼 나는 그만 외면이라는 독에 찔리고 말았다. 점점 짙어진 우울은 불면으로 이어졌다. 브람스를 통해 지펴지기 시작했던 감정은 스스로에게 발화점을 당겨야만 했다. 성냥불이라도 있으면 곁불을 쬐고 싶던 그해 겨울, 나는 가스버너를 켠 채 다량의 수면제를 복용했다.

거실에 홀로 앉아 외롭게 간 나를 떠올리던 당신은 생각에 잠겼다. 조기교육을 시킨다고 중학교부터 캐나다로 유학을 보낸 아들이 아버지의 죽음에 대해 그토록 비통해하지는 않을 것이다. 방학 중에 잠시 귀국했다가도 한국 생활을 불편해하며 다시 밴쿠버행을 자청했다. 함께 음악회를 간 여자들은 많았지만 오래도록 관계를 이어온 사람은 없었다. 늘 새로운 대상이 나타났으니까. 그렇다고 평생을 소원하게 지냈던 아내가? 당신은 이미 터득하고 있었다. 누군가를 위해 창자가 솟구칠 정도로 절규할 수 있는 것은 단 한 사람으로 족하다는 것을. 오랜 시간 동안 열렬하게, 혹은 절절하게 사모하던 사람이 아니고는 그렇게 처절한 비명을 지를 수 없다는 것을. 그것에서는 프리마돈나나, 벡스타인도 낼 수 없는 기운이 배어났다. 짧은 외침이었지만 사람과 사람 사이가 깊이를 헤아릴 수 없는 골짜기처럼 여겨졌다. 수없이 주고받았을 눈빛이나 음성이 깊게 메아리져 어느 협곡보다 울림이 크고 강했다.

언젠가 당신은 세계적인 소프라노인 캐서린 배틀과 마리아 칼라스의 아리아를 비교해서 들어본 적이 있었다. 천의무봉한 캐서린의 목소리에 비해 마리아 칼라스는 숨소리까지도 거칠게 들려주었다. 캐서린이 미끈한 CD 음반이라면, 마리아는 지글지글 끓는 LP 같았다. 그런데도 감동은 캐서린이 아니었다. 자신이 내고자 하는 소리를 끌어내기 위해 마리아 칼라스는 흡, 하며 숨을 들이키는 소리까지도 감추지 않았다. 아내의 비명은 마치 마리아 칼라스의 숨이 찬 발성처럼 고통스러웠지만 가슴을 울컥하게 하는 그 무엇이 있었다.

그때서야 당신은 자신을 돌아보기 시작했다. 하지만 참회를 하기엔 너무 날이 일찍 밝았다. 당신은 불타는 질투심으로 아내와 내통한 그를 찾아내기 위해 성당을 찾았다.

본당 사무실로 곧장 들어간 당신은 2주 전에 위령기도를 지낸 자의 이름을 찾기 시작했다. 고인은 성당의 보좌신부였다. 아프리카에 가서 오랫동안 선교 활동을 하다가 췌장암으로 귀국하여 투병 생활을 하던 중 돌아가셨다고 성물을 파는 아가씨가 성호를 그으며 말했다. 아내와 같은 나이라는 것으로 당신은 그들의 관계를 짐작할 수 있었다. 함께 성당엘 다니며 자랐을 것이고, 사랑의 감정이 싹텄는데도 남자는 사제 서품을 받고 아프리카로 떠났고, 여자는 결혼도 하고 아이도 낳았다. 그러다 다시 성당에서 신부와 신자로서 만나게 되었을 것이다. 그가 투병 생활을 하는 동안 아내는 엄지 지문이 닳도록 묵주기도를 올렸을 것을 생각하니 눈꺼풀이 부르르 떨렸다. 당신의 바람기를 그토록 참아낼 수 있었던 것은 아내의 마음에 조금도 당신이 들어가 있지 않았던 것이라는 사실을 깨닫는 순간, 당신은 참을 수 없는 분노로 몸을 떨었다. 그동안 자신과는 도저히 어울리지 않는다고 무시했던 아내가 자신보다 더 깊은 골짜기를 품고 있었다! 당신은 아내의 깊은 골짜기를 떨칠 수가 없었다. 그리고 그것을 질투하는 자신을 더 견딜 수가 없었다.

그 일이 있고 난 후 당신은 음악회를 가지 않았다. 아무리 감미로운 선율이 유혹을 해도 음악이 귀에 들어오지 않았다. 그런 마음을 무시하고 음악회에 가 앉아 있어도 예전처럼 음악이 귀에 들어오지 않았다. 진짜는 다른 곳에 있고 당신은 허공을 딛고 있는 것처럼 여겨졌다. 금요일 오후에 하는 강의에서 음반이 다 돌아갔는데도 넋을 놓고 있다가 수강생들의 웅성거림으로 겨우 자신을 수습하는 일이 한두 번이 아니었다. 당신이 아무리 아름다운 노래를 선곡하여 듣고 멋진 여자와 음악회를 가는 동안에도 어디선가 진짜 삶은 은밀하게 진행되고 있는 것만 같아 열중할 수가 없었다.

당신은 음악회를 가는 대신 술집을 자주 찾았다. 그러던 어느 날, 어느 수강생이 데려온 친구와 어울려 밤늦게까지 술을 마셨다.

피디님, 음악이란 뭐죠?

소설을 쓴다는 수강생의 친구는 다짜고짜 음악이 뭐냐고 물었다. 소설 쓰는 사람들은 뭔가를 따져 묻기 위해 존재하는 자들 같았다. 뭔가가 걸리기만을 기다렸다가 그것을 안주 삼아 술을 마시는 사람들 같았다. 당신은 수없이 들었던 음악과 작곡가를 떠올렸다.

전 음악이란 게 너무 허무하더라구요. 볼 수도 만질 수도 없잖아요.

순간, 당신은 브람스를 듣고 음악이 보이기 시작했다는 내 말을 떠올렸다. 좀 더 집중해보시지. 보이기 시작할 테니. 그러나 자존심이 강한 당신은 그렇게 말하지 않았다.

그게 예술의 본질 아닐까. 실체가 있든 없든 분명 감동의 한순간은 있었잖아. 공기의 흐름마저 다르게 느껴질 정도로 주변을 뒤흔들어놓는⋯⋯.

당신은 수강생이 못마땅했다.

그렇게 한순간을 홀리는 게 예술인가요? 그러니까 사기라고들 하지.

당신은 발끈하여 소리쳤다.

아무것도 아니라고 한껏 무시해버리고 싶어도 한순간 사로잡힌 기억 때문에 그렇게 할 수도 없잖은가.

당신은 굳이 초짜 앞에서 인간의 기원에서부터 발생한 음악사를 주절대고 싶지는 않았다. 서둘러 일어서려던 당신의 눈앞에 무던히도 음악을 쫓아다니는 한 사내의 모습이 어른거렸다. 곱고 아름다운 선율을 쫓는 초로의 남자가 쥐스킨트 소설의 주인공처럼 다소 우스꽝스럽게 비쳤다. 왜 그토록 음악을 쫓아다녔을까. 당신은 점점 자신의 내면에 귀를 기울이기 시작했다.

날카롭게 각인된 기억만 남긴 채 사라지는 소리의 허무함이 매번 그것을 쫓아 나서게 만들었을까. 고등학교 때였다. 우연히 장송곡 풍의 선율을 들었다. 너무 진지하면서도 아름다운 소리에 꼼짝을 할 수 없었다. 다시 듣고 싶었다. 그 곡을 찾기 위해 수없이 레코드판을 샀다. 슈베르트, 차이코프스키, 시벨리우스, 라흐마니노프를 열심히 들었다. 그러던 중 그 곡이 베토벤 7번 교향곡의 선율이라는 것을 알았다. 장송곡풍의 2악장 알레그레토에 맞춰 걷다 보면 돌아가신 어머니에게 이를 것만 같았다. 그때부터 당신은 연주회를 쫓아다녔고, 그러느라 아파트를 몇 채나 사고도 남았을 돈을 퍼부었다. 음악이란 집 살 돈을 쏟아부은 밑 빠진 항아리였다.

최고의 의미를 두었던 음악의 실체가 점점 더 모호해졌다. 당신이 기록을 찾아 들어보고, 일정한 주파수를 통해 내보낸 음악은 다 어디로 갔을까. 수천 명이 들어갈 수 있는 방공호에 소리가 떼로 엉켜 웅웅거리고 있을 것 같아 당신은 귀를 틀어막고 싶을 지경이었다.

그동안 당신은 많은 이들에게 음악의 아름다움과 위대함을 전파하는 중개인을 자청했다. 그리고 그 아름다움을 조금이라도 가까이서 느껴보려고 재현예술이 이루어지고 있는 현장을 수없이 쫓아다녔다. 하지만 당신은 아내의 울부짖음으로 예술을 찬탄하거나 논하지 않고도 삶 자체를 그 이상으로 진지하게 살아가는 사람들이 있다는 것을 알았다. 고전주의와 낭만주의를 논하지 않아도 가슴속에 품었던 사람을 위해 단 한 번뿐인 레퀴엠을 부를 수가 있다니! 삶의 의미를 묻는 사람은 결코 그것을 알 수 없고, 그것을 한 번도 묻지 않는 사람은 그 대답을 알고 있다던 책 구절을 떠올리며 당신은 괴로웠다.

당신은 중년의 우울증을 전문으로 하는 의사를 찾았다. 프로작 처방과 함께 운동을 권했다. 당신은 운동 대신 짐을 꾸렸다. 비구승(比丘僧)들이 올리는 아침 예불 소리가 산을 울린다는 해인사에 가서 하룻밤을 묵어보기도 하고, 이른 아침 바짓단을 적시며 산에 올라 풀벌레 소리와 새소리에 귀를 기울여보기도 했다. 개울물 소리, 낙숫물 소리, 풍경 소리, 대밭을 훑고 가는 바람소리. 하지만 영리한 당신은 진정한 인간관계에서 나오는 탄식은 아무리 깊은 산중을 헤맨다 해도 찾을 수 없다는 것을 알았다. 낙담해 있던 당신은 자장가 한 번 제대로 들어보지 못하고 자란 불우했던 성장기가 메마른 바람소리를 내며 휘몰아쳐와 여정이 남아 있는데도 쫓기듯 돌아왔다.

당신은 지친 영혼을 위로받고 싶었다. 매혹적인 찬양의 소리로 극진한 위로를 받고 싶었다. 마침 천재 작곡가가 작곡한 레퀴엠이 그의 서거 250주년 기념으로 연주되었다. 당신은 지독한 불면과 우울 속에서 그날만을 손꼽아 기다렸다. 당신은 천상의 소리에 가까운 레퀴엠을 들으며 흡족한 시간을 갖고 싶었다. 예술이 재현해주는 시공간 속에서 최고의 경지에 이르고 싶었다.

당신은 아침 일찍 일어나 목욕재계를 하고 발톱과 손톱까지 차분하게 깎았다. 정장에 보타이를 맨 다음 집을 나섰다. 당신이 집을 몇 채 살 수 있었던 돈을 아낌없이 바쳤던 전당을 향해 차를 몰았다. 폭풍 속을 가르며 달렸다.

피아노 건반 빛깔의 오페라하우스가 변함없이 당신을 맞았다. 와형 무늬를 이루고 있는 이오니아식 석주를 보자 가슴이 뛰었다. 우아하면서도 장쾌한 그리스식 기둥 문양은 고전파 음악보다는 낭만파 음악을 더 좋아하는 당신을 늘 설레게 했다. 높은음자리표가 말리는 듯한 무늬에서 당신은 가슴속에서 휘몰아치는 격정을 가늠하곤 했다.

로비로 가서 예매한 티켓을 끊고 샹들리에를 눈에 힘을 준 채 올려다보았다. 계단의 난간을 지나치는 척하며 만져보고 층계의 붉은 카펫의 쿠션 정도를 가늠하며, 벽면의 반향목까지 세심하게 살폈다.

오케스트라 단원들이 입장을 했다. 합창을 부를 단원들이 무대를 에워쌌다. 200여 명 정도의 오케스트라와 합창단 단원이 블록처럼 쌓여갔다. 음악적 에너지로 충전된 소품들은 무대를 빼곡하게 메웠다. 지휘자의 손길에 따라 바이올린과 첼로가 피어오르고 오보에와 클라리넷이 터져 나와 절정에 이를 것을 떠올리자 전율이 일었다. 음악회를 시작하기 전, 저 참을 수 없는 고요와 필요 이상의 긴장감에 물리적 힘을 가하고 싶은 야릇한 충동이 일었다. 음악적 에너지로 빵빵하게 충전되어 있는 어느 한 명을 밀어뜨리면 연이어 쓰러질 것이었다. 당신은 그 끝없는 소용돌이에 밀려 이곳에 와 있다고 생각했다.

〈입당송〉으로 시작된 레퀴엠이 〈진노의 날〉을 거쳐 〈저주받은 자들〉의 웅장한 코러스로 울려 퍼질 때 당신의 전율은 시나브로 진행되고 있었다. 당신이 제일 좋아하는 베네딕투스가 울려 퍼질 때 당신 또한 감동할 완벽한 준비가 돼 있었다. 소프라노, 알토, 테너, 베이스가 함께 키운 코러스를 마음껏 내뿜을 때 당신도 무엇인가를 마음껏 발산해보고 싶어 와이셔츠 깃에 달린 단추를 풀기 시작했다. 단추를 풀자 보타이 매듭이 걸렸다. 당신은 타이 줄도 풀고 싶었다. 장엄한 합창 소리는 점점 드높아졌다. 당신은 음악 소리와 함께 극한에 이르고 싶었다. 아내가 지른 외마디의 비명은 한낱 잠꼬대에 지나지 않다고 비웃어주고 싶었다. 음악의 전당에서 펼쳐지는 수백 명의 혼성화음이 빚어내는 소리야말로 인간이 만들어낸 최상의 소리임을 증명하고 싶었다. 아니, 무엇을 증명한단 말인가. 그대로가 지상 최고의 경지인 것을. 당신은 무엇인가를 비교하려 드는 생각조차 일축했다. 그러나 음악이 흐를수록 당신은 초조했다. 클라이맥스에 이르고 싶은데 음악은 계속 흘러가기만 했다. 온몸에 소름이 돋으며 아, 이거야. 이것 때문에 평생을 그토록 헤맨 거야. 이젠 죽어도 여한이 없어, 하는 감탄사를 내지르고 싶은데 그 지점에 이르지 못하고 있었다. 아내의 외마디 비명 소리를 들었을 때처럼 소름과 같은 전율을 느낄 수가 없었다. 자신이 평생 쫓았던 것이 이것이었나. 회의가 몰려왔다. 음악은 너무 허무해요. 보이지도 만질 수도 없잖아요. 순간 왜 소설가 지망생의 탄식이 떠오르는지 알 수 없었다. 한순간을 홀리는 게 음악인가요? 하며 반문했던 그의 말에 당신은 어떤 수치스러움을 느꼈다. 당신은 사기라는 그의 조롱에 공기를 흔들어놓는 순간은 분명 있지 않았냐고 그럴싸하게 꾸며댔지만 그것은 자신도 알 수 없는 것을 얼버무린 것에 지나지 않았다. 또 한 번 자신이 겉껍질에 지나지 않았다는 생각이 스쳤다. 그것은 자존심이 강한 당신에게 자괴감을 일게 했다. 보타이를 잡아채려고 올렸던 손에 뜻밖에 힘이 들어갔다. 이젠 그 어떤 것에도 마음 둘 곳이 없다는 것을 깨닫자 회한이 밀려들었다. 자신을 위해 아무도 깊은 탄식을 외쳐주지 않는다면 지금 흐르고 있는 천상의 화음에 의지할 수밖에 없었다. 당신은 매듭 위에 얹은 손에 최대한 힘을 주었다. 짧게 비명을 질렀지만 고조되어가는 혼성합창단의 화음 속에 파묻혔다.

죽어서도 당신의 주위를 떠나지 못하던 나는 냉큼 달려가 보타이의 줄을 늦추고 싶었다. 당신에게 원망이 없는 것은 아니었지만 그렇게 최후를 마치는 것을 차마 보고만 있을 수가 없었다. 누구보다도 음악을 사랑하고, 아꼈으며 하루도 빼놓지 않고 선별하여 방송하는 일 또한 값진 것이었다. 엄마의 자장가 소리가 평생토록 사무쳤던 당신은 음악을 선별하여 내보내는 일에 최선을 다하는 것으로 나름 위안을 얻지 않았던가. 그런데도 나는 그러질 못했다. 의지와는 달리 사악한 기운은 어느새 당신의 악력에 힘을 보태고 있었다. 당신과 천계를 누비고 싶었다. 자유로워 더 외롭고 쓸쓸한 공간을 함께하고 싶었다. 이승에서 나누지 못한 사랑을 교감하고 싶었다. 나는 당신의 손에 자꾸만 힘을 불어넣었다. 어쩌면 평생을 분방하게 살아온 당신의 한순간 불발로 끝나버리고 말지도 모를 거사에 내가 가진 기운을 아낌없이 쏟아부었다. 서로 엉켜 격렬한 정사를 치르는 것처럼 나는 사력을 다해 타이 줄을 옥죄고 있는 당신의 손을 힘잡아

당겼다. 살아서는 결코 누릴 수 없었던 정념의 순간이 파리하던 나를 붉게 물들였다.

섬뜩한 기운을 느낀 당신은 조금 놀랐다. 그리고 이곳에 오기 위해 차에 시동을 걸었을 때 왜 그런 무섬증이 일었는지를 재빨리 알아챘다. 내 끝없는 집착과 방황이 자신의 치기 어린 퍼포먼스에 한몫하리라는 생각은 미처 하지 못했겠지만 당신은 자신을 거칠게 몰아붙이는 기운이 거의 불가항력적이라는 것을 인정하는 듯했다.

당신은 오케스트라와 합창단의 화음이 천상의 소리라도 되는 양 귀를 기울이면서도 손의 힘을 늦추지 않았다. 당신의 고통과 괴로움을 거둬줄 수 있는 것은 유일한 소리인 양 온몸으로 흡수했다. 그 순간만 지나면 고통이 멎고, 평온한 안식을 얻을 것처럼 침착했다.

죽어서야 비로소 내 애인이 된 당신은 끝까지 품위를 잃지 않았다. 이마에 지렁이 같은 힘줄이 돋아나도 소리를 지르지 않았다. 흘낏 내 기척을 느꼈는데도 결코 주저흔 따윈 발산하지 않았다. 세 치 혀가 삐져나왔을 뿐 당신의 질식된 모습은 그다지 흉해 보이지는 않았다. 충혈된 채 굳어버린 흰자위가 터무니없이 커져버린 동공을 안쓰러운 듯 감싸고 있는 것이 조금 애처로웠을 뿐이었다.

커튼콜을 세 번이나 치른 홀 안은 열기가 가득하다. 무대는 이미 막이 내려졌는데도 청중들은 쉽게 자리를 뜨지 못한다. 언제든지 커튼이 열리면 다시 박수를 칠 기세다. 음악으로 고조된 가운데서도 청중들은 문득문득 한기를 느낀다. 냉방장치가 지나치게 과도하다고 여기기에는 왠지 석연치 않은지 그들은 훌륭한 연주에 감동한 양 더 크게 미소 짓는다.

때 이른 장마 때문인지 오늘은 외로운 영혼들이 유난히 붐빈다. 이제 당신은, 예술은 영혼이 고픈 자들을 위해 존재한다는 것을 안다. 진짜로 삶을 교감할 줄 아는 자들에겐 굳이 예술이 필요 없다는 것마저도. 그들은 스스로 예술적 삶을 살다 간다. 그러지 못한 허기진 영혼에게 예술은 없어서는 안 될 영역이다.

결핍은 예술의 본질인 고독을 한눈에 알아보게 한다. 영혼이 앙상하게 마른 자만이 저 아름다운 유혹을 들을 수 있다. 당신의 아내가 부른 짧은 레퀴엠을 잠결에 들을 수 있었던 것도 당신의 영혼이 고팠기 때문이다. 그 울부짖음은 삶이 곧 예술인 그들의 노래였다.

결코 당신을 비난하기 위해 지껄이는 것은 아니다. 산 자들의 열기를 취해 잠시 형상을 빚어내는 우리들은 뭔가를 이렇게라도 발산하지 않으면 이 상태를 지속할 수 없다. 이내 감동해버리면 녹아버리고 만다. 감동은 산 자들의 몫이기 때문이다. 그래서 누군가를 저주하며 한없이 냉정하고 차가운 상태를 유지해야 한다.

당신은 폭우 속을 달려온 그들을 바라본다. 한 천재가 만든 곡을 듣기 위해 프록코트도 마련하지 못한 채 홀 안을 서성이고 있다. 그들을 위해 산 자들은 시주를 하듯 1년에 한두 번씩은 꼭 레퀴엠을 연주한다. 하지만 이곳으로 모여들 때와는 달리 훌륭한 연주에도 표정은 그다지 밝지 않다. 연주는 어디까지나 연주에 지나지 않기 때문이다. 삶에서 구원을 받지 못하면 중음의 세계를 영원히 떠돈다. 그런데도 잠시나마 위안을 주는 축제에 빠질 수는 없다.

아, 당신도 레퀴엠을 듣기 위해 오셨군요. 지난 여름밤 산사음악회 때 잠시 얘기를 나눴었죠. 천재 작곡가의 서거 250주년 기념음악회여서 조금 들뜬 분위기였지만 그래도 들을 만했죠. 외로운 영혼들을 위한 미사로 말예요.

사향쥐

육신이 갈기갈기 찢겨나가는 듯한 통증 속에서 두려움에 떨며 맞는 마지막 순간은 자신의

덫에서 헤어나오기 위해 다리를 물어 끊는 사향쥐의 마지막처럼 가혹하고 처절했을 것이다.

수술을 거부한 채 종루주머니를 차고 겪어야 하는 처절한 사투였을 것이다.

나는 끝내 회피하고만 아내의 임종을 뒤늦게 체험하고 있었다.

그녀가 추었을, 아니 온몸을 뒤틀며 발악했을 최후의 몸부림을.

나 또한 언젠가는 홀로서 맞게 될 그 순간을 미리 맞고 있었다.

사향쥐

　아직 아내의 방을 치우지 않고 있다. 사십구재가 낼모레인데도 아내의 방을 그대로 두고 있다. 처형과 함께 전에 가서 구천을 떠돌고 있을 영가를 떠나보내는 의식을 치르기 전에 치운다 치운다 하면서도 선뜻 내키지가 않았다. 처형은 전화로 아내의 옷가지와 애장품 몇 개를 챙겨 오라고 했다. 사십구재가 끝나면 태워주자고 했다. 나는 아내의 방으로 들어가지 않을 수가 없었다.

　아내가 쓰던 방에 들어오면 다소 혼란스러워진다. 벽면을 가득 메운 책과 음반을 보면 내가 해독하지 못하는 불온문서 앞에 서 있는 기분이다. 질투심보다는 소외감이 앞선다. 하지만 꼭 그것이 두려워 이 방에 들어오는 것을 미룬 것은 아니다.

　오랫동안 아내가 서재로 쓴 방에는 아직도 퀴퀴한 냄새가 배어 있다. 평소 책과 음반을 가까이했던 아내였기에 '문자향서권기'는 아니더라도 뭔가 그럴싸한 향기가 배어 있어야 할 것 같은데 그렇지 않다. 결코 유쾌할 수 없는 냄새가 가시지 않는 상태를 대수롭잖게 넘겨버릴 만큼 아직 자유롭지 못하다. 그래서일까. 아내의 방에 들어오기가 더 꺼려지는 것이다. 아내는 직장암이 간과 다른 장기로 전이되자 더 이상 치료를 포기하면서도 굳이 이 방에서만 지내길 원했다. 나는 그 이유가 두려웠다. 이미 아내를 잃었기 때문에 그 이유를 안다고 해도 죽음보다 더 큰 충격일 순 없겠지만 상실감에 필요 이상의 진실이 더해지면 버티기가 힘들 것 같았다.

고전에서부터 신간이 방문과 마주 보고 있는 책장을 가득 채우고 있다. 그 벽면과 기역자로 꺾어든 창문 밑엔 나뭇결이 그대로 드러난 송판에 벽돌을 괴어 책장에 다 들어가지 못한 책과 음반에 영화 DVD까지 쌓아놓았다. 그 많은 것들을 어떻게 처리해야 할지 난감해 거의 방치하고 있는 것이다. 언젠가 수석이 취미인 한 동료 교수 집에 간 적이 있다. 산이나 강, 들녘, 혹은 길가에서 주워 온 돌은 차고 넘쳤다. 현관의 신발장 앞까지 부려놓았다. 실내는 돌이 용암처럼 흘러내리는 형국이었다. 아내의 방에 들어설 적마다 꼭 그 교수의 집이 떠오른다.

처형은 아내의 손때가 묻은 걸로 골라오라고 했다. 마지막 가는 길에 즐겨 읽던 책과 음반을 가지고 간다면 망자도 적이 흡족해할 것이다. 순간 흡족이라는 말이 어려운 미션처럼 여겨진다. 어떤 음반을 골라야 아내가 흡족해할는지. 책장 안을 들여다보는데도 딱히 고를 책이 없다. 아내가 어떤 작가를 좋아하고, 어떤 곡을 주로 들었는가를 떠올렸으나 특별하게 생각나는 것이 없다. 내게 아내는 책이나 영화, 음악을 즐기는 사람이었을 뿐이다. 아내와는 성격이나 취향이 달랐으나 크게 트러블은 없었다. 서로 다른 부분을 굳이 언급하려 들지 않고 봐 넘겨버린다고나 할까. 적당히 포기하고 살았다고 해도 할 말은 없다.

고전음악 듣는 것을 좋아하는 아내는 어머니가 돌아가시자 음악 소리를 키웠다. 아내는 음악이 흐르는 물 같다고 했으나 내겐 쉬지 않고 붕붕거리는 소음이었다. 특히 바이올린이나 첼로 등 현악기의 활 긋는 소리는 더했다. 바이올린 소리는 쥐가 끼끼대는 것 같았고, 첼로 소리는 둔탁한 톱질 소리 같았다. 하지만 10년 동안 뇌졸중으로 쓰러진 시어머니를 수발하느라 음악은커녕 친구들마저 잊고 산 아내였기에 잠자코 지낼 수밖에 없었다. 악기 소리가 정 귀에 거슬린다 싶으면 등산화를 꿰차고 산에 오르면 그만이었다.

우리가 살고 있는 빌라 뒤쪽에는 향로봉으로 쉽게 오를 수 있는 등산로가 나 있었다. 산 초입에 들어서는가 싶으면 어느덧 봉우리에 이르렀다. 산에 가기 위해 따로 채비를 하지 않아도 된다는 것이 얼마나 행복한 일인가를 오를 때마다 실감했다. 향로봉을 자주 오르는 이유는 바람 때문이었다. 서울의 북서 벌판을 훑고 온 바람은 향로봉 너럭바위에 그 거친 줄기를 마구 풀어놓았다. 우뚝한 봉우리에서 맞는 바람은 최고였다. 봉우리에 오르기까지 흘린 땀과 잡념이 일순간 씻기며 정수리에서 발끝까지 한 쾌에 뚫렸다. 찰나적인 순간에 맞는 단순명료함은 도를 깨우친 선사의 기쁨과도 맞먹을 것 같았다. 비봉이나, 승가봉, 백운대에서 맞는 바람 맛도 장쾌했지만, 쉽게 오를 수 있는 데다 전망이 사통팔달 터져 산에 올라왔다는 느낌을 제대로 안겨주었다.

아내는 등산을 싫어했다. 내가 고전음악을 싫어하듯. 나는 아내에게 살아 있는 소리를 제대로 들으려면 산에 오르라고 했고, 아내는 산에 가야만 소리를 제대로 듣는 건 아니라고 했다. 산을 싫어하면서 산동네에 있는 빌라를 택했냐고 몰아세우면 꼭 땀을 흘리며 올라야만 하냐며 산 아래에서도 얼마든지 기운을 느낀다고 했다. 창문 너머로 온종일 바라보아도 물리지 않는다고 했다.

산을 오르는 것과 바라다만 보는 것에는 차이가 있다. 산속으로 깊숙하게 들어가며 오르는 일은 산을 사는 것이다. 어떤 여자와 결혼을 하여 지지고 볶는 것처럼 깊게 살아보는 것이다. 추운 날 비박도 해보고, 길을 잃고 헤매도 보고, 뇌성번개가 지나는 길에 납작 엎드려 삶과 죽음의 경계를 맛보며 산을 체험하는 것은 곧 산과 사귀는 것이다. 그저 뒷짐 지고 바라보는 것과는 다르다. 그것마저도 안 하는 것보다는 낫겠지만. 땀을 흘리며 산에 오르는 것과 관조적으로 바라보는 사이에서 한 번씩 토닥거리는 것이 우리 부부가 유일하게 함께 하는 소일거리였다. 아내는 내 산행을 막걸리를 마시기 위해서 오르는 것이라고 비아냥거렸다. 틀린 말은 아니었다. 내가 산에 오르는 이유는 막걸리를 제대로 마시기 위해서였다. 산봉우리에 오르는 이유가 제대로 바람을 맞기 위한 것처럼.

산행 후 마시는 막걸리 맛을 무엇에 비교할 수 있으랴. 굳이 남도 땅에서 최고로 쳐주는 삼합이 아니더라도 차가운 막걸리와 김치 한 보시기, 양념간장 얹은 두부 반쪽만 있으면 됐다. 양은 주전자 하나를 비우고 알딸딸하게 취해 돌아와 스르르 잠 속으로 빠져들었다. 죽음도 그렇게만 맞는다면 더없는 행운일 것이다.

뇌졸중으로 쓰러진 어머니는 침상에 누운 채로 10년을 살았다. 몸을 못 움직이는 대신 입으로 자신의 몸짓을 열심히 풀어놓았다. 우리들을 수족처럼 부리는 것 외에도 원망, 회한, 한풀이를 끝없이 했다. 우리가 조용하게 얘기만 나누어도 자신을 죽일 모사를 꾸미는 거라며 악담을 퍼부었다. 그것에 질려서일까. 아내는 어머니가 돌아가신 후 말수가 줄었다.

─사람들이 너무 많은 말을 하며 살지 않나 싶어.

아내는 혼잣말처럼 중얼거렸다. 처음엔 열심히 수저질만 하고 있는 나를 은근슬쩍 힐난하는 것으로 여겼으나, 아내는 그런 오해를 불러일으키고 싶지 않다는 듯 변명처럼 덧붙였다.

─음악을 듣고 있다 보면 굳이 많은 말을 하지 않아도 될 것 같은 생각이 들어.

나는 그렇게 말을 하는 아내가 불편했다. 무엇인가를 좋아하거나 빠져 있는 사람들은 꼭 그 매개항을 통해서만 판단하려 했다. 그런 방식으로 통하지 않으면 사람들과 쉽게 어울리지 않았다. 나는 그것을 교양의 벽이라고 여겼다. 자기들만의 블록을 가지고 있는 것이다.

—그건 음악으로 도나 닦는 사람들의 얘기지. 두서없는 수다라도 풀어내야만 살맛이 나는 사람들이 더 많다구.

그러고는 한마디를 더 하지 않을 수 없었다.

—비록 수다일지라도 진정성이 느껴지면 음악보다 더 아름답지 않나?

내가 시빗조로 말하면 아내는 그러게, 하며 비시시 웃었다.

나는 아내의 맥없이 웃는 웃음이 좋았다. 새초롬하게 보였던 인상이 순식간에 무너지며 모든 것을 다 포용해줄 것 같은 웃음이었다. 홀로 된 어머니를 모시고 살아야 하는 내 처지를 단숨에 받아줄 것 같은 그 웃음 때문에 청혼했다.

—하지만…… 당신의 그 술에 물 탄 듯, 물에 술 탄 듯한 태도라고 해서 세상 사람들을 다 이해하는 건 아니잖아.

굳이 틀린 말은 아니었다. 무엇인가를 비난할 때는 오해의 소지가 많았다. 난 그런 게 번거로워 그쯤 해서 입을 다물었고, 아내와 큰 문제 없이 산다고 여겼다. 그런데 막상 아내가 좋아했던 책이나 음반 한 장을 고를 수가 없는 것이다.

아내의 책상에는 아직도 시형이 가져다준 DVD 실황음반이 그대로 놓여 있다. 케이스에 먼지를 잔뜩 뒤집어쓴 채로. 말러 마니아인 시형은 아내가 투병하는 동안 그것을 가져다주었지만 통증이 심해 아내는 제대로 볼 수가 없었다. 음반도 제대로 들을 수 없는데 DVD를 감상할 여유는 더 없을 것이었다. 나는 무용지물이 되어버린 DVD를 볼 적마다 야릇한 쾌감에 휩싸였다.

─당신 부토 춤이라고 들어봤어?

나는 아내가 말했던 영화나 책, 음반 등을 떠올리려 애썼다.

─독일인 부부의 사별 후를 다룬 영화에 나오는데, 일본인들이 추는 전통 춤인가봐.

아내의 말이 생각나자 DVD가 잔뜩 꽂아져 있는 케이스를 훑었다

─부토 춤과 후지산을 동경하며 사는 아내는 어느 날, 남편이 암에 걸린 사실을 알게 돼. 그래서 부부는 마지막이 될지도 모르는 여행을 떠나. 일본으로. 그런데 일본에 도착하기도 전에 여행지에서 아내는 심장마비로 죽어버려. 암을 앓고 있는 남편보다도 더 먼저.

─영화는 꼭 그러더라.

나는 툴툴거렸다. 영화나 문학작품에서 느닷없는 변주나 갑작스런 운명의 뒤바뀜은 늘 부담스러웠다.

─아내가 죽기 전, 낯선 호텔에서 가부키처럼 진한 화장을 하고 잠옷 바람으로 춤을 춰. 바로 그게 부토 춤인데 삶과 죽음의 경계에서 자신의 그림자와 추는 춤이래. 춤사위는 격렬하진 않지만 동작 하나하나에 간절한 그 무엇이 담겨 있어. 좀 괴기스럽기도 하고. 하얀 분을 바른 얼굴에 눈 주위를 까맣게 먹칠한 분장도 그렇고. 죽음의 신에게서 빠져나오려는 동작 같기도 하고, 끌려가는 것 같기도 해. 육

신에서 영혼이 빠져나가는 순간 나도 내 그림자와 겹쳐지듯 춤을 추며 죽음을 맞을 수 있을까. 실은 안간힘을 쓰는 거겠지만.

나는 이 사람이 하며, 버럭 소리를 지를 수밖에 없었다. 안간힘을 쓴다는 말이 주술적인 힘을 발휘할 것만 같아 겁이 났던 것이다. 나는 섬뜩해져 아내를 탓할 수밖에 없었다. 이미 엔딩 크레딧이 올라갔는데도 영화에 빠져 있다니. 영화는 보고 즐기는 차원에서 끝내면 되지 않는가. 아내는 더 이상 얘기하지 않았다.

케이스 하나하나를 짚어가며 '부토', 혹은 그런 단어가 들어가 있는 제목을 찾았다. 없다. '후지산'도 없었다. 내가 질렀던 소리만이 귓전을 맴돌았다. 영화 제목이라도 물을걸 싶었다. 나는 의자에 털썩 주저앉았다.

아내는 산에 오르는 것만큼 막걸리도 싫어했다. 변비가 심한 아내에게 권할 때마다 인상을 썼다. 화장실에 들어가면 끙끙거리는 소리가 밖에까지 들릴 정도였다. 혈변까지 볼 정도로 똥 누는 것을 힘들어했다. 잦은 변비로 치질이 생겨 수술을 한 적도 있었다. 아내는 매일 아침 정확하게 보는 내 쾌변을 부러워했다. 나는 막걸리를 권했다.

―항문을 부드럽게 빠져나오는 황금 변의 쾌감을 느끼고 싶으면 막걸리 한 잔을 마시고 자봐. 직방이라니깐.

아내는 막걸리를 마시고 나면 트림이 불쾌하다고 했다. 방귀 소리만큼이나.

―이 사람아, 바로 그게 우리 몸이 유쾌하게 반응하고 있다는 표시

야. 누룩으로 발효시켜 만든 최고의 전통주를 장기들이 열렬하게 환영한다는 거라구.

　―아휴, 무슨 인체실험 할 일 있어? 난 그런 적나라한 반응이 싫다니깐.

　하지만 똥도 제대로 못 누는 주제라고 하며 비웃을 수는 없었다. 변비로 끙끙대다가 일을 성사시키지 못하고 엉거주춤하고 나오는 모습은 우스꽝스럽다기보다는 비애스러웠다. 온종일 고전음악을 들으며 책을 보는 여자가 남들은 변기에 앉자마자 해결을 보는 일도 못 보고 오리궁둥이를 하고 걷는 걸 보면 서글퍼지기까지 했다. 누군가에겐 너무 쉬운 것도 어떤 사람에겐 정말 어려운 일이었다.

　내가 그토록 강조해도 지나치더니 신문에서 막걸리에 필수아미노산과 단백질이 풍부하고 식이섬유가 많아 소화장애를 돕는다는 기사를 읽고 나서는 그 효용성을 인정하는 눈치였다. 하지만 그때는 이미 늦었다. 직장암 판정을 받은 후여서 술을 마실 수 없었다. 술과 담배를 피우는 남자들이 주로 걸린다는 직장암이 왜 아내에게 발병했는지 정말 모를 일이었다. 아내와 술을 연관지어 생각할 수 있는 것은 '술꾼의 아내'라는 것밖엔 없었다.

　―죽도록 간병인 노릇만 해왔으니, 이젠 환자 역할도 해보라는 뜻인가 보지.

　아내는 종교가 없었으나 사역의 관점으로 받아들이곤 했다. 자신에게 배당된 역이 있다고 믿었다. 운명이나 우주의 섭리쯤에 해당되는 말을 몫이라고 표현했다. 아내의 배역론에 가장 큰 혜택을 받은 사람은 어머니였다. 물론 나도 손 안 대고 코 푼 격이었다.

아내는 이따금 어머니와 트러블이 생기면 집을 나갔다. 애쓰고 노력하는 마음이 그 어디에도 닿지 않고 뒤틀린 억측으로 시어머니에게 괴롭힘을 당하면 한 번씩 잠적을 하는 것으로 인내가 극에 달했음을 알렸다. 휴대폰도 끈 채 종적을 감췄지만 아내는 이내 돌아왔다.

―어머닌 자신에게 주어진 권리를 최대한 누리고 있는 거라구. 타고난 복일 수도 있고. 누군가는 그것을 인정해줘야 하지 않겠어?

어머니에게 받는 스트레스를 그런 식으로 합리화할 때마다 나는 뒷덜미가 뜨끔했다. 부당할 정도로 곤혹스러운 처지를 이겨내기 위해 생각조차 주입하는 듯한 느낌을 받았기 때문이다. 하지만 나는 안도의 숨을 내쉬는 것으로 그동안 졸였던 마음을 풀었다.

아내는 그런 태도를 신에게 다가가는 중이라고 했다. 내가 차라리 교회나 성당에 나가지 그러냐고 하면 글쎄, 좀더 생각해보고 하며 웃었다. 생각이 많고 복잡한 아내는 종교에도 쉽게 안주하지 못하고 그 언저리를 서성이며 끊임없이 묻고 회의했다. 작가나 학자도 아니면서 너무 진지한 거 아니냐고 투덜대면 친구, 시형은 자신의 그 무엇을 찾아가는 과정 아니겠냐며 아내 편을 들었다. 시형은 나와 고등학교 때부터 지기였지만 나처럼 막걸리 타입은 아니었다. 대학에서 독문학을 강의하는 그는 니체와 말러를 좋아했다. 진정한 가치를 예술에서 발견했던 니체는 음악을 어떤 언어나 몸짓보다도 진정한 형이상학의 최고의 경지로 쳤다. 동양에서는 공자가 음악을 군자가 이르러야 할 마지막 경지로 삼았던 것에 비유하곤 했다. 말러는 그런 음악적 세계를 좀 더 섬세하고 진실되게 표현하기 위해 형식은 물론이고, 갖은 시도를 했기에 인간적으로 존경해 마지않는다고 했다. 시골 태생인 말러가 어렸을 적 들녘에서 들었던 소 방울 소리를 무대 위에서 재현해보고 싶어 타악기 연주자의 목에 방울을 걸고 걸어 다니라고 했던 이야기에 이르면 시형은 광신도처럼 보였다.

시형도 산을 좋아했다. 북한산에 올랐다가 하산할 때면 집 앞으로 내려와 날 불러냈다. 이따금 아내도 동석했다. 내가 술을 마시자고 했을 땐 꼼짝하지 않았지만 시형이 불러내면 꼭 나와서 어울렸다. 그는 나처럼 덩치도 크지 않고, 목소리도 우렁우렁하지 않았다. 적당한 체구와 은발에 안경이 참 잘 어울리는 친구였다. 작은 타일 크기의 안경 속에서 겹이 진 그의 눈은 은밀하게 빛났다.

─윤 교수님 말러 닮지 않았어? 적당히 사색적이고 얄쌍한 게 꼭……

아내는 시형을 언급할 때면 그 무너지는 듯한 웃음을 자주 지었다.

─난 소도둑놈 같고?

─당신은 공돌이 출신 그대로지. 그래도 진정성은 있어 보이잖아. 산처럼 우직하고.

아내까지 합석한 자리에서 시형과 함께 술을 마시면 팽팽하게 당겨지는 기운이 느껴지곤 했다. 트라이앵글의 꼭짓점이 각을 유지하며 갖는 긴장감을 때로는 즐기기도 했으나, 조바심치기도 했다. 시형이 화장실을 가느라 일어서면 아내는 시형의 지성에 감탄했고, 아내가 자리를 비우면 시형은 내가 아내에 대해 감지하지 못하는 부분을 얘기했다.

─현수 씨를 보면 '차라투스트라'에 나오는 구절이 생각나. 삶은 스스로 기둥과 계단을 만들어 자기 자신을 드높은 곳에 세우려 한다고 했지. 현수 씬 자신만의 상을 만들어가고 있는 것 같아.

시형은 자신의 표현이 조금 과하다고 여겼는지 너털웃음을 터뜨렸는데도 나는 따라 웃을 수가 없었다. 나는 아내가 자신의 방에서 생기 없는 고전에만 골몰하며 석벽을 쌓아간다고만 여겼지 정신적 아성을 이뤄간다고는 생각지 못했다. 그런 아내에게 운명은 불치의 병을 안겼다. 암세포가 항문 가까이 자라고 있어 항문과 함께 절개하고 좌측 아랫배에 인공항문을 달아야 했다. 항문과 암세포를 들어내고 하행결장루수술까지가 의례적인 절차였다면 항암치료는 한 단계 더 힘든 과정이었다. 아내는 간 해독 수치가 낮아 맹독성이 있는 물질을 투여하는 항암치료를 이겨내지를 못했다. 정맥주사나 비타민 수액을 맞고 오면 구토와 설사가 심해 항암치료를 중단할 수밖에 없었다. 그사이 암세포가 자궁까지 전이돼버렸다. 방광에 소변이 찼는데도 느낌이 없어 배꼽 아래에 방광으로 연결되는 작은 구멍을 뚫고 호스를 끼워 소변주머니를 차야 했다. 환자복 속에 배변주머니와 소변주머니를 함께 차고 있어야 하는 상황을 아내는 항암치료만큼이나 힘들어했다.

　─어머니가 왜 그렇게 그악스러워질 수밖에 없었는지 알 것 같아.

　갈라진 입술 사이로 손톱처럼 자란 거스러미를 들썩거리며 아내
는 힘없이 말했다.

　─통증보다 더 참기 힘든 것은 바로 이런 상황에 처한 자신을 받아
들여야 한다는 거야.

　아내는 자신의 처지를 인정하기 위해 눈꺼풀이 짓무르도록 울었다.

　─그렇게 눈물을 뺐는데도 소변 고이는 것 좀 봐.

　아내가 희미하게 웃었다. 그때만큼은 그 웃음이 너무 싫었다. 사람
좋아 보이는 저 웃음 때문에 이토록 힘든 병을 앓아야 하는 것 같았
다. 거절하지 못하고 모든 것을 다 받아줄 것 같은 편안함 때문에 신
은 그녀에게 그토록 무서운 병을 안긴 것이 아닌가 싶어 버럭 소리를
지르고 말았다.

　─그렇게 속절없이 웃어대니까…….

　난 차마 그런 병에 걸렸다는 말을 내뱉진 못했다.

　─내가 유령 같아 보여?

　진짜 그녀가 유령 같아 보였다. 비닐 팩에 고인 소변을 보고 농담
하며 웃는 아내가 정상이라고 할 수 없었다.

　─간병인 노릇 힘들지?

　아내는 고용량 비타민C 정맥주사를 맞으며 조금씩 기운을 차리는
듯했다.

─고백 하나 할까…….

드디어 올 것이 오고 말았다. 나는 아내의 입가에 고인 하얀 찌꺼기를 거즈로 닦아주며 천천히 고개를 끄덕였다. 늘 심증만 있었지 물증이 없어 더 나를 긴장하게 하고 조바심치게 했던 그것. 아내는 배설물 주머니를 줄레줄레 차고 고백할 모양이었다. 나는 마른침을 삼켰다.

─이따금 어머니를 질투할 때가 있었어.

─어머니를?

─아무것도 모른 채 누워서 자는 어머니가 평온하다 못해 어떤 특권을 누리는 것 같아 보였거든.

아내는 웃기도 힘들다는 듯 얼굴을 찡그렸다.

─어머니가 지나치게 힘들게 할 때면 엄니, 이젠 역을 바꿔서 해볼까요? 저도 이제 지쳤거든요 하고 주무시는 어머니의 귀에 대고 속삭일 때도 있었어. 악마처럼.

아내는 눈을 내리깔며 탄식하듯 말했다.

─그래서 벌을 받나 봐.

나는 뭔가 위로의 말을 건네고 싶었지만 아무 말도 할 수가 없었다. 주사바늘을 꽂느라 푸르스름하게 멍든 아내의 팔을 쓸어내릴 뿐이었다.

─그런 생각 추호도 안 할 테니 어여 눈 좀 붙여.

나는 아내의 팔을 내려놓고 주렁주렁 달린 비닐 팩을 피해 배를 다독였다.

비타민 주사로 아내는 조금씩 혈색이 돌아오고 호선뇌는 듯했으나, CT 촬영 결과 전이암은 혈액과 림프액을 타고 다른 장기로 번져들고 있었다.

─이미 종양이 간에도 1.5센티가량 자라 있습니다.

주치의는 CT 촬영 결과를 보고하듯 말하며 종양 제거 수술을 권했다.

─이제 수술은 그만하고 싶어. 간을 수술하는 동안 신장과 폐라고 해서 자유롭겠어? 이제 내 몸 어디라고 뚫고 들어갈 암세포와 다른 방법으로 대응해볼래. 내 방식대로.

나는 아내의 방식대로라는 말에 전율했다. 가출이 떠올랐기 때문이다. 뭔가를 골똘히 생각하다 자기식대로 결론짓고 합리화해버리는 방식이 두려웠다. 지나친 자학이 아닐 수 없었다. 아내가 그렇게 감수하는 바람에 병든 어머니를 10년 동안이나 모실 수 있었지만 지금만은 내버려둘 수 없었다. 나는 간청했다.

─한 번만 더 해보자. 전이된 암은 신생암보다 예후가 안 좋대잖아. 마지막으로 한 번만 더 해보자구. 지금까지 살아왔던 생에 대한 의무, 아니 예의로 말야.

나는 아내식으로 달랬다.

─바로 그거야. 지금까진 절차를 잘 따랐으니 이젠 내 식대로 해보고 싶어. 여보, 제발 그렇게 해줘. 응?

아내는 간절하게 말하며 여윈 손을 들어 내 손을 잡았다.

—자기 식대로라고? 이게 무슨 복불복인 줄 알아?

　나는 아내의 손을 매정하게 뿌리쳤다.

　—당신은 지금 죽느냐 사느냐의 문턱 앞에 와 있는 거라고. 좀더 확률이 높은 쪽을 신중하게 선택해야 하는 마당에 뭐?

　나는 아내의 술수에 휘말려드는 것 같아 버럭 소리를 질렀다.

　—나도 신중한 선택을 한 거야. 이 정도는 할 수 있어야 하지 않겠어? 그동안 할 만큼 했으니까. 수술을 두 번이나 하고 한 번씩 받고 나면 생명을 부지한다는 게 역겨워지기까지 하는 항암치료까지, 안 해본 거 없이 다 했잖아.

　아내의 목소리는 의외로 차분했다.

　—이젠 좀 놓여나고 싶어. 나보다 더 기운차게 내 몸에서 뿌리를 내려가는 암세포는 어쩔 수 없다 하더라도 이 시스템에서 말야. 내 말이 무슨 말인지 모르겠어?

　아내의 말에 오히려 내가 어안이 벙벙해졌다.

　—병을 고치러 입원했는데 어느새 그것을 볼모로 한 시스템에 사역당하는 기분이야. 그들은 늘 지시만 하지. 온갖 검사와 수술까지. 그것만이 아냐. 침상 유지, 절대 안정, 주는 대로 받아먹고 가능하면 깊은 잠에 빠져들길.

　그녀는 숨을 몰아쉬더니 속삭이듯 말했다.

　—이젠 내가 하고 싶은 대로 해보고 싶어. 잠 오면 자고, 음악을 듣고 싶으면 집 안을 쩌렁쩌렁하게 울려가며 듣고. 산책도 하고 좋은

찻집에 들러 차 마시며 얘기도 나누고 싶다고.

─병이 나으면 다 할 수 있잖아. 매일같이, 얼마든지 하라구.

나는 하루 빨리, 아니 한시라도 빨리 해결책을 찾고 싶었다. 미봉책이라도 좋았다. 잠시라도 생명을 연장할 수 있다면 뭐라도 할 수 있었다.

─지금 당장 의사와 상의해서 수술 날짜 잡을 테니 그런 줄 알아.

일방적으로 통고를 하고 의사를 만났으나, 수술 후 후유증이나 여러 가지 합병증세가 끝도 없이 제시된 합의서에 또 사인을 할 수는 없었다. 무엇보다도 수술 후 예기치 못한 상황에 자신이 없기도 했지만 너무 쇠약해진 아내의 몸에 또 한 번 수술 절차를 밟게 하는 일이 더 가혹하게 여겨졌다.

시형을 찾아갔다. 술을 들이키며 아내의 상황을 얘기했다. 취기가 오른 나는 그가 아내가 원하는 대로 해주라고 말한다면 죽도록 패줄 작정이었다.

─현수 씬 더 이상 시험대가 아닌, 스스로의 시간을 갖고 싶은 거겠지. 니가 늘 얘기했잖아. 산을 바라만 보는 것하고 직접 올라 체험해보는 것은 다르다고. 조금이라도 명료한 상태에서 자신만의 구체적인 시간을 보내고 싶겠지. 어떤 도덕이나 진리도 해줄 수 없는.

내키지는 않았지만 왠지 그래야만 될 것 같았다. 아내를 한 번 더 시험대에 올리는 일은 야만의 짓 같았다. 최첨단 장비와 시설을 갖춘 의료진에게 의탁하는 일이 야만의 짓이라니! 몹시 헷갈렸지만 아내가 진정으로 누리고 싶어 하는 것이 있다면 빼앗지는 말아야 한다는 쪽으로 기울었다.

나는 공기 좋고 시설 좋은 요양원을 물색했다. 파주 심학산 근처에 있는, 시설과 주변 전망까지 좋은 요양원을 찾아냈다. 하지만 아내는 집에 있기를 원했다. 익숙한 곳에서 지내고 싶다고 했다. 요양원 대신 아내를 가볍게 안을 수 있을 정도로 체력이 좋은 간병인을 고용해야 했다.

아내는 집으로 돌아와 두 달을 채 못 넘기고 눈을 감았다. 아내의 몸 안에 뿌리 내린 암세포는 자신만의 시간을 보내고 싶어 하는 아내의 소망을 무자비하게 밀어냈다. 이 방은 끈질긴 병마와 소소한 일상을 누리려는 아내의 의지가 처절하게 투쟁한 곳이기도 했다.

하룻밤 자고 나면 누구에게나 똑같이 주어지는 24시간. 누린다는 것조차 잊고 사는 하루하루. 그 시간을 메워나가는 밥 먹고 잠자고 배설하고 일하고 누군가를 만나 얘기하는 사소한 동작에도 그토록 많은 힘과 기력이 필요하다는 걸 아내를 통해 알았다. 30분, 정확히 말하면 20분 남짓 산책하고 서너 시간을 널브러진 채 잠든 아내를 보며 일상을 누리는 것이야말로 말로 다할 수 없는 축복이라는 것을 깨달았다.

아내는 가끔씩 통증이 잦아들면 음악을 듣기도 했다. 오랜만에 아내의 방에서 흘러나오는 음악 소리는 휴전 상태처럼 불안했다. 어느 땐 음악 소리가 갑자기 그치기도 했다. 결국 음악마저도 아내에게 평화와 안식을 줄 수 없는 모양이었다. 병마에 지친 아내는 신경마저 쇠약해져갔다.

　―눈 왔지? 밤새 내내 눈 내리는 소리가 들렸어.

　창문을 열었더니 주변이 새하얀 눈으로 뒤덮여 있었다. 창문을 닫던 나는 알 수 없는 두려움으로 몸을 떨었다. 방 안에 누워서도 눈 내리는 소리를 듣는 아내의 예민함이 병이 나아지려는 조짐인지 아니면 더 깊어지는 것인지 알 수 없었다. 이럴 때 아이들이라도 있어 찾아온다면 얼마나 좋을까.

　우리 부부에게는 아이가 없었다. 둘 다 만혼이었다. 나는 쉰을 훌쩍 넘겼고, 아내는 마흔을 갓 넘긴 나이에 결혼한 우리에게 아이는 오래도록 생기지 않았다. 내 정자 수엔 이상이 없었지만 아내의 배란은 신통치가 않았다. 시험관 요법을 여러 차례 받아봤지만 매번 받을 때마다 아내가 너무 힘들어해 내가 그만두자고 했다. 반백의 머리로 아이를 안고 다닐 자신도 없었고, 뒤늦게 학부형 노릇하기도 마뜩찮았다. 무엇보다도 늦게 만난 소중한 시간을 우리 자신을 위해 쓰고 싶었다. 하지만 나이가 들수록 그때 더 버텨내지 않았던 것을 후회했다. 늦둥이인 셈치면 크게 무리 될 일도 아니었다. 입양이라도 서두를걸 하는 후회가 들었다. 어머니만 아프지 않았어도 우리는 좀 더 아이와 미래에 대해 관심을 쏟았을지도 몰랐다.

　어머니가 돌아가시자, 아내에게 고마움의 표시로 여행을 권했다. 응당 같이 갈 것을 예상하고 호기를 부렸으나, 아내는 즉각 인터넷을 검색하더니 미술관 투어에 합류했다. 방학으로 혼자 있을 나는 안중에도 없었다.

혼자 남은 나는 어찌할 바를 몰라 산에도 잘 올라가지 않고 술에 절어 살았다. 이따금 시형에게 전화를 해서 불러내면 그는 아내가 묻혀올 외지 바람에 대한 기대로 들떠 있었다.

—지금쯤 현수 씬 정신없을 거야. 명작에 취해 다니느라.

여행에서 돌아온 아내는 시형의 말처럼 흥분된 기색을 감추지 못했다. 서부 유럽을 돌며 원화를 직접 본 것이 어떤 진실을 목격하고 온 것인 양 호들갑을 떨었다.

—역시 렘브란트더라구요.

모처럼 맥주를 마시며 아내의 귀국 파티를 했다.

—어떤 그림에 그리도 혹했는데요?

시형은 맥주잔을 들려다 내려놓으며 물었다.

—렘브란트는 살아 있는 실제 모습을 그렸더군요. 인물들이 액자를 뚫고 나올 것 같았어요. 빈에 있는 미술사 박물관에서 그의 자화상을 보는데 인상 쓰는 소리까지 들리는 것 같았어요. 아무것도 아닌 것으로 변해가는 자신의 모습을 그토록 섬세하고 솔직하게 그려내려면 내공이 얼마나 깊어야 할까.

—페르소나를 벗어버리면 돼요.

시형은 웃으며 말했다.

—윤 교수님은 그럴 수 있으세요?

—그래서 그가 위대한 거죠.

─렘브란트의 자화상도 놀라웠지만 〈다윗 왕과 압살롬의 화해〉를 그린 작품은 글쎄, 영화의 한 장면 같더라고요. 압살롬은 다윗 왕의 셋째 아들로 왕이 되기 위해 반란을 일으켰다가 돌아와 용서를 비는 장면이었는데, 글쎄, 한 장의 그림에 그런 이야기가 다 들어 있는 것 같았어요. 금발머리에 화려한 옷차림을 한 아들이 아버지 품에 얼굴을 묻고 용서를 빌고, 아버지는 말없이 아들을 안아주고. 자신을 내쫓기 위해 칼을 든 아들을 조용히 품어주는 아버지 앞에서 자식이란 어쩔 수 없는 존재 같았어요. 아무리 사악한 마음으로 인륜을 저버렸다 하더라도 용서를 빌면 품어줄 수밖에 없는 존재. 우린 그런 자식도 없으니…….

아내는 날 바라보며 잔을 부딪쳤다.

─어머니가 많이 아프셨고 시험관 아기조차 계속 실패하는 바람에 포기했는데, 그 그림을 보니 돌아와 용서라도 빌 자식이 있었으면 싶데. 다윗 왕처럼 근사한 포즈는 아니더라도 말없이 안아줄 수 있을 것 같았거든. 아니 그렇게 한 번, 진심을 다해 안아보고 싶었어. 내가 낳은 피붙이를. 물론 배신감도 크겠지만 돌아와 잘못을 뉘우치면 그것을 용서해주는 마음은 더 클 것 같아. 세상에서 잘못한 아들을 용서하는 마음보다 더 크고 진한 것이 있을까…….

아내는 목이 메는지 입을 다물었다. 언제부터인지 우리는 자식에 관한 얘기는 하지 않았다. 한번도 자신들의 피붙이를 안아보지 못한 자들끼리 갖는 묵계였다. 그런데 그림 속, 용서를 구하는 아들의 모습을 통해 아내는 속내를 털어놓고 있었다. 부모를 죽이려 했던 아들조차도 안아보고 싶어 하는 것이었다. 나는 아내가 자신의 회한을 먼 나라 액자 속 그림을 통해 투사하는 것이 안타까웠다. 자신의 삶 속에서 직접 치고받지 못하고 항상 동경하는 매체에 굴절시켜 감수해야 하는 처지가 안돼 보였다.

─현수 씬 미술관 투어가 아니라 성지순례를 하고 오셨구만요.

시형은 울적해하는 아내를 위해 다소 들뜬 목소리로 말했다.

─신앙심이 깊은 렘브란트가 성서를 여러 번 탐독한 것은 잘 알려진 사실이고, 자신이 그리려는 대상이 어떤 표정과 포즈를 취할 것인가를 간파해내는 데도 천부적인 소질을 지녔다고 하죠. 서양 미술사에서는 미술계의 셰익스피어라고 하잖아요.

─미술계의 셰익스피어?

나는 발끈하지 않을 수 없었다. 애비에게 칼을 들이대는 아들조차 안아보고 싶어 하며 혈육에 대한 절절함을 호소하는데 미술계의 셰익스피어가 무슨 의미가 있나 싶었다. 나는 필요 이상으로 핏대를 올렸다.

─제발 그런 개뼉따귀 굴러가는 소린 강의 시간에나 하시고, 발바닥에서 땀내 나는 이야기 좀 할 수 없어?

아내는 대화에는 관심 없고, 엉뚱한 비약이나 일삼는 남편을 원망스런 눈초리로 바라보았다. 나는 찔끔했지만 어쩔 수 없었다. 책을 좋아하고 예술을 사랑하는 취미들이 그때만큼은 지겨웠다. 현실의 그 무엇에 마음을 둘 수 없는 자가 어쩔 수 없이 택할 수밖에 없는 대용품에 지나지 않았다. 그렇게라도 자신을 유지하기 위해 모둠발로 안간힘을 쓰다니. 설령 그런 열망이 스스로의 삶을 높이고 계단을 쌓는 일일지라도 내겐 지겹다 못해 짠했다. 나는 진실로 아내를 위로하고 싶었다. 진심 어린 말을 건네고 싶었다. 하지만 무슨 말을 어떻게 해야 할지를 몰라 술잔만 비웠다.

아내의 배가 점점 부어오르기 시작했다. 통증과 함께 구토도 심해져 발작하다시피 토하고 나면 기진맥진해 쓰러졌다. 간으로 번진 종양에 의해 미세담관이 막혀 복수가 심해지고 장기 압박으로 복통까지 겹쳤다. 담당의사는 수술 대신 호스피스 병동을 권했다. 아내는 고개를 저었다. 창밖에서 들려오는 뻐꾸기 소리에 깨어나 오늘은 무엇을 할까를 생각하며 하루를 맞고 싶다고 했다. 고작 몇 소절 음악을 듣거나, 몇 분 걷다 마는 산책인데도 말이다.

아내의 고집이 어머니에 대한 반발로 비쳤다. 조금만 병원에 늦게 와도 빨리 와서 거즈를 안 갈았기 때문에 욕창이 생겼다는 둥, 진통제를 너무 먹여 약발이 안 듣는다는 둥 당신의 통증은 곧 주변 사람의 무관심이나 애정이 없는 탓이었다. 주변의 누군가를 갈구지 않고서는 견디지 못했던 어머니에게 아내는 자학으로 복수하고 있는 건가. 누군가를 비방해서라도 자신의 명분을 찾고자 했던 어머니의 집요함이 아내로 하여금 남은 시간을 방기하게 하는 것인지도 몰랐다.

아내가 두려워지기 시작했다. 검증된 시스템을 마다하고 혼자서

고군분투하는 아내가 독선적으로 여겨졌다. 저렇게 지독했던가. 피식 하고 힘없이 웃는 웃음으로 모든 경계심을 무너지도록 만들었던 여자가 저런 독종이었나. 통증이 일 때마다 아내가 내뱉는 신음 소리가 음산하게 들렸다. 나도 그것에 일조했다는 자괴감을 지울 수 없게 만들었다. 그때 조금만 마음을 강하게 먹고 수술을 시켰으면 저토록 힘들어하지는 않았을 텐데 하는 후회가 몰려왔다. 이젠 그런 기회조차 사라져버린 것이다. 나는 술을 마시고 시형을 찾아가 행패를 부릴 수밖에 없었다.

─뭐? 스스로의 시간을 갖고 싶은 거라고? 그 위대한 체험이 바로 저거였어? 통증으로 몸부림치느라 배변주머니가 터져 방바닥까지 똥치레하는 거였냐구.

나는 실컷 비웃었다.

─그래, 그러겠지. 그런 고상한 경지를 어떻게 도덕이나 진리가 해결해줄 수 있겠어.

팔을 휘두르며 고래고래 소리를 질러봤지만 술이 깬 다음 날은 더 참담했다. 그의 말에 부화뇌동했던 내 꼬락서니만 우습게 된 셈이었다. 산에 오르고 땀 흘린 만큼 막걸리에 취해 잠들었던 단순함은 괴팍하고 거칠어져만 갔다. 집에 들어가기 싫었다. 벗어놓은 옷가지처럼 흐트러져 자는 아내를 들여다보는 일이 겁났다. 무엇보다도 아내에게서 나는 냄새를 견딜 수가 없었다. 바깥 공기에 익숙한 자에게 방 안에 괴어 썩어 들어가는 냄새는 맡기 힘들었다. 아무리 간병인이 배설물을 잽싸게 치우고 창문을 열어 환기를 시켜도 항문이 아닌 인공호스를 통해 풍기는 악취는 집 안을 떠돌고 있었다. 입이 아닌 레빈을 통해 투여되는 소량의 유동식이 장기를 거치는 동안 전혀 다른 물질이 되어 그토록 지독한 냄새를 풍긴다는 게 이상할 정도였다. 방 안조차 들썩일 정도로 고약했다. 아내는 자신이 피우는 냄새에 갇혀 남편마저 지켜주지 못하는 빈자리를 더 크게 느껴야 했다. 나는 이따금 간병인에게 수고비를 더 얹어주는 것으로 남편의 역할을 할 뿐이었다. 역할이라는 말에 쓴웃음이 인다. 아직 그 역할은 다 끝나지 않았단 말인가. 마지막 역할을 하기 위해 지금 무엇을 찾고 있는 거지. 아니 무슨 제스처를 취하고 있단 말인가.

책상 위에는 여전히 말러의 음반 케이스가 놓여 있다. 나는 마지못해 집어 들었다. 케이스를 열었더니 뜻밖에 비어 있다. 혹시나 해서 DVD플레이어를 열었더니 음반이 들어 있다. 아내는 그 와중에도 이 곡을 들었단 말인가. 시형이 지휘를 하듯 팔을 저어가며 수없이 얘기했던 곡을 말이다.

—뽕폼 아냐?

나는 말러를 교향곡의 종결자라고 떠들어대는 시형에게 이죽거렸다.

—교향곡에 성악은 또 뭐며, 무대 뒤를 꽉 메운 악기들은 또 어떻고? 대작은 악기 수와 비례하는 건가?

언젠가 콘서트홀에 따라가 들었던 기억이 나서 생각나는 대로 지껄였다.

— 말러의 교향곡은 가곡에서부터 음악의 많은 장르를 총결산했다고 볼 수 있지. 그런 형식을 담아내려면 악기 편성이 좀 유별날 수밖에 없고. 광야에서 외치는 사람 소리를 내기 위해 호른 연주자가 무대 뒤로 나가 연주를 하기도 하니 말야. 하지만 그는 그 모든 것들을 동원해서 많은 것을 그려내잖아. 인간의 삶과 죽음, 그리고 부활 의지와 구원까지도.

— 음악이 아니라 종교네.

— 거의 구도적이라고 할 수 있지.

— 작곡가가 아니라 신이고만.

— 글쎄, 자꾸 종교나 신 쪽으로 몰아붙이지 말고 인간이 할 수 있는 최상의 경지라고 생각하면 안 돼? 결국 기적도, 신도 인간이 만들어내는 거잖아.

DVD 플레이어에는 2번이 들어 있었다. 아내가 수술을 거절하고 굳이 집에서 투병 생활을 했던 이유가 이것이었던가. 종내는 음반도 못 듣는 줄 알았는데 실황음반까지 감상하는 줄은 몰랐다. 더군다나 옆구리에 찬 똥주머니의 구린내 속에서도 마지막 의식이 남아 있을 때까지 DVD를 감상했다는 사실에 당혹스럽기까지 했다.

플레이어를 작동시켰다. 루체른 페스티벌 실황음반이었다. 지휘자는 70대 정도로 보이는 노인이었다. 자신을 다스리는 일에 많은 시간을 할애한 사람처럼 절제된 표정을 지니고 있었다. 뼈의 윤곽이 드러날 만큼 얼굴에 살점이 없다. 피골이 상접하다는 말이 알맞을 듯했다. 만약 그가 웃기라도 한다면 피부가 당겨 찢어질 것 같았다. 바짝 긴장한 탓인지 더 강팔라 보였고 눈초리도 매서웠다. 하지만 첫 음을 내리긋는 팔 사위만큼은 빠르고 정확했다. 나는 의자를 끌어당기며 화면을 응시했다. 시형과 아내의 요구에 못 이겨 몇 번 음악회를 따라가보긴 했으나 지금처럼 영상을 통해 음반을 감상하는 일은 처음이었다.

시형은 왜 이 음반을 아내에게 가져다주었으며, 아내는 마지막까지 혼자서 고통을 견디며 이것을 봤는지가 궁금했다. '부활'이라는 표제가 아내에게 어떤 용기를 줄 수도 있겠지만 그들 사이에 오고 갔을 묵언의 소통이 궁금했다. 나만 모른 채 은밀한 화살들이 수없이 오고 간 것이다. 시형의 성격상 별 말없이 놓고 갔을 것이고, 아내 또한 그가 내미는 거라면 묵묵히 받아 세심하게 살폈을 것이다. 미세 담관이 막혀 복수가 차고 장기 압박으로 복통에 시달리면서도, 똥물처럼 푸르죽죽한 액체를 사정없이 게워내면서도 아내는 그가 내민 음반을 플레이어에 꽂았던 것이다.

그 모든 것을 시형이 지휘하고 있었다. 화면 속 늙은이처럼. 나는 시형이 교살자처럼 여겨졌다. 그의 요설로 아내가 병원의 치료를 거부하고 이 좁은 방에서 고통스럽게 몸부림치다 죽어간 것이다.

아내의 장례를 치르는 동안 담담하던 그의 표정을 잊을 수가 없다.

만약 그가 소중한 사람을 잃은 양 얼이 빠져 있거나, 필요 이상으로 통곡을 했어도 어떤 꼬투리라도 잡아 한바탕 소동을 벌였겠지만 차분하고 의연하기까지 한 모습에 기가 질렸다. 뜻하지 않은 병에 시달리다 속수무책으로 명줄을 놓아버린 것에 대한 안타까움보다는 사는 동안 추구했던 것들에 더 많은 의미를 두는 눈치였다.

1악장이 끝나자, 지휘자나 연주자들이 쉬는 시간을 맞은 양 악기를 내려놓으며 수군거렸다. 방청석에서는 기침 소리도 들려왔다. 나는 맥이 풀려 음반 케이스에 들어 있는 부록을 펼쳤다.

작은 해설집에는 루체른 페스티벌에서 연주된 지휘자의 지휘에 대한 극찬이 넘쳤다. 예술의 경지를 초월하여 숭고한 철학이자, 종교적 경지에 이르렀다고 했다. 똑같은 악보를 보고 연주하는 재현예술인데 그런 찬사를 보내는 것이 쉽사리 이해가 되지 않았다. 잘하고 못하는 정도 차이는 있을 수 있겠으나, 예술의 한계를 넘어 종교적 경지에 이르렀다는 말은 칭찬하기 위한 수식에 지나지 않았다. 나는 말의 성찬에 질려 부록을 덮으려다 다시 펼쳤다. 어떤 문장에 삐뚤빼뚤 밑줄이 그어져 있었기 때문이었다. 위암으로 위 절제 수술을 받아 몰라보게 수척해진 지휘자인데도 전혀 나약한 모습을 볼 수 없다는 문장이었다. 지휘자가 유난히 깡말라 보이는 것은 위암 때문이었다.

2악장은 1악장과는 달리 아름답고 서정적이었다. 1악장의 격렬하고 폭발적인 불협화음에 비해 2악장은 애잔하면서도 감미로웠다. 특히 연주자가 바이올린을 활로 그어대지 않고 기타처럼 가슴에 안고 손가락으로 튕기는 부분은 장난스럽기까지 했다. 내가 싫어했던 바이올린 소리가 쥐 울음소리 같지만은 않노라고 시위하는 것 같았다. 잔뜩 굳어 있던 단원들의 표정도 풀리고, 데스마스크 같던 지휘자의 표정도 유순해져갔다.

2악장이 끝나갈 무렵, 발레를 하듯 팔을 유연하게 젓던 지휘자의 표정이 점점 더 밝아지더니 눈가에 주름을 잡으며 입가를 늘린다. 자신이 바라고 원하는 방향으로 연주되는 것에 대한 안도의 눈빛이었다. 전혀 웃지 않을 것 같던 지휘자가 입꼬리를 늘리며 온화한 표정을 지었을 때 그것은 웃음이라기보다는 한 줄기 빛을 머금은 것 같았다. 인간의 숙명적 조건인 병고를 치러내는 동안 자신도 모르게 굳어져버린 녹슨 표정을 손끝으로 살살 문질러 찾아낸 듯했다. 엷은 웃음이었지만 강렬했다. 고통과 고독 속에서 내면의 귀를 통해 수없이 되풀이 했을 연주를 찾아낸 듯했다. 어떤 극한점을 돌고 난 자만이 지을 수 있는 표정이었다.

아내도…… 저 미소를 보았을까. 암이라는 벽을 가까스로 넘고 다시 지휘봉을 잡은 자가 짓는 웃음을 아내는 결코 놓치지 않았을 것이다. 그때의 심정은 어떠했을까. 병석에서 털고 일어나 〈부활〉을 다시 연주하는 지휘자를 보며 구원을 꿈꾸었을까. 여전히 똥주머니를 차고 누워 있는 자신의 처지가 더 비관적으로 여겨지진 않았을까. 아니면 그의 연주에 맞춰 부토 춤이라도 추었단 말인가. 남편마저도 지켜주지 못한 임종을 자신의 그림자와 춤을 추며 맞이했다면.

─춤사위가 죽음의 신에게서 빠져나오려는 동작 같기도 하고, 끌려가는 것 같기도 해. 육신에서 영혼이 빠져나가는 순간 나도 내 그림자와 겹쳐지듯 춤을 추며 죽음을 맞을 수 있을까…….

춤이라는 표현은 영화나 예술 속에서나 가능할 것이다. 은유와 상징을 통해 절제된 동작으로 아름다움을 빚어내는 장르에서나 인정해주는 형태였다. 육신이 갈기갈기 찢겨나가는 듯한 통증 속에서 두려움에 떨며 맞는 마지막 순간은 자신의 덫에서 헤어나오기 위해 다리를 물어 끊는 사향쥐의 마지막처럼 가혹하고 처절했을 것이다. 수술을 거부한 채 종루주머니를 차고 겪어야 하는 처절한 사투였을 것이다. 나는 끝내 회피하고만 아내의 임종을 뒤늦게 체험하고 있었다. 그녀가 추었을, 아니 온몸을 뒤틀며 발악했을 최후의 몸부림을. 나 또한 언젠가는 홀로서 맞게 될 그 순간을 미리 맞고 있었다.

물을 튕기듯 손가락 다섯 개를 펼쳐 보이는 동작으로 2악장을 마친 지휘자의 표정은 어느새 굳어 있었다. 웃음이 걷어진 얼굴은 매서울 정도로 딱딱해져 있었다. 더 이상 DVD를 볼 수 없었다. 기기를 껐다. 고요했다. 적막할 정도로 고요한 순간은 다음 행동을 재촉했으나 섣불리 움직일 수가 없었다. 아내의 마지막 순간을 함께했을지도 모르는 음반을 꺼내들지 못했다. 또한 나는 다른 유품과 함께 그것을 태워줄 만큼 너그럽지도 못했다. 음반은 영원히 플레이어에 남겨둔 채 책이나 몇 권 뽑아 들고 나갈 참이었다. 하지만 그것마저도 뽑지 못한 채 쫓기듯 방을 나오고 말았다.

프리즘

창밖에는 봄볕이 넘쳐났다.

눈가가 젖어들자 주위의 윤곽이 어룽졌다.

나는 굴절 각도에 따라 무수한 색을 띠고 있을 자신을

깊숙이 들여다보기 위해 눈을 감았다.

프리즘

'이달의 작가'로 엄기석 화백이 선정된 것은 의외였다. 편집부 책상에 수북하게 쌓여 있던 팸플릿 중 〈마야 이야기〉는 흔한 가족도 시리즈였다. 그런데도 팀장은 엄 화백의 그림을 밀어붙였다. 제작비 긴축 문제로 회의 시간을 절반이나 할애했기 때문인지 여느 때와 다르게 일방적이었다. 나는 나름대로 점찍어둔 화가가 있어 실망했다.

원래 그 꼭지는 담당 기자가 따로 있었는데, 호주로 이민을 가는 바람에 작년 가을부터 내가 맡게 됐다. 오랫동안 하고 싶었던 일을 맡게 된 나는 틈틈이 화가들을 물색하고 작품 경향까지 분석하고 있어 팀장은 회의 때면 으레 추천할 작가가 있냐고 물었다. 그런 배려에 익숙해 있던 나는 지목해놓은 화가를 추천하기 위해서 틈만 살피고 있었던 것이다.

"좋은 그림일수록 인생의 밑그림이 여러 장 겹쳐 있는 법이지. 한

줄기 햇빛 속에도 무수한 색이 감춰져 있듯……."

차라리 불황 때일수록 훈훈한 게 제일이라든지, 그간의 작가 경력으로 보아서 하며 말미를 주었다면 나는 입안에서 맴도는 말을 주저하지 않았을 것이다. 하지만 그는 무엇인가 의미가 있는 언질로 말문을 막아버렸다.

엄 화백의 〈마야 이야기〉는 구성이 독특했다. 2미터가 넘는 화폭은 작은 칸으로 나뉘어져 있었다. 그 안은 부리가 펜촉처럼 구부러져 있는 펠리컨이라든가 깃털 달린 뱀, 사람처럼 발이 달린 동물, 카카오 열매와 잎사귀, 투구를 쓴 인디언 등으로 채워져 있었다. 중남미의 이국적 풍물로 채워진 그림은 회색 바탕에 먹선으로 그려진 상형문자를 보는 것 같았다. 강렬한 이미지보다는 고대 문명의 파편들로 모자이크된 듯한 인상을 풍겼다. 각각의 형상이 들어차 있는 칸마다 짧은 빗금으로 통일성을 주려고 하였지만 오히려 빗발처럼 어수선했다.

엄 화백의 팸플릿을 들춰내자 내가 추천하고 싶었던 작가의 팸플릿이 놓여 있었다. 코끼리 귀처럼 넓적한 이파리로 에워싸인 정글에는 갈색 머리 여인이 누워 있다. 여인의 다리에는 검은 반점이 돋아나 있었다. 주위의 녹음은 정적에 잠긴 그늘을 드리웠다. 싸늘한 격리 속에서 자신의 변신을 알아차린 여인의 표정은 청동으로 빚은 조각상처럼 강건했다. 강렬한 욕망에 의해 정글 한가운데서 표범으로 변해가는 여인은 고독하면서도 신비로웠다. 툭툭 각피를 찢고 터져 나올 것 같은 예감만으로도 나는 글을 쓸 수 있을 것 같았다.

"마감은 다음 주 토요일까집니다. 출장 다녀오실 분은 계획서 제출해주시고 청탁 원고는 다른 때보다 시간이 촉박하니 착오 없도록 해주세요."

팀장은 서둘러 회의를 끝냈다.

아예 저럴 바에야 혼자서 잡지를 만들 일이지. 더 이상 추천할 기회를 놓쳐버린 나는 그의 안목보다도 독선에 혀를 차며 회의용 원탁을 물러났다.

뜻밖에도 엄기석 화백은 나와 고향이 같았다. 인터뷰 약속을 받아내려고 팀장에게서 주소와 전화번호를 건네받고 보니 그는 군산에 살고 있었다. 피식 웃음이 터져 나왔다. 고향 선배를 몰라볼 뻔하다니. 화백의 작업실은 아버지가 살고 있는 동네와 그리 멀지 않았다. 아버지를 생각하면 뒷모습이 먼저 떠오른다. 아버지는 창백한 어머니와 나를 남겨놓고 늘 어디론가 달려 나갔다. 아버지의 얼굴은 서둘러 가는 바람에 휘날렸던 바바리코트 자락보다도 선명하지가 않다. 나는 취재 기획 안에 군산이라는 지명을 적어 넣으면서도 여정에만 골몰해 있는 자신을 보며 별 갈등 없이 다녀오리라는 것을 예감했다.

화백은 인터뷰를 쾌히 승낙했다. 가능하다면 가정의 달 행사로 열리는 전시회 전에 잡지를 받아볼 것을 희망했다. 대형 화환 속에서 자신이 실린 잡지를 나누어주며 전시회를 열 지방 작가에게 나는 다소 쌀쌀맞은 경아리의 억양으로 최선을 다해보겠다면서 전화를 끊었다.

　늪 속 같은 잠에서 깨어난 것은 지독한 허기 때문이었다. '전시회 리뷰'란에 실을 목록을 작성하느라 퇴근 시간을 넘기고 돌아와 그대로 쓰러져 잠이 들었다. 자신의 삶에 아무런 제동을 걸 사람이 없다는 것을 깨달을 때면 약간은 씁쓸하다. 더듬거리며 일어나 어둠의 켜가 살얼음처럼 붙어 있는 냉장고 문을 열었다. 반투명 막으로 싸인 실내등이 차고 습한 속을 비추었다. 비닐봉지 속에서 사과 한 알을 집었다. 물방울이 맺혀 있는 사과를 껍질도 벗기지 않은 채 베어 물었다. 어둠 속에서 아삭거리는 소리가 유난히 크게 들렸다. 순간 뾰족한 것에 찔리기라도 한 것처럼 목젖이 따끔했다. 불을 켜고 세수라도 한 다음 휴대폰을 밀고 단축번호를 누르기만 하면 되는데도 어둠 속에 웅크리고 앉아 무모한 싸움을 아무것에나 걸고 있었다. 그러고는 끝내 울리지 않는 휴대폰의 진동만을 애타게 기다리고 있었다.

　아마 그곳에 다녀오면 카메라를 버리게 될지도 몰라.

　그는 갓 퍼지기 시작한 햇살을 등 뒤로 받으며 작업대에 걸터앉아 카메라의 몸체에서 렌즈를 떼어내어 융 걸레로 닦고 있었다.

　카메라는 가는 모래조차 치명적이지.

　그는 지금쯤 서역(西域)의 땅에 들어섰을지도 몰랐다. 실크로드가 시작되는 우루무치는 신장 지방의 문화와 경제, 군사와 교통의 중심지였다. 그는 찍어도 늘 부족하기만 한 자신의 프레임을 채우기 위해 모래바람과 싸우며 북경에서 꼬박 이틀이 걸린다는 기차에 몸을 실었을 것이다.

고비사막에서 불어오는 시속 40킬로미터짜리 황사를 만나면 달리던 기차의 유리창이 와장창 깨진다는데.

그는 말끝을 흐리며 안타까운 손길로 카메라를 문질렀다.

우루무치에서 기차로 두 시간 걸리는 사막지대에서 아주 오래된 동굴이 발견됐어. 수도승들이 수도하는 곳인데 지금껏 모래에 가려져 있다가 풍향이 바뀌는 바람에 드러났나 봐. 여러 구의 유골과 함께 목탁이 나왔대. 지금까지 목탁이 남아 있었던 것은 짐승의 두개골로 만들어졌기 때문이래.

그는 자신의 이마를 주먹으로 톡톡 두드리더니 아직 멀었어 하며 고개를 흔들었다.

동굴을 메워버린 모래바람 속에서 수도승들은 짐승의 두개골로 빚은 목탁을 두드리며 무엇을 염원했을까. 그리고 그는 왜 폐허 된 유적지만 골라 찍으며 시속 40킬로미터의 돌풍마저도 두려워하지 않는 것일까. 가는 모래에도 치명적인 상처를 입는다는 카메라를 그토록 걱정하면서.

침대 머리맡을 더듬었다. 담배를 꺼내 불을 당겼다. 지지직 타들어 가는 담배 불빛으로 실내의 윤곽이 잠시 드러났다. 언제나 굳게 닫혀 있는 현관문과 그 옆으로 붙박이 된 싱크대, 텔레비전 곁에 놓인 원형 옷걸이가 한눈에 들어왔다. 몸체가 빠져나왔음에도 제법 형태를 갖추고 있는 옷을 보면 어떤 상태를 애써 유지하려는 의도가 엿보여 마음이 쓰인다. 아마 내 방에는 그런 흔적들이 배어나 딥퍼플이나 엑스재팬의 목소리가 더욱 애절하게 들리는지도 모르겠다. 나는 그런 느낌을 젖을 달라고 우는 아이의 앙탈이나 함께 사는 이들과의 부대낌에 뺏기고 싶지 않았다. 하지만 자유로움 속에는 지금처럼 쓸쓸함이 따른다. 텔레비전을 켜놓은 채 잠이 들었다가 아침 방송으로 눈을 뜰 때라든가, 밤새 켜져 있는 오디오의 붉은 작동 램프를 볼 때면 기분이 울적해진다. 혼자 사는 사람이 며칠 동안 기척이 없어 문을 따고 들어가보니 숨은 멎어 있고 애꿎게도 선풍기만 돌아가고 있다든지, 전파를 받지 못한 텔레비전 화면만이 지직거리고 있는 장면을 보면 왠지 남의 일로만 여겨지지가 않는다. 텔레비전과 선풍기만이 지켜보는 임종이라. 멈출 줄 모르는 기계의 연속성이 섬뜩하기만 하다.

나는 담배를 눌러 끄고 침대에 반듯하게 누웠다. 이렇게 어둠 속에 누워 있노라면 어렵사리 마련한 원룸이 무덤처럼 느껴진다. 외부와 거의 단절되어 있기 때문일 것이다. 5층짜리 콘크리트 건물은 긴 복도를 끼고 작은 공간들로 나뉘어져 있다. 호수를 달고 있는 철제 문은 언제나 닫혀 있다.

그가 찍은 사진은 무덤에 대한 선입견을 무색하게 만들었다. 땅속

지하 5층으로 이루어졌다는 죽은 자들의 공간, 카타콤베는 뚜파(웅회암)라는 흙을 파서 만든 지하 공동묘지로 내가 살고 있는 건물과 비슷한 구조였다. 긴 통로를 사이에 두고 양옆으로 시신을 안치할 수 있는 공간이 토굴처럼 뚫려 있었다. 토굴 앞에는 울긋불긋한 꽃들이 문패인 양 꽂혀 있었다. 나는 잠깐 전시장을 비웠다는 그를 기다렸다. '이달의 작가'란을 맡고 화랑가를 순례하던 중이었다.

검정 티셔츠에 블랙 진을 입은 그가 입구로 들어섰다. 작달막한 키에 체격이 다부져 보였지만 눈빛이 유순했다. 웃을 때 드러나는 가지런한 치열에서 건강함이 느껴졌다. 결혼은 물론 하였을 것이고, 아이들은 초등학교 1, 2학년 정도? 작품 잘 보았다며 그를 기다린 용무를 밝혔더니 의자로 안내했다.

무덤인데도 숨어들고 싶을 정도로 아늑한 느낌을 받았다고 하자, 그 또한 그런 느낌으로 시종일관 셔터를 눌렀다고 했다. 비바람이 전혀 들지 않는, 중력조차 피해 간 듯한 암굴 속이 시신을 안치하는 곳이라기보다는 태초의 본향으로 여겨졌다고 했다. 이야기는 자연스럽게 고향으로 이어졌고, 어느 순간 이야기가 끊겼다. 부모 얘기를 하던 중이었던 것 같다. 나는 어느새 신경이 곤두서 있었다. 잠시 눈 그늘을 드리운 채 입을 다물고 있던 그가 어렵게 말문을 텄다.

생일은 물론이고 지금 쓰고 있는 이름도 누가 지었는지 모르죠. 이따금 그런 나 자신에 회의가 일 때면 배낭을 멥니다. 그런 내게 카메라는 유일한 동반자인 셈이구요.

다음 날 나는 다시 한 번 더 전시장을 찾아가 그의 사진을 살펴보았다. 화가만을 등장시켰던 '이달의 작가'란에 사진작가인 그를 등용시켰다. 아마도 마지막 문장은 그렇게 썼을 것이다. 그가 연출한 프레임이야말로 다시 회귀하고픈 동굴 같은 곳이라고.

누군가가 곁에서 자고 있다면 밤중에 몽유병 환자처럼 일어나 방 안을 서성인다든지, 허겁지겁 먹어대는 일은 하지 않을까. 하지만 혼자 사는 일에 그럭저럭 익숙해져간다. 익숙해진다는 것은 그것을 무마할 수 있다는 것이 아니라 길들여짐을 뜻한다. 그러나…… 점점 그런 과정들이 단순히 욕구를 채우는 것으로 해결되고 있음을 부인할 수 없다.

갑자기 고함 소리가 들렸다. 이상하게 밤에 듣는 소리는 방향을 잘 가늠할 수가 없다. 벽 가까이로 귀를 대보았다. 뜻밖에도 멀리서 들려온 듯한 소리는 침대 머릿장이 붙어 있는 벽 쪽에서 새어나오고 있었다. 나는 옆 호에 살고 있는 사내를 떠올렸다. 그 작자라면 괴성은 점점 울부짖음으로 변할 것이며, 로커들의 음성이 발악하듯 그의 절규를 에워쌀 것이다. 그는 왜 한 번씩 발작을 일으키지 않으면 안 되는지. 벽 쪽으로 신경을 곤두세우며 조심스럽게 누웠다. 머잖아 그는 이곳을 스스로 걸어 나갈지도 모르겠다. 고독과 외로움을 견뎌낼 수 없다기보다는 벽 뒤편으로 흘끔거리는 눈길을 피하기가 더 곤혹스러울 것이다. 어쩌다 복도에서 마주치기라도 하면 그는 몹시 허둥대다가 쥐구멍을 찾듯 후다닥 사라졌다.

드디어 음악이 터져 나왔다. 음악 소리가 어찌나 큰지 내가 누워 있는 침대가 물결처럼 출렁였다. 단단한 벽을 제대로 통과하지 못한 소리가 머리맡에서 쿵쿵 울렸다. 이제부터 저 소음에 날이 새도록 시달려야 했다. 더 이상 잠을 이룰 수가 없었다. 그렇다고 습관처럼 익숙한 일들을 행동에 옮길 수도 없었다. 책을 보는 일도 귀찮았으며, 이웃 사내보다 더 큰 소리로 음악을 틀어 또 누군가의 새벽잠을 깨우고 싶지도 않았다. 천박한 호기심은 로커의 음성에 에워싸인 이웃 사내의 절규를 가려내려고 마냥 귀를 키웠다. 나는 눈을 말똥거리며 고독의 배설물 같은 어둠이 일시에 걷히기를 간절히 바랄 뿐이었다.

사진을 담당하는 최 기자가 동승만 했어도 지금쯤이면 서해안고속도로에 들어섰을 것이다. 나는 서교호텔 앞 사거리 신호등에서 홍대 쪽으로 운전대를 꺾고 말았다. 중고로 산 '쏘울'은 신호대기 중 브레이크를 밟고 있으면 안전벨트가 마사지 벨트처럼 떨렸다. 그 파장은 뇌 속까지 전해져 그가 아직 떠나지 않았을지도 모른다는 미련을 불러왔다. 너무도 급작스러운 일이어서 내 의지와는 상관없이 길이 잘 난 승용차가 안내하는 거라고 여겼다. 아침나절인데도 유흥가가 몰려 있는 거리는 지난밤의 흔적을 그대로 안고 있었다. 쓰레기가 넘쳐나고, 맥주회사 로고가 찍힌 탁자 주변으로 플라스틱 의자가 흩어져 있었다. 누런 바람을 털어내지 못한 거리는 을씨년스러웠다.

그 틈에서도 뭉툭하게 잘린 가로수는 봄볕을 향해 잔가지를 밀어 올리고 있었다.

봄이 되어 시가지가 황사로 뒤덮이면 그 먼지 길을 거슬러 올라가고픈 유혹으로 안절부절못하게 되지.

들뜬 눈빛과 함께 그의 음성이 되살아났다.

동북아시아의 기류는 지구의 자전 때문에 서쪽에서 동쪽으로 그 머리를 두고 있대. 중앙아시아의 미세한 분진이 편서풍을 만나 기나긴 여정을 만드는데 그게 바로 황사라는 거야.

한결같이 먼지를 뒤집어쓴 채 세워져 있는 자동차 사이를 누비다가 주차를 했다. 공교롭게도 그의 작업실이 빤히 바라보이는 곳이었다.

그는 5층 건물의 맨 위층을 얻어 작업실로 썼다. 흰색 아크릴 판에 검정색 흘림체로 쓰인 간판 아래에는 그의 캐리커처가 그려져 있어 '윤 스튜디오'가 예술과 무관하지 않는 곳임을 알려준다. 하지만 그곳에는 일반 사진관에도 다 있는 스트로보나 백라이트 세트 하나가 없다. 언젠가 우리가 침대로 사용했던 커다란 사각 테이블만이 덩그렇게 놓여 있었다. 온갖 잡동사니로 잔뜩 어질러진 채. 공동 인화실이 충무로에 따로 있기 때문에 소품 몇 개만이 구석에 쌓여 있을 뿐이다. 작년 겨울, 나는 붉은 장미를 한 아름 안고 그곳을 찾은 적이 있었다. 다음 날 잡지 표지 슬라이드 때문에 그의 작업실에 갔다가 하루 만에 시든 장미를 보고 깜짝 놀랐다. 다가가 보니 플라스틱 양

동이 안에 든 장미는 물과 함께 얼어 있었다.

혹시나, 하는 마음을 누르기 위해 차 키를 빙글빙글 돌리며 계단을 올라갔다. 2주일 전에 구르듯 내려왔던 계단이었다. 다시는 오지 않을 것처럼 달려 나온 곳을 구두 소리를 내며 오르는 자신이 열없기만 했다. 빤히 끝을 예상하면서도 내딛는 발걸음이라니. 여태껏 그런 미련을 어리석음으로 간주했던 나는 타협과 절차를 외면하고 살았다.

문을 두드렸다. 노크 소리가 잦아질수록 허전함이 커지고 있었다. 그가 없다는 확신이 들자 아예 손바닥을 펴서 문짝을 두드렸다. 황사로 뒤덮인 사막을 걷고 있을 그를 상상하면서도 설마 말 한마디 없이 떠나지는 않았을 거라는 기대가 지워졌다. 남은 것은 돌아서는 일뿐이었다.

젠장. 담배를 급히 무느라 필터에 불을 붙이고 말았다. 새 담배를 물었다. 담배연기를 토해낼 때마다 가슴속이 썰렁했다. 허브차의 떨떠름한 맛조차 혀끝에 이는 전율로 즐기려 했던 때의 기운을 회복하고 싶었다. 손 떨림이 잦아들자, 안전벨트를 질끈 묶고 시동을 걸었다.

평일이어선지 통행량은 많지 않았다. 밀리기 시작하면 대책 없는 신갈안산간고속도로에서 비봉, 매송으로 이어지는 길도 한산했다. 서해안이라는 이름과는 달리 야산을 깎아 길을 낸 도로는 삭막했다. 이따금 비치는 바다는 부연 시야에 가려 색 바랜 종이로 오려 붙인

인공호수 같았다. 서해대교를 지날 땐 주변이 다리 난간에 가려 주탑을 타고 퍼져 내린 굵은 케이블선만을 노려보며 거칠게 차를 몰았다.

서해바다가 한눈에 내려다보이는 월명산 기슭의 작업실을 찾았을 때는 점심시간이 조금 넘어 있었다. 화백의 작업실은 산중턱에 있는 월명공원 바로 아래에 있었다. 잡목으로 둘러싸인 공터에 차를 세우자, 제법 혈통이 좋아 보이는 개가 분홍색 혓바닥을 드러내며 짖었다. 작업실이라고 해봐야 농가와 별 구별이 없어 보였지만 풍광을 의식했음인지 바닷쪽으로 낸 통유리 창문이 인상적이었다.

문이 열렸다. 눈이 부셨다. 두 번이나 딱지를 떼고 난 나는 흠칫 놀랐다. 휠체어가 사람보다 먼저 눈에 들어왔다. 금속성 의자는 열린 문틈으로 비쳐든 햇빛을 낯가림하듯 되쏘고 있었다. 화백으로 짐작되는 사람이 은발을 끄덕이며 바퀴를 굴리던 손을 내게로 내밀었다. 나이에 비해 악력이 느껴지는 손이었다. 내밀었던 손을 거두면서 보니 무릎에서부터 의자의 각도로 급격히 꺾인 바지통만이 대롱거렸다. 바지의 양감은 허벅지까지만 있었다. 그는 앉으라고 손짓을 했다. 그리고 재빨리 휠체어 바퀴를 굴려 난로 쪽으로 다가갔다. 바닥에 기하학적 무늬를 새기며 비쳐들기 시작한 햇빛으로 난로의 불빛은 죽어 보였지만 그 위에 올려 있는 주전자에서는 김이 피어올랐다. 촉촉하고 따스한 기운을 보자 갑자기 시장기가 돌았다. 그가 투박한 질그릇 잔에 찻물을 가득 따라주었다. 숭늉처럼 구수한 둥글레

차였다.

문이 열린 틈새로 들어왔는지 개가 휠체어 옆으로 다가왔다. 그가 두툼한 손으로 개의 목덜미를 쓸어 내렸다. 여우 목도리처럼 탐스러운 꼬리를 말아 올리며 간지럼을 타는 듯 목덜미를 움츠리던 개가 휠체어 곁으로 앉았다.

"가족 같아요."

나는 호의적으로 말문을 열 수밖에 없었다.

최 기자가 도착했다. 화백은 휠체어를 밀고 다니며 그가 사진 찍기 좋게 그림들을 배열했다. 휠체어의 고무 바퀴는 소리 없이 굴러다니며 그의 다리가 되어주었다. 최 기자가 사진을 찍고 있는 동안 나는 담배 한 대를 피우려고 잠시 밖으로 나왔다.

해가 이울려면 한참이나 남았는데도 바다는 잿빛이었다. 누런 하늘이 수평선조차 삼켜버린 채 들어차 있었다. 시선은 자꾸만 서해바다 너머에 있을 먼 곳을 더듬었다. 순간 완강하게 닫혀 있던 그의 작업실 문이 떠올랐다. 문 두드리는 소리만이 허공을 맴돌던 기억에 치여 나는 엉겁결에 담배를 물었다. 바다에서 급히 거둬들인 시선을 어디다 두어야 할지 몰라 망설이고 있는데 왠지 옆얼굴이 끈끈했다. 고개를 돌려보니 최 기자가 몰고 온 하얀색 승용차 안에는 생머리를 길게 늘어뜨린 여자가 이쪽을 보고 앉아 있었다. 함께 내려와도 될 터인데 굳이 자기 차로 내려오겠다고 고집을 피우더니 이유가 따로 있었다. 홀로 살며 좋은 사진이나 찍겠다던 그가 출장을 오면서까지 여자를 태우고 왔다. 나는 쓴웃음을 지으며 자동차 쪽을 외면한 채 담배를 피웠다. 담배 맛이 유난히 썼다. 그때 작업실 뒤로 있는 산 너머에서 소리가 들려왔다. 산이 소리굽쇠처럼 진동하는 느낌이었다. 산중턱의 동물원에 갇혀 있는 맹수의 울부짖음일 것이다. 나는 막연한 기다림에 지쳐 소리도 내지 못한 채 목 안으로 울음을 꾸역꾸역 밀어 넣던 어머니를 떠올렸다. 어머니가 목 놓아 울었더라면 맹수의 포효와 같았을 것이다. 나도 한낮의 맹수처럼 소리를 길게 내지르고 싶었다.

담배를 비벼 끄고 실내로 들어서니 최 기자의 셔터 누르는 소리가 열 평 남짓한 공간을 경쾌하게 휘젓고 있었다. 입술을 동그랗게 오므린 채 바닥에 무릎을 꿇기도 하였고, 엎드린 채 뒹굴며 온몸으로 사진을 찍고 있었다.

"선생님의 작품 세계는 수정란이 세포분열하는 것 같아요."

나는 그의 넉살에 헛웃음을 쳤고, 이내 인터뷰할 내용을 적어놓은 수첩을 꺼낸 후 소형 녹음기를 몇 번 작동시켜보았다.

"중남미에는 언제 다녀오셨나요?"

그는 쓸쓸하게 웃으며 고개를 저었다. 나는 차마 그의 다리를 쳐다보지 못한 채 얼굴을 붉혔다. 첫 질문부터가 불발인 셈이었다.

"〈세계문명을 찾아서〉라는 다큐멘터리를 보면서 작품을 구상했지요."

그는 재빠르게 텔레비전 프로그램을 말하는 것으로 내 실수를 덮어주었다.

"〈엘 콘도 파사〉라는 음악과 함께 사라진 고대 유적지를 접하는 순간 가슴이 뭉클해집니다. 서로 엉킬 듯 무성한 열대림 속에 우뚝 솟아 있는 신전을 보았을 때의 감동은 지금도 생생합니다. 피라미드처럼 돌로 쌓아올려진 거대한 신전에서 저는 절대자에 대한 경외감보다 설화적 요소를 더 강하게 느꼈어요. 거대한 축조물을 쌓아 올리는 것으로 자신들의 삶에 꿈을 불어넣는 인간의 어쩔 수 없는 속성을 읽었다고나 할까요. 서늘한 정적, 시리도록 투명한 햇빛만이 늪처럼 고여 있는 폐허의 사원에서 꿈과 그 잔해까지 보아버린 셈이죠."

그때부터 그는 자료를 수집하기 위해 도서관과 방송국에 귀찮도록 문의를 했다고 했다. 몸이 자유롭지 못하기 때문에 자료에 매달릴 수밖에 없었다.

"글리프라는 그들의 상형문자를 들여다보며 가장 단순한 형태로 표현해보려고 했어요."

나는 달아올랐던 볼을 애써 가라앉히며 조심스럽게 물었다.

"선생님의 가족도 시리즈가 문명의 발생지까지 영역을 넓힌 셈이네요. 평생 가족도만을 고집하시는데 이유가 있을 것 같아요."

"중국 화남지방의 한 도예가는 흙을 반죽하여 도자기를 빚는 대신 이런 작업만 한답니다. 깨어진 도자기 파편들을 모아 한 개의 백자를 완성한다더군요. 끝내 찾지 못한 조각은 빼놓은 채. 실금이 갯지렁이처럼 꿈틀거리고 이가 듬성듬성 빠진 청화백자의 재현된 모습을 보았을 때 감동보다는 차라리 서늘한 한기가 느껴집디다. 제게 가족은 이 빠진 항아리 같은 거죠. 완성해보려 하지만 늘 어딘가 허술한……."

그의 갑작스러운 비약으로 나는 잠시 입을 다물 수밖에 없었다. 그는 온화한 표정에 비해 다소 갈라진 듯한 목소리로 말했다.

"섬에서 태어난 나는 바다를 울짱으로 여기며 자랐어요. 그래서 그런지 바다의 풍물이 자연스럽게 그림의 소재가 됩디. 특히 배는 제 기억을 실어 나르는 원동력이지요. 철선(鐵船)보다는 목선(木船)을 주로 그리는데 제게 있어서 목선은 좀 각별허지요."

그는 잠시 사이를 두었다.

"목수였던 아버지가 풍랑 속으로 타고 간 마지막 배의 모습이었으니까."

나는 고개를 끄덕일 수밖에 없었다.

"아버지는 일사후퇴 때 내려온 실향민이었어요. 고향은 뱃길로 이어지는 장산곶이구요. 아버지는 자신이 타고 갈 마지막 배를 만들기 위해 평생 톱과 대패를 쥐고 있지 않았나 싶어요. 배가 완성되자 훌쩍 자신의 고향을 찾아 자취를 감춰버렸거든요. 사춘기 소년이었던 저는 아버지에게서 버림받았다는 충격과 실종 후 찾아든 기관원의 감시와 궁핍한 상황들을 받아들이지 못하고 달리는 기차에서 뛰어내리고 말았지요."

씁쓸하게 웃고 난 그는 목울대로 무엇을 넘기는 것처럼 침을 꿀꺽 삼켰다.

"한때는······."

그는 입술을 일그러뜨린 채로 머뭇거렸다.

"불구의 몸을 빙자하여 구걸까지 했답니다. 물론 외지에서의 일이었죠."

나는 쉽게 뽑힐 줄 알고 손을 댔다가 엄청나게 얽혀 있는 넝쿨을 마주했을 때처럼 난감했다.

"정처 없는 떠돌이 생활을 하는 가운데도 문득문득 아버지가 가족까지 버리고 찾아간 고향이란 무엇인가 하는 생각을 떨칠 수가 없습니다. 불혹을 넘긴 아버지를 통째로 사로잡고 있던 망상이 내게 그대로 내림이 되더군요. 고향에 정착해서 할 수 있는 일로는 목수보다는 페인팅이 더 나을 것 같았어요. 보수공사를 하러 간 극장에서 엉뚱하게도 간판 그리는 일에 더 열심이었으니까. 아버지의 시신조차 찾을 수 없는 망망대해에서 목선을 유일한 유품으로 느낀 것은 그림을 통해서였지요."

화백의 뒤로 그가 돌아온 먼 길이 서서히 펼쳐지고 있었다. 그 길을 서역으로 훌쩍 떠나가버린 그가 걸어가고 있었다. 혹독하게 치러야 할 여정이 부연 모래바람 사이로 설핏 느껴졌다. 나는 가만히 숨을 몰아쉬었다.

"엄 화백님의 가족 이야기 시리즈가 나 홀로 살기를 희망하는 신세대에게 어떤 영향을 미치리라고 여기시는지요."

나는 너무 가라앉은 분위기를 환기시키기 위해 맨 마지막으로 물어볼 질문을 성급하게 하고 말았다. 화백은 고개를 몇 번 끄덕인 후 휠체어 옆에 수긋하게 앉아 있는 개의 목덜미를 쓰다듬었다.

"라이프스타일이 바뀌어 모두들 독자적인 삶을 원한다지만 유년의 기억에서 자유로울 수가 있을까요. 모든 것이 날것 그대로 흡수되어 자아를 형성한 시간데……. 설령 그것들이 괴로워 잊고자 한다 해도 반대급부의 삶의 형태 또한, 거기서부터 시작되는 거 아닌가요."

나는 뒤통수를 한 대 얻어맞은 기분이었다. 나 스스로가 자부심을 느끼며 이끌어왔던 삶이 반발에 지나지 않는다면. 그 바람에 나는 또 한 번 우문을 던지고 말았다.

"화면이 하나의 이미지로 모아지기보다는 벌집처럼 잘게 나뉜 채로 그려져 있는데 각각의 독자성을 의미하는 건가요?"

순간 원룸으로 칸을 이룬 내 주거지가 연상되었다. 그 안에서 사는 독신자들의 모습과 화가가 칸칸에 넣어 그린 조형의 이미지가 짓궂게도 겹쳐졌다.

"작업을 하다 보면 제 개인적 삶이 어떤 리듬에 맞추어 확산되는 것을 느낄 수가 있어요. 한 미술평론가가 그러더군요. 기억은 단순히 과거를 재현하는 수단만이 아닌 현재를 확산, 굴절시킬 수 있는 장치라고. 그런 메커니즘을 통해 이미지를 확산시켜보는 겁니다."

그는 그림을 통해 발견한 목선은 기억만 실어 나르는 게 아니라 미래의 시간까지 뻗어나며 관계를 형성한다고 했다. '문명의 긴 시간'으로 이동해가는 그의 작업에 더 이상 토를 달 이유가 없었다. 그가 지향하는 단순 도안과 모노톤 또한 원형을 찾아가는 과정이라면 군이 반어적으로 물을 필요도 없었다. 인터뷰는 쉽게 마무리되었다. 그런데도 개운치 않은 기분으로 그의 작업실을 나서야 했다.

채석강에 들러 낙조를 찍고 오겠다는 최 기자와 헤어진 뒤 나는 대로에서 잠시 망설였다. 이정표에는 아버지가 살고 있는 동네와 고속도로 나들목으로 가는 방향이 정반대로 표시되어 있었다. 아버지의 집이 지척이라는 것은 시청을 가리키는 방향 표시가 알려주었다. 나는 과감하게 인터체인지 쪽으로 차선을 변경하고 말았다. 오랫동안 단절되었던 아버지와의 관계를 이제 와서 번복할 이유가 없었다. 혼자 지내는 것에 익숙해진 나는 어느 것으로도 방해받고 싶지 않았다. 열심히 일하고 그 대가를 받아 경제저으로 불편이 없다면 더 이상 바랄 것이 없었다. 쓸쓸함이 따를지라도 그것은 내게 분신이나 다름없었다.

서해안고속도로를 타기 위해 오른발에 힘을 주었다. 석양을 배경으로 서 있는, 아직 잎을 틔우지 못한 버드나무의 빈 가지가 유리창으로 달려들었다. 무엇인가 뒤를 좇는 느낌이었다. 아니 쫓기고 있었다. 늘 무엇인가를 정면 대결하지 못하고 슬쩍 피해버리고 마는 자신을 마주하는 것은 곤혹스러웠다. 자신의 정체성을 아버지를 괴롭힌 망상을 통해 찾아냈다는 화백의 말이 떠올랐다. 이제 그것을 바탕으로 글을 써야 한다. 지척에 아버지 집을 두고 태연하게 지나치면서도 가족도를 그리는 화가에 대한 이야기를 써야만 했다. 얼굴로 뜨거운 기운이 솟구쳤다. 나는 떨리는 손을 더듬어 CD플레이어를 작동시켰다. 굵은 기타줄 소리가 덩덩 울리는 사이로 바이올린 소리가 날렵하게 흘러나왔다. 캔사스의 노래였다. 인생이란 바람 속의 먼지에 지나지 않다는 노랫말은 그에 관한 기억을 되살려놓았다.

해마다 4월이면 한반도에 어김없이 도달하는 황사 현상은 몇백 년도 더 되풀이되는 동안 쌓이고 쌓여 황토를 이루었대. 우리가 딛고 있는 아스팔트 밑을 한 삽만 파보아도 반드시 황토가 나오는데 그게 그 증거라는 거야. 그렇듯 모든 존재는 관계적이라는 거지. 어떤 세계가 그 고유한 특수성에만 집착하는 것은 문을 열지 않는 집과 같댔어. 이역만리의 분진이 날아와 이 땅의 황토를 이루었듯 사람의 관계도 다른 지역으로 낯설게 번져 동화되어가는 문명과 같다는 거야.

그는 서역을 헤매고 와서 글을 쓴 한 시인의 말을 인용했다. 우리는 밤이 이슥하도록 마로니에 공원 옆 포장마차에서 술을 마셨다. 평소의 주량을 초과한 것은 포장마차 건너편 건물의 층계참에서 무명 가수가 캔사스의 허스키한 목소리를 흉내 내고 있기 때문만은 아니었다.

광고 사진까지 찍어가며 어렵게 번 돈으로 여행을 떠나는 이유는 나 나름대로 뿌리 찾기 작업이야. 시드니 바닷가에서였어. 비릿한 바다 냄새가 해풍에 실려 오는데 어머니의 젖가슴 냄새가 그러했을 것 같아 나는 정신없이 들이켰지. 가능하다면 태아적 기억까지 모두 더듬어보고 싶었어.

태아적 기억까지 더듬어보고 싶었다고? 나는 그가 옆에 앉아 있기라도 한 것처럼 말끝을 따라 하며 가속기를 밟았다. 속도계의 바늘은 130킬로미터를 넘어서고 있었다.

그는 불우한 유년기를 거쳤음에도 나와는 달랐다. 나는 행여 어머니의 불행이 내게로 번질까 봐 궁금했다. 어머니는 응달진 골목의 끝집에서 각혈을 하며 자신의 인생을 기다림으로 소진했다. 집안은 검은 탕기에서 뿜어 나오는 수증기로 눅진했다. 이따금 삭정이처럼 말라비틀어진 개구리가 양은 찜통에서 노글노글 고아지기도 했다. 그 누릿하고 끈끈한 냄새에는 한밤중 어머니의 처절한 몸부림이 배어 있었다. 어머니는 아버지만을 연연해하다가 죽어갔다. 어머니를 죽음으로 몬 것은 결핵균이 아니라 외로움이 독(毒)처럼 번졌기 때문일 거라는 생각은 지금도 변함이 없다.

어머니가 돌아가신 후 나는 아버지와 그 여자가 살고 있는 집으로 들어갔다. 그 집에는 그 여자가 낳은, 나와는 다섯 살 터울 진 쌍둥이 형제가 있었다. 아버지의 무관심, 그 여자의 냉대, 쌍둥이의 위악적인 괴롭힘을 이겨낸 것은 책이 있었기 때문이었다. 아버지는 내가 대학에 합격했을 때에도 뒷짐 진 모습만을 보여주었다. 집안의 경제권을 쥔 그 여자는 안주머니를 더욱 단단하게 조였다. 등록금으로 속내를 태우던 어느 날, 그 여자가 계를 하며 모은 돈을 송금하지 못하고 문갑에 넣는 것을 목격하였다. 그날 밤 나는 문갑에 손을 댔고, 서울행 야간열차를 탔다. 입학한 지 6년 만에야 휴학과 아르바이트로 점철된 대학 생활을 마칠 수가 있었다. 고단한 서울 생활을 이겨내기 위해 하루도 거르지 않고 또 다른 나에게 고백하듯 일기를 썼다. 그것은 내 생애에 디딤돌이 되어주었다.

오지를 떠돌아다닐수록 돌아갈 집이 있어야 한다고 생각했어. 내가 얼마나 먼 곳에서 헤매고 있다는 것을 깨닫게 해주고, 되돌아갈 곳이 있어 위안이 되는……

나는 자신이 없었다. 낯선 문물을 좇아 사진기를 들고 표표히 떠나는 남자를 뒷모습만 바라보며 기다릴 수는 없었다. 순간의 실수로 그 어떤 미혹에도 빠져들고 싶지 않았던 것이다.

우리는 마주 앉은 채 술을 마시면서도 서로 다른 쪽을 보고 있었다. 혼자 있을 때보다도 더 진한 외로움이 파고들었다. 술잔을 비우는 속도가 점점 빨라졌다. 우리는 엉망으로 취했고, 동행이 되어 그의 작업실까지 가게 되었다.

그가 나를 그의 작업대로 몰아붙였다. 나는 그대로 쓰러졌다. 청바지의 벨트를 풀어 내리던 그의 손에는 어느새 카메라가 들려 있었다.

잠깐이면 돼. 네가 품고 있는 동굴을 찍고 싶어. 내가 진짜 찍고 싶은 것은 생명을 키워내는 살아 있는 동굴이야. 수도승의 유골이 나뒹구는 공간보다 더 절실하다구!

갑자기 그의 카메라 속에 갇혀버릴 것만 같았다. 단 한 번의 실수로 좁고 캄캄한 호리병 속에 갇혀 지내는 거인의 운명이 떠올랐다. 그대로 그의 작업실을 뛰쳐나왔다. 길은 사방으로 뚫려 있었지만 내게는 어떤 위안도 되지 못했다.

앞차의 뒤꽁무니만을 따라왔는데도 차는 보령을 지나고 있었다. 이런 속도로 간다면 세 시간이면 충분히 독립문 근처의 사무실에 닿을 수 있을 것 같았다. 벌겋던 노을이 문드러지듯 엷어져갔다. 땅거미가 산기슭까지 차올랐다. 주위는 점점 어둠에 묻혀갔다.

네게로 안주하고 싶어.

그의 뜨거운 입김을 쏘였던 귀 끝이 가슴보다 먼저 달아올랐다. 소름이 돋아난 맨살을 가려주던, 그의 사파리재킷에서 나던 해감 냄새가 코끝을 스쳤다. 머릿속이 저려왔다. 나는 그가 곁에 앉아 있기라도 한 듯 고개를 돌렸다. 순간, 차의 속도를 늦추었다는 것을 느끼기도 전에 거센 충격이 차체를 들이받았다. 가슴이 운전대에 받쳐 있는 상황에서도 운전대만은 놓지 않으려고 안간힘을 쓰며 브레이크를 밟았다. 뒤차로부터 떠밀린 힘이 급정거를 하려는 저항보다 크자, 차는 어처구니없게도 반 바퀴를 돌아버렸고, 뒤 트렁크가 가드레일에 받치는 순간 다시 한 번 소리와 충격이 일었다. 안전벨트가 채워진 상태였지만 흔들리는 차체에 사정없이 부딪쳤다. 이렇게 가는구나 싶었다. 서른일곱의 생애가 이렇게 마감되나 싶었다. 그러나 아쉬움도 찰나적이었다. 그 다급한 순간에도 내 이럴 줄 알았어 하는, 무엇인가를 피하기 위해 요리조리 빠져나가다 오히려 더 큰 것을 초래하고야 마는, 마치 그런 것을 짐작이라도 했다는 듯 비웃고 있는 자신이 얼핏 느껴졌다.

그것도 순간이었다. 벨트에 묶인 몸뚱이가 사정없이 패대기치는 엄청난 위력 앞에서 나는 얼마나 무력한 존재인가를 절감했다. 그 때문이었을까. 한 면만을 극대화시켜가며 막무가내로 치달아온 삶에 아쉬움이 스몄다. 이렇게 끝나버릴 삶이라면 좀 더 다른 방법으로 살 수도 있지 않았을까. 만감이 썰물처럼 빠져나가자 공포가 밀려왔다. 누군가로부터 심판이 따를 것만 같았다. 시간이 흐를수록 그런 의식조차도 가물거렸다. 그 가운데에서도 동아줄이라도 되는 양 운전대만은 놓지 않고 있었다.

지옥의 첫인상은 주위에 아무도 없다는 깨달음이었다. 그 안에 갇힌 몸은 더없이 뜨거웠고, 목 안은 침을 삼킬 수 없을 정도로 따가웠으며, 눈은 쓰려 뜰 수가 없는데도 주위는 끝 간 데 없이 텅 비어 있었다.

어디선가 간격을 두고 두드리는 소리가 들려왔다. 낙숫물 떨어지는 소리 같기도 했으며, 누군가가 문을 두드리는 것도 같았다. 나는 눈 뜨는 기능을 상실한 인형처럼 소리만을 감지하려 들었다. 소리는 점점 가까워지고 있었다. 나는 그것을 향해 더듬이를 뻗어갔다.

거미줄처럼 금이 간 창문 너머로 한 남자가 서 있었다. 어둠 속에서 그는 오만상을 찌푸린 얼굴을 유리창에 갖다 댄 채 손짓 발짓을 해가며 뭐라고 떠들고 있었다. 의자가 앞으로 쏠려 있어 몸을 움직일 수가 없었다. 그가 손짓으로 문을 열어보라는 시늉을 했다. 안전핀이 뽑히질 않았다. 창문조차 꿈쩍하지 않았다. 갇혀버렸다고 생각하자 겁이 더럭 났다. 언제나 닫혀 있던 내 방의 현관문이 떠올랐다. 그것은 키만 꽂으면 얼마든지 열 수 있는 문이었다. 스스로 자신을 유폐시키려 들 때와는 달리 꼼짝할 수 없다는 사실을 깨닫자 공포가 전신을 훑었다.

나는 괴성을 질렀다. 문을 열어, 제발 좀 열란 말야! 나의 처절한 몸짓을 읽었는지 창 밖의 남자는 자동차 문의 개폐기를 몇 차례 잡아 당겼다. 도저히 안 되겠다는 듯 고개를 젓더니 자기 차로 가서 골프 우산을 가져왔다. 나한테 피하라는 신호를 보낸 그는 우산을 힘껏 내리쳤다. 잘게 금이 가 있던 유리는 쉽게 떨어져 나갔다. 어딘가로 몇 번의 전화를 건 그는 깨진 유리창 너머로 휴대폰을 넣어주었다. 전화기를 받아든 나는 막막했다. 머릿속은 온통 얽혀 숫자는커녕 아무것도 떠오르지 않았다. 지금의 상황을 알릴 그 누구도 없다는 사실에 나는 절망했다. 열 개의 숫자가 나를 조롱하듯 바라보고 있었다. 숫자를 기다리는 액정판이 한없이 어웅해 보였다.

먼저 이곳이 어디쯤 되는가를 되짚어보았다. 이정표도 보이지 않았다. 막막함 속에서 아주 오래된 전화번호가 감광액 속의 필름처럼 떠올랐다. 거의 무의식 상태에서 번호를 눌렀다. 신호음이 짧게 세 번 울렸다.

여보시오.

쉬고 갈라터진 음성이 어눌하게 흘러나왔다. 당차고 우렁우렁하던 목소리는 어느새 허름한 동네에서 월세방을 소개나 해주는 자의 목소리로 변해 있었다. 그러나 나는 단숨에 알아들을 수가 있었다. 단절된 시간 속에서도 유전인자의 감식 능력만은 면면히 흐르고 있었다.

거 뉘쇼?

입안을 맴돌고 있는 수많은 말들 중 나는 어느 것도 토해내지 못했다. 다만 수화기 저편에서 들려오는 아버지의 음성을 통하여 자신이 살아 있다는 것을 확인할 뿐이었다.

문장을 쓰는 족족 먹어치운 커서는 여전히 모니터 속에서 깜박이고 있다. 글의 제목조차 정하지 못한 화면은 휑뎅그렁했다. 한 시간을 넘게 들여다보고 있는데도 글의 서두가 잡히지 않았다. 머릿속이 텅 비어 있는 데다 내 노트북이 아니어서 더 낯설었다. 내가 쓰던 것은 차처럼 구겨져 폐품으로 처리할 수밖에 없었다. 폐품 처리된 것은 그것만이 아니었다. 고성능 소형 녹음기, 취재용 수첩, 가방 속의 잡동사니까지 차압을 당해야 했다. 하마터면 다리마저도. 오른쪽 다리는 무릎의 연골이 심하게 파열되었다. 석고붕대로 고정된 다리와 구색을 맞추기라도 하듯 인대가 늘어난 목은 플라스틱으로 된 지지대에 싸여 있었다. 나는 침대에 달린 식판을 펼친 채 병원 원무과에서 빌린 노트북으로 내게 할당된 노동을 서두르지 않으면 안 되었다. 커서가 깜박이는 속도만큼 초조하였다. 수집한 자료들을 모두 잃어버렸다고 사정을 알리자 엄 화백은 작품집과 프리지어 꽃바구니를 택배로 보내왔다.

노트북 너머로 석고붕대를 두른 다리가 보였다. 전치 12주를 선고한 의사는 퇴원을 해도 꾸준하게 물리치료를 받아야 한다는 것을 강조함으로써 상처의 심각성을 은연중에 드러냈다. 엄 화백의 휠체어가 떠올랐다. 나는 다리를 더 이상 쳐다보고 있을 수가 없었다.

화백이 보내온 작품집을 펼쳤다. '마야'라는 먼 시간의 강에서 건져 올린 이미지들이 칸을 메우고 있었다. 자세히 보니 두서없이 나열되었다고 여겨지던 칸들은 모여 배의 모습을 하고 있었다.

아버지의 시신조차 찾을 수 없는 망망대해에서 목선을 유일한 유품으로 느낀 것은 그림을 통해서였지요.

목선을 바라보던 눈에 저절로 힘이 주어진다. 순간 참외 골처럼 부드러운 선을 이룬 목선이 꿈틀, 움직이기 시작했다. 각 칸 속에 갇혀 있던 형상들이 덩달아 움직였다. 부리가 펜촉처럼 구부러져 있는 펠리컨이 고개를 갸우뚱거리고 깃털 달린 뱀이 고개를 쳐들었다. 투구를 쓴 채 분장한 인디언의 얼굴이 점점 붉어졌다. 유유히 움직이기 시작한 목선은 자칫 내가 지나칠 뻔했던 기억을 끌어왔다.

영정처럼 창백하던 어머니의 볼에도 화색이 돌던 때가 있었다. 끊이지 않던 기침 소리가 잦아들 때면 어머니의 두 볼에는 홍조가 일곤 했다. 그때마다 집안은 야릇한 기류에 휩싸였다. 어머니의 얼굴에 일었던 도홧빛 설렘은 어디서 온 것이었을까. 잠깐이라도 아버지를 볼 수 있다는 것 때문이라면 아버지의 존재는 오가는 그 자체만으로도 나름의 의미가 있지 않았을까. 오랫동안 굳혀왔던 생각을 번복한다는 것이 버거워 고개를 저었다. 즉각 목에 통증이 왔다. 정수리까지 욱신거려 눈물이 새어나왔다.

담배 한 대를 물 수만 있다면 지갑을 통째로 내밀 수도 있을 것 같았다. 입맛을 다시던 나는 다시 목선을 바라본다.

누런 황사에 뒤덮인 사막이 펼쳐진다. 그가 모랫길을 가고 있다. 간절하게 둥지를 틀고자 하지만 이국 문물에 대한 동경은 끊임없이 그를 유혹할 것이다. 늘 집 밖으로 뛰쳐나가던 아버지의 뒷모습과 그의 모습이 얼핏 닮아 있었다. 두 볼이 달아올랐다. 어머니의 볼에 일었던 붉은 기운이 내게도 번지는 것만 같았다. 어머니와는 다른 모습으로 그를 기다릴 수 있을 것 같은 미혹이 가슴을 뛰게 만들었다. 회피하는 것으로 적당히 문제를 마무리짓던 오랜 습성에 불온한 기미가 번졌다. 이야기를 만들어 끝없이 삶을 이어가는 인간의 속성이 내게도 스며들고 있었다. 유골이 나뒹구는 황량한 공간조차도 사람이 살았던 시간까지 거슬러 올라가 사진을 찍어 오리라는 믿음이 생겨났다. 낯선 오지를 떠돌수록 돌아가야 할 집을 그리워한다면 얼마든지 가능한 일이었다.

창밖에는 봄볕이 넘쳐났다. 눈가가 젖어들자 주위의 윤곽이 어룽졌다. 나는 굴절 각도에 따라 무수한 색을 띠고 있을 자신을 깊숙이 들여다보기 위해 눈을 감았다.

엔젤 케이크

투명하던 원액은 점차 생크림빛을 띠며 부풀어 오르기 시작한다.

그녀는 잔뜩 부풀어 오른 빵을 만들고 싶었다.

왜 그토록 부풀어 오르는 빵에 대해 연연해하는지도 모르면서.

엔젤 케이크

1

어디선가 전동 타자기를 두드리는 듯한 기척이 느껴졌다. 잠결이었고, 지극히 미약해서 그냥 지나칠 수도 있었지만 여자는 눈을 떴다. 베란다 쪽으로 나 있는 창문에는 채 가시지 않는 어둠이 미농지처럼 들러붙어 있었다. 여자는 자신을 깨운 기척을 잡기라도 하려는 듯 손을 들어 머리맡을 휘휘 저었다.

무엇인가 확실치 않은 여운이 미진하게 남아 있는 사이로 애처로운 울음소리가 파고들었다. 새벽녘 추위나 배고픔에 떠는 야생동물의 소리 같았다. 아파트는 녹지가 넓어 도둑고양이와 쥐는 물론이고, 비루먹은 개조차 어슬렁거렸다. 하지만 5층이나 되는 아파트에서 그런 소리를 듣는 일은 드물었다. 베란다 쪽으로 한참 동안 신경을 곤두세우고 있던 여자는 이내 소리의 진원지를 가늠할 수가 있었다. 언젠가 베란다에서 건조대에 빨래를 널며 아래층 여자의 걱실걱실한 음성이 물받이 홈통을 타고 올라오는 것을 들은 적이 있었다. 물이 잘 빠지게 하기 위해 홈통 아랫부분을 요철 모양으로 뚫어놓은 틈 사이를 통하여 목소리가 새어나왔던 것이다. 아래층 여자는 아이에게 야단을 치는 눈치였으나 홈통을 타고 올라오는 목소리는 갇혀 있으니 살려달라고 애원하는 것 같았다.

소리는 물받이 홈통을 통해 저 아래 땅에서 올라오고 있었다. 5층까지 올라오는 동안 형편없이 작아졌으나, 빈 통을 울리며 연막탄처럼 피어오르는 애절함은 그대로 전해졌다. 야생동물은 서릿발처럼 엉겨드는 추위에도 아랑곳하지 않고 자신의 존재를 알리고 있었다. 여자는 홈통 하나로 허공에 떠 있는 자신의 몸과 대지가 교신하고 있다고 여기며 울음소리에 마냥 귀를 키워나갔다.

2

햇살이 비쳐들기 시작한 거실 바닥은 속을 빼버린 듯 투명하다. 여자는 흔들의자에 앉은 채 바닥을 내려다보고 있다. 발끝부리에서도 한참 떨어져 있던 햇빛은 어느새 그녀의 발목까지 뻗어나 있다. 미속도 촬영기로 찍은 생물의 성장 과정을 보는 것 같다. 무엇인가가 급속도로 자라나고 있다는 상상은 경각심을 일깨운다. 그녀는 팔을 뻗어 텔레비전 옆에 놓여 있는 전화 수화기를 집어든다. 언제라도 통화가 가능함을 알리는 발신음이 길게 울린다. 안도의 표정을 지으며 수화기를 내려놓은 여자는 의자 깊숙이 등을 기대었다. 오른쪽 아랫배가 무지근하게 결렸다. 그 둔중한 느낌은 아직은 생명체라기보다는 이물질처럼 생경스럽기만 하다. 또다시 비위가 틀리며 울컥한 힘이 목을 타고 치솟았다. 한참 동안 손으로 입을 가리고 있던 그녀는 손을 내려뜨리며 침을 삼킨다. 입안이 항생제를 깨물었을 때처럼 썼다. 하지만 그것을 진정시켜줄 그 어느 것도 떠올리지 못한다. 식욕은 이미 혀끝에서 증발된 지 오래였다. 도무지 가라앉을 기미가 보이지 않는 토악질로 먹는 기능이 거의 상실되어버렸다. 꺾어져버린 식욕은 모성조차 외면했다. 그녀는 공복이 백태처럼 끼어 있는 혀 너머로 침을 넘기며 창밖을 본다.

몇 차례 겨울비가 추적추적 내리더니, 아파트 건물 사이로 즐비하게 서 있는 낙엽송에는 잎 한 톨 남아 있지 않다. 빈 가지 사이로 걸려 있는 하늘은 무심하게 푸르렀다. 생수에도 욕지기를 느끼던 무렵 학교는 방학에 들어갔고, 행정실 직원인 그녀는 근무조를 마치고 휴가에 들어갔다. 갑자기 시간이 넘쳐난 탓인지 그녀는 감쪽같이 해치웠을 일을 오히려 차일피일 미루고 있었다. 휴가 첫날, 소요산 암자에 있는 남편에게 다녀온 후로 내리 일주일은 잠만 잤다. 혼곤한 잠은 끝없이 이어졌다. 깨어 있는 시간에는 남편의 전화를 기다렸다. 그땐 미안했어. 내년에 다시 한 번만 재도전해보고 안 되면 학원 강사 자리라도 알아볼게. 남편이 더듬거리듯 얘기해오면 이 일을 멈출 것인가. 하지만 남편에게서는 아직 연락이 없다.

아파트 건물은 낡고 오래되어 찢어지듯 금이 간 틈새가 많았지만 벚나무, 느티나무, 단풍나무 등이 빽빽하게 심어져 있어 허름한 외벽을 어느 정도 가려주었다. 그녀가 이곳으로 이사 올 무렵 묘목처럼 받침대를 두르고 있던 메타세쿼이아는 훌쩍 자라 5층짜리 저층 아파트를 웃돌고 있다. 배수관이 낡아 곧잘 녹물이 나오고 바퀴벌레에, 개미 소동까지 일으킬 때면 여자는 진저리를 치며 이 오래된 아파트를 떠나고 말리라고 다짐한다. 그러나 자고 일어나면 흔연스러운 표정으로 하루를 어제처럼 살았다. 남편에게 넘겨받은 가정을 꾸리느라 예복으로 얻어 입은, 허리가 잘룩한 오버코트를 유행이 다시 올 때까지 입으면서도 불평 한마디가 없었다. 그것은 그녀의 오랜 습성이기도 했다.

3

리모컨으로 텔레비전을 켠다. 화면에는 성공한 사람들을 초대하여 그들의 애환 어린 삶을 들어보는 토크쇼가 진행되고 있다. 미국의 한 가정에 입양되어 에어로빅 강사로 시작하여 지금은 부동산 컨설턴트로 성공한 중년의 여인이 나와 검은 눈물을 흘리며 새된 목소리로 흐느낀다. 어렵고 힘들 땐 날 버린 엄마가 무척 원망스러웠어요. 그렇지만 그조차 그리움의 대상이라는 사실을 깨달았을 땐 흑흑흑. 화면을 바라보고 있던 여자는 자신을 버린 사람조차 그리움의 대상이라는 말을 가만히 되뇌어본다. 그 말에 담겨 있는 외로움의 부피를 가늠해본다. 만약 그때 주님의 넓고 따뜻한 품에 안기지 못했더라면. 한참 동안 말을 잊지 못하던 초대 손님은 교회 목사의 추천으로 멕시코계의 유색인과 결혼하여 아이를 세 명이나 두었다며 활짝 웃기까지 한다. 눈물 젖은 빵을 먹어보지 않고서는 성공할 수 없다는 듯 입지전적인 인물들의 삶이 재조명되고 있다. 그동안 흥청망청했던 삶을 반성하고 새로운 각오를 다짐하는 구호성 자막이 화면 아래로 물처럼 흐른다. 그러나 한두 마디의 구호를 외친다고 삶외 틀이 달라질까. 삶은 흘러간 시간의 축성(築城)일 뿐이다. 리모컨을 쥔 그녀는 손끝에 힘을 준다.

안녕하세요. 오늘의 요리 시간입니다. 이번 주에는 특별 프로그램을 마련해보았습니다. 자신만의 요리에 노하우를 가지고 계신 주부들을 셰프로 초빙하여 이 시간을 진행해보겠습니다. 오늘은 어떤 요리를 해주시겠습니까?

줄무늬 앞치마를 입은 아나운서가 주방 앞에서 양손을 모으고 있는 셰프에게 물었다.

아이들이 겨울방학을 맞았고 크리스마스도 며칠 안 남았잖아요. 그래서 오늘은 엔젤 케이크를 만들어보겠습니다.

엔젤 케이크라구요? 이름이 참 예쁜데 어떻게 그런 이름이 붙었죠?

생크림 위에 초콜렛을 슬라이스해서 얹은 모양이 아기 천사의 곱슬거리는 머리 모양과 비슷하여 그렇게 부른답니다.

여자는 쥐고 있던 리모컨을 놓는다. 토크쇼보다 훨씬 신선하다. 빵이라는 단어가 그녀에게 어떤 활력을 일으킨다. 어렸을 때 어머니가 만들어주던 막걸리 빵이 떠올랐다. 술이 곧 밥이었던 아버지를 둔 덕분에 찌그러진 양은 주전자 바닥에는 언제나 막걸리가 남아 있었다. 어머니는 그것을 양푼에 따라 밀가루를 넣고 쳐댔다. 반죽덩어리 위에 축축한 삼베 보자기를 씌워 캐시밀론 이불이 깔린 아랫목에 묻어두는 것으로 일이 일단락됐다는 듯 어머니는 손을 씻었지만, 여자와 동생들은 그때부터 시도때도없이 들락거리며 삼베 보자기를 들쳐보았다. 어머니는 눈을 흘기며 빵 다 버리겠다고 혀를 찼으나 효모의 세포 증식을 알 리 없는 아이들은 이불 섶을 들쳐보는 것으로 지루한 시간을 견디었다.

이름이 예뻐서 빵 맛도 좋을 것 같아요. 그런데 처음 하시는 분들에겐 좀 어렵지 않을까요.

천만에요. 처음에는 정확한 분량을 지키면서 정해진 레시피대로 만들어보세요. 자주 만들다 보면 스스로에게 맞는 새로운 방법들이 보이기 시작할 거예요.

외국 생활을 시작했을 때부터 빵을 구웠다는 셰프가 웃으며 대답한다. 전화벨이 울린다. 준비물을 분량대로 덜어놓고 체에 밀가루를 내리며 다음 동작을 설명하던 셰프의 말이 사납게 울리는 전화벨 소리에 파묻히고 만다. 그녀는 텔레비전의 음량을 줄였다.

여보세요.

여자는 자신이 듣기에도 침대에서 막 일어난 부스스한 모습이 그대로 느껴지는 목소리에 얼굴을 붉히며 수화기를 가리고 목을 가다듬었다.

여보세요?

음폭을 너무 높인 탓인지 상대방은 버벅거리며 말문을 텄다.

여, 여보세요. 호, 혹시 신문사 아닌가요?

아닌데요.

그녀는 거칠게 수화기를 내려놓는다. 또 잘못 넘겨짚은 것이다. 텔레비전의 음량을 늘리려고 리모컨을 쥐는데 다시 전화벨이 울린다. 전화벨 소리가 세 번 끊기고 또 한 번 울렸을 때 수화기를 들었다.

여보세요.

이쪽의 음성을 확인이라도 하려는 듯 저쪽에서는 아무 말이 없다.

시, 실례지만 거기 혹시 시, 신문 보급소 아니에요?

신문 보급소라는 말에 그 여자는 심드렁하게 웃는다. 일간지 지국과 끝자리가 다른 그녀의 집으로는 하루면 몇 차례씩 전화가 걸려온다. 그녀는 상대의 모습을 쉽게 그려볼 수 있다. 방학을 맞아 용돈 혹은 학비라도 벌어보려고 비장한 각오 끝에 아르바이트의 첫 문턱을 넘으려는, 여드름이 야자 껍데기처럼 돋아났을 소년. 몸집은 이미 어른을 닮아 있지만 새로운 것에 도전하기에는 아직 망설임이 행동보다 더 클 것이고, 변성기를 벗어나지 못한 목소리에는 낯선 곳에 전화 거는 일조차 주저하는 빛이 역력하다.

신문 보급소의 끝자리는 이가 아니라 일일걸.

고, 고맙습니다.

전화는 다급하게 끊겼다. 여자는 할 말이 남아 있는데 일방적으로 전화가 끊겨 황당하다는 듯 잠시 수화기를 쳐다본다. 짧은 신호음 속에서 퇴색한 이력서 한 장이 깃발처럼 펄럭였다. 여상 졸. 주산 2단, 부기 2급으로 칸을 메워 광고 전단지대로 검지의 지문이 닳도록 눌러본 전화번호. 신호음이 떨어지고 전화 받는 소리가 나면 미리 준비해두었던 말이 일시에 표백되어버리던 기억들. 그녀는 무엇인가를 조심스럽게 확인해보려는 소년의 음성에서 자신의 흑백사진을 잠깐 들춰내고 전화 수화기를 내려놓는다. 그녀는 다시 리모컨을 쥐고 텔레비전 소리를 키운다. 어느새 셰프는 세제처럼 부하게 일어난 계란 거품에 밀가루 반죽을 서서히 섞고 있다. 밀가루 반죽은 계란 거품과 섞이며 크림처럼 걸쭉하게 되었다.

일단 빵틀에 반죽을 붓고 오븐의 온도를 180도로 하여 빵을 구워보기로 하지요. 빵이 익을 동안 생크림을 만들어봅시다.

셰프의 목소리는 생크림처럼 달콤하다. 웃을 때마다 양 볼에는 초코칩 같은 볼우물이 파인다. 셰프의 웃음에 눈길을 뗄 수 없던 그녀는 생크림 재료가 나와 있는 자막을 놓쳐버리고 만다. 웃음뿐만이 아니다. 말투는 배처럼 사근사근하다.

말 좀 해봐. 그렇게 멀뚱하게 있지만 말고.

지난번 암자로 남편을 찾아갔을 때 갈참나무 이파리를 주워 꼭지를 들고 빙그르르 돌리던 그가 이죽거렸다. 그녀는 점심 공양 때 취나물을 먹다가 울컥하던 자신을 보고 남편이 상황을 넘겨짚은 거라 여기며 쉽게 말문을 텄다. 남편은 눈부터 키웠다.

당신도 알잖아. 내가 항상 사용하는 거.

남편은 잘라 말했지만 눈빛에는 의혹이 서렸다. 애를 혼자서 가질 수는 없는 거 아냐, 하는 빈정거림이 입가로 물려 있었다. 말문이 막혀버린 여자는 아랫입술을 깨물었다. 곁에 앉아 있던 남편이 타인처럼 멀어 보였다. 한 손으로 꺼칠한 수염을 쓸어내리던 남편은 저녁 예불을 알리는 종소리가 나자 일어섰다. 예불에 참석한다는 것이었다. 신림동 고시촌에서 이쪽으로 옮긴 지 채 1년이 안 됐는데도 남편은 산사람처럼 행동하려 들었다. 하지만 그녀는 낙엽으로 뒤덮인 길을 누군가에게 떼밀리듯 내려오면서도 하룻밤만 자고 나면, 내가 요즘 너무 날카로워져서 말야, 하며 남편이 예전의 음성을 회복하여 전화해주리라 믿었다.

셰프는 구워진 빵에 생크림을 덧씌우고 있었다.

생크림 위에 화이트 초콜릿을 슬라이스해서 얹고 체리와 아몬드로 장식을 하면 어때요, 먹음직스러운 케이크가 되었죠?

체에서 내려지고 계란에 반죽되던 밀가루는 어느새 부푼 빵이 되어 있다. 하얀 생크림을 잔뜩 뒤집어쓰고 있는 빵을 보자 여자는 허기가 느껴졌다. 시험을 치를 때마다 낙방이라는 결과를 받는 남편을 볼 적에도 그녀는 그런 비슷한 느낌을 받았다. 남편은 뒤늦게 들어간 대학을 졸업하고 공부를 시작하던 첫해에 1차 관문을 통과한 후 계속 미끄러지고 있었다.

여자는 한껏 모양을 낸 생크림 케이크를 손가락으로 게걸스럽게 파먹고 싶어진다. 먹고 싶다기보다는 부풀어 있는 빵을 뭉그러뜨리고픈 충동이 일었는지도 모른다. 훈김을 피워올리며 막걸리로 적당히 부풀어 올라 더없이 말랑말랑해 보였던 빵이 삽시간에 빗물에 던져졌을 때도 그랬다. 낮잠에서 깨어나 술을 찾던 아버지는 그것을 없앴다는 이유로 빗물이 고여 있던 마당에 군침을 돌게 했던 막걸리 빵을 내던져버렸다. 몸이 꼬일 정도로 참아오던 오랜 기다림이 한순간에 꺾어졌다. 마루 끝에 걸터앉아 빗물에 풀어져가던 빵을 꼼짝하지 않고 바라보던 어린 그녀는 자신의 슬리퍼가 빵 위를 어지럽게 밟고 있는 상상으로 진저리를 쳤다.

흔들의자에 앉아 있던 여자는 다소 병적이기까지 한 식욕이 낯설어 전원 스위치를 누른다. 하지만 암전 상태의 텔레비전 화면에는 생크림을 뒤집어쓴 케이크가 오롯이 떠올라 있다. 눈을 감았다. 어둠 속에서 케이크는 더욱더 선명해졌다. 침을 꿀꺽 삼킨 그녀는 자신의 가슴속에서 일고 있는 낯선 욕망을 어떻게 다스려야 할지를 몰랐다. 그날 밤처럼.

4

발표가 있던 날, 남편은 술에 절어 들어왔다. 차라리 누군가가 나서서 너 같은 놈은 안 된다고, 애저녁에 글렀다고 몰아내버렸으면 좋겠어. 혹시 될지도 모른다는 희망으로 담금질시켜놓고 문전에서 야멸차게 밀어내니 사람 환장할 노릇 아니냐고. 여자는 남편이 함부로 벗어놓은 옷가지와 양말을 개켰다. 할 수만 있다면 통분하는 남편의 붉은 얼굴도 벗겨내고 싶었다. 거듭되는 낙방을 남편은 세상에 대한 저주로 몰아갔다. 빌어먹을 놈의 세상, 불이라도 확 질러버렸으면. 교실 문을 걸어 잠근 채 오직 책만을 들이파던 남편의 모습이 그리웠다. 엽차 한 잔에도 수줍어하던 그를 다시 보고 싶었다.

남편은 그 여자가 근무하던 중학교 교사였다. 그녀는, 방과 후 텅 빈 교실에서 문을 안으로 걸어 잠근 채 책을 들이파고 있는 모습을 화장실을 오가며 유리창 너머로 볼 수가 있었다. 제대로 쳐다보지도 못하고 지내던 그와 어떤 교감을 나눈 듯 은밀한 사이가 되었던 날을 또렷하게 기억하고 있다. 겨울방학이었다. 폭설이 내려 시골 읍에서도 한참 떨어져 있는 학교는 외딴 곳처럼 적막했다. 그들은 근무조가 되어 각기 행정실과 교무실을 지키고 있었다. 지금도 그녀는 그가 눈 덮인 운동장에 새겨놓았던 자전거 바퀴 자국을 조금 늦게 출근했던 자신이 꼭꼭 밟으며 걸었던 일을 생생하게 떠올릴 수 있다. 부부로 맺어질 인연의 조짐은 거기서부터 싹튼 것은 아니었는지. 또한 그녀는 불땀이 센 석유난로에서 하루 종일 닳고 닳은 엽차의 구수한 맛을 잊을 수가 없다. 그리고 그 틉틉하던 엽차를 아주 달게 마시던 그의 모습도.

하얀 설원에 새겨놓은 발자국을 차를 마시며 창문 너머로 바라다보았다. 그날따라 교육청에서는 방학 중 근무 상태를 알아보는 보안 점검도, 공문을 보내는 일도 없었다. 이따금 전학 서류를 떼러 오는 학생도 없었다. 그는 교무실에 박혀 꼼짝달싹도 하지 않았다. 흩날리는 눈발에 운동장을 가로지르며 새겨놓은 발자국만이 가뭇없이 지워지고 있었다. 교문과 교사(校舍)를 이어주던 자전거 바퀴 자국마저 지워지자 외로운 섬에 갇혀버린 것 같았다. 그 느낌은 사뭇 간절하여 커튼이라도 쭉 찢어 어디론가 SOS를 치고 싶은 심정이었다. 그 때부터였다. 모든 신경은 교무실 쪽을 향해 뻗어갔다. 도시락을 난로에 구우려다 말고 멈칫했으며, 작은 소리라도 교무실과 연관을 지으려 들었다.

날은 점점 어두워지고 있었다. 눈은 그칠 줄 모르고 내리는데 임무를 교대할 당직자는 나타나지 않았다. 그도 답답했던지 교무실 문을 잠그고 나갈 채비를 하여 아예 행정실로 왔다. 그 여자는 하루 종일 난로 위에서 끓던 엽차를 내밀었다. 엽차를 후루룩거리며 그토록 달게 마시는 사람을 그녀는 처음 보았다.

여태 점심을 안 드셨나 봐요.

예, 아직……

사소하게 터진 말문은 스스럼없이 이어졌다. 그 흔한 전화벨 소리도 없던 오후의 적막함 속에서, 점점 어두워지는 설원의 외딴섬에서 그들은 연정보다도 더 근원적인, 갇힌 자의 유대감을 먼저 느끼지 않았나 싶다. 그는 좀 늦긴 했지만 법대에 진학하여 고시에 도전해보고 싶다는 얘기를, 어둠으로 지워진 표정을 알리느라 그랬는지 사뭇 엄숙한 목소리로 말했다.

행상을 하던 아버지가 돌아가신 때는 고등학교에 갓 입학했을 무렵이었죠. 억울한 죽음을 당했어도 폭도로 몰릴까 봐 전전긍긍하며, 시내에 있는 장의사에 관이 동이 나 추깃물이 흐르는 시신을 입관도 못한 채 바라다만 보아야 했죠.

그의 이야기는 그 여자의 묵은 상처를 순식간에 파헤쳐놓았다.

한여름 뙤약볕을 하얗게 반사하던 앰뷸런스. 그것을 향해 수부(囚俘)처럼 끌려가던 대학생. 그가 가고 악몽처럼 치러야 했던 절차. 한 시대를 공유했다는 이유 하나만으로 그가 아주 가까운 사람처럼 느껴졌다.

억울하고 빽 없이 자란 사람들이 대부분 그렇듯 고시 패스를 대안책으로 삼게 되었죠.

췌장암으로 일찍 세상을 뜬 아버지의 뒤를 이어받아 가정을 꾸려가야 했던 여자는 자신의 속내를 솔직하게 털어놓는 그가 부럽기도 했고, 주어진 조건 이상의 것을 뛰어넘어보려는 그가 다른 세계에 살고 있는 사람처럼 특별하게 생각됐다.

이야기에 빠져들어 불 켜는 것도 잊은 채 어둠 속에서 두런거리고 있는데 눈사람이 된 숙직 선생이 들어섰다. 눈길에 교통이 두절되어 걸어서 왔노라고 숙직 선생은 장갑 벗은 손을 연신 비벼댔다. 그 뒤 여자는 복도에서 그를 보면 얼굴을 붉혔고, 그는 그녀만 알아볼 수 있는 야릇한 웃음을 지었다.

침대에 널브러지듯 누워 있는 남편의 얼굴에서는 웃음기라고는 찾아볼 수가 없다. 여자는 침대를 대각선으로 가르고 있는 남편을 바로 뉘려고 그의 등 뒤로 손을 찔러 넣었다. 남편은 몸을 한 번 굴려 바로 누우며 그녀를 안았다. 그녀는 그날만큼은 울분을 부부관계로 풀려는 광포한 몸부림을 피하고 싶었다. 그녀는 남편의 팔 아래로 몸을 빼냈다. 그럴수록 남편은 붉은 얼굴로 달려들었다. 너마저 날 무시하는 거야? 남편은 짜증을 냈다. 남편이 다시 팔을 감아왔을 때 그녀는 돌아누웠다. 그 와중에도 남편은 일어나 주섬주섬 자신의 뿌리에 이물질을 씌웠다. 남편은 철저하게 몸단속을 하였다. 삼엄한 시대를 지내는 동안 남편은 기관원에게 감시를 당하던 악몽을 아직도 가지고 있었으며, 어디에도 호소할 길 없는 아버지의 죽음을 또 한 번 부정했다는 자책과 자신의 정체에 대한 불안으로 아이 갖는 일까지 꺼렸다.

왜 이렇게 유난을 떨지? 자기가 무슨 숫처녀라고. 순간 여자는 자신의 마음에 일고 있는 바람 한 자락을 감지했다. 그것은 아무것에도 훼손당하지 않았던 시절을 향해 치달았다. 그때를 떠올리자 그녀는 이미 타성에 젖어든 무심한 습성들을 무지르고 싶었다. 상황을 묵인함으로써 적당히 유지되던 관계도 무너뜨리고, 출구 없는 터널 속을 더듬어가는 듯한 막막함에서 벗어나고도 싶었다. 남편의 뿌리가 손끝을 스쳤다. 그녀는 예전으로 돌아가고 싶다는 강렬한 욕망에 떨며 이물질을 그악스럽게 벗겨냈다. 드디어 책만을 들이파던 밀랍 같은 하얀 얼굴이 나왔다. 천변의 자취방. 학교에 오가는 것을 제외하면 빼꼼하게 열린 방문 사이로 단정히 앉아 책을 보던 그. 어느새 그녀는 자신을 처음 안았던 그 대학생을 받아들이고 있었다. 운명에 분노하고 자학으로 뒤틀린 붉은 얼굴은 사라졌다. 꿈속 같은 혼란스러운 밤이었다.

5

케이크가 사라진 텔레비전 화면은 부옇게 흐려 있다. 케이크를 게걸스럽게 파먹고 싶던 욕구도, 그것을 뭉개버리고픈 욕구도 사라지고 없었다. 웅덩이의 물처럼 깊이를 알 수 없는 텔레비전 화면만을 무연히 바라보고 있던 여자는 의자에서 천천히 일어섰다. 거실과 잇닿아 있는 주방으로 나와 냉장고 문을 열었다. 시고 들큼한 반찬 냄새가 훅 끼쳤다. 비릿한 것이 목울대로 치밀었다. 욕실로 달려갔다. 세면기를 부여잡고 고개를 숙였다. 걸쭉한 액체가 순식간에 세면기를 채웠다.

입덧이 가라앉을 때가 한참 지났는데도 육체는 끝도 없이 반란을 일으켰다. 더 이상은 위험하다는 의사의 충고가 아니라도 몇 차례의 중절 수술을 하는 사이 몸은 이미 불모지가 돼 있었다. 메스꺼움으로 시작된 욕지기는 미주알로 흘러가야 할 물을 입으로 게워내야 끝이 났다. 한순간만 마음을 모질게 먹으면 고통에서 벗어날 수 있을 터였다.

문득 남편의 비웃음이 스쳤다. 그는 자신의 용의주도함만을 내세우며 이 일에서 멀찌감치 떨어져 있는지도 몰랐다. 이미 남편은 공부에도 별 뜻이 없는 눈치였다. 암자 한켠을 차지한 그의 방에는 법률에 관한 책보다는 불교 교리에 관한 책들이 더 많았다. 새벽 예불 때 반야심경을 외운다 할지라도 '금강경 연구'니 '화엄경 강의'니 하는 책은 의외였다. 그럴 리도 없겠지만 그가 짐을 싸 이곳으로 내려온다 해도 복직은커녕, 학원 강사 자리도 따내기 힘들 터였다. 친정 어머니의 만년서생이라는 조롱이 이명처럼 들려왔다. 어정쩡한 먹물은 아예 무식한 것만 못하다는 통탄으로 먹물이었던 남편을 수발하던 세월까지 싸잡아 몰아붙였던 조소가 가슴을 때렸다. 더 이상 전화를 기다릴 필요가 없었다.

여자는 수도꼭지가 돌아가지 않을 때까지 돌린다. 수돗물에 풀렸던 토사물은 소용돌이에 쓸려 내려갔다. 마음을 굳힌 그녀는 거칠게 양치질을 하였다.

손등에 로션을 따라 바르고 머리를 빗던 여자는 병원행을 서두르는 자신의 행위가 아주 익숙해져 있음을 깨닫는다. 빗질을 멈춘 여자는 거울 속 자신의 얼굴을 물끄러미 바라다본다. 부스스한 파마머리 위로 세일러복을 입은 단정한 단발머리가 떠오른다. 단발머리는 어머니에게 끌려 그 길을 가고 있었다.

뜨겁게 내리쬐는 강렬한 햇살의 반사로 주위가 온통 하얬고, 포도 위로 내려뜨려진 검은 그림자만이 어머니와 딸의 행렬을 따르고 있었다. 단발머리는 비 오듯 땀을 쏟아내며 따라가도 자꾸만 뒤처졌다. 앞서 가던 어머니는 사나운 눈초리로 단발머리를 쏘아보며 기다렸다. 단발머리가 어렵게 다가가면 어머니는 무슨 징그러운 벌레가 몸에 닿기라도 한 듯 잽싸게 몸을 돌렸다. 이따금 어머니는 단발머리에게 집에서 다그칠 때처럼 의혹의 눈초리를 던졌지만 그녀는 그때의 일을 설명할 수가 없었다.

정체를 알 수 없는 열기, 그리고 그 혼돈 속으로 이끌던 거부할 수 없던 손길, 소름으로 돋아나던 두려움을 가라앉혀주던 뜨거운 입김. 그러나 아무리 고개를 저어도 어느새 읽히고 마는 파국의 기미. 등골이 서늘해져 눈을 떴을 때 그녀는 벽면을 따라 켜켜이 쌓아올려진 책을 보았다. 주산과 부기 책을 끼고 살아야 했던 그녀에게 책은 곧 선망의 대상이었다. 책에 머문 눈길 위로 그동안 그녀가 혼자서만 조바심쳤던 일들이 새록새록 떠올랐다. 그의 친구들이 음울한 낯빛으로 몰려와 낮게 수군거릴 때에는 비장함마저 감돌아 수돗가에서 쌀 씻는 소리를 내지 않으려고 수도꼭지에 양푼을 바짝 들이대며 자신 또한 어떤 은밀한 일에 가담하고 있다는 착각에 빠져들었던 일, 체크 남방 위에 받쳐 입던 그의 물빛 스웨터를 보며 계절의 오고 감을 느꼈었고, 그가 홀연하게 사라지기라도 한 듯 집을 비웠던 열흘 동안 불 꺼진 방문 앞을 손톱을 잘근잘근 씹어가며 서성거렸던 기억까지도 선연하게 그려졌다. 그를 찾는 학생들이 줄을 잇던 무렵이었다. 주인집 아주머니는 나무 대문의 경첩이 찌그덕거릴 때마다 아래채 자취생들의 방 중에서 유독 그녀의 옆방을 흘겨보았지만 워낙 말수가 없고 쓰레기차가 오면 주인집 것까지 비워주던 국립대학생을 함부로 대하지는 못하였다.

행방을 감추었던 그는 열흘 후에 돌아왔고, 두문불출하던 그가 양쪽 겨드랑이를 그의 동료에게 붙들린 채 끌려 들어오던 날은 그녀가 시골집에 다녀올까를 망설이던 토요일이었다. 영화 〈플래툰〉을 보다가 소리를 지르며 뛰쳐나가는 것을 겨우 데리고 왔다는 것이었다. 단발머리는 벽보판에 붙어 있던 전쟁영화 포스터를 떠올리며 딱히 꼬집어 얘기할 수는 없었지만 열흘간이나 집을 비웠던 대학생의 상황을 짐작할 수 있었다. 그것은 그 시대, 그 도시가 가졌던 피해 의식으로 빚어진 결속력이기도 하였다.

대학생은 밤새 신음 소리를 냈다. 그녀는 고열에 시달리는 그의 이마 위에 찬 물수건을 얹어주었다. 그의 몸체에서 발산되는 고열과 거스러미가 인 입술 사이로 나오는 뜨거운 김으로 방 안은 더없이 후덥지근하였는데도 그녀가 방문을 닫을 수밖에 없었던 것은 그는 환자였고, 자신은 간호를 한다는 떳떳한 역할 때문이었다. 한밤중 살며시 눈을 뜬 그가 붉은 실핏줄이 얽힌 눈빛으로 올려다보았을 때 그녀는 몸이 부서져 내리는 것 같은 아찔한 상태에서 그 혼돈의 열기 속으로 빨려 들어갔다.

일주일 후 그는 앰뷸런스에 실려갔다. 주인집 아궁이로 빗물이 자꾸 들어차 고치는 김에 보일러까지 교체하려고 연장을 들고 들어서는 인부를 보고 괴성을 지르며 방으로 숨어 들어간 그는 영화를 보고 반응했을 때보다 더 큰 발작을 일으켰던 것이다.

어머니를 따라간 단발머리는 자신의 몸을 수술대의 가차 없는 조명등 아래 드러내놓고 싶지 않았다. 그것은 어둠 속에서도 확연하게 느껴졌던, 걷잡을 수 없이 돋아나던 소름을 조심스럽게 쓸어주던 손길에 대한 말할 수 없는 모욕이었다. 단발머리는 무릎까지 내려간 팬티를 끌어올리며 수술대를 내려왔다. 어머니가 울부짖으며 단발머리를 수술대로 밀어붙였다. 이 미련한 것아, 잠깐이면 된다. 그 몸으로 어떻게 학교를 다니려고 하느냐. 하늘이 무섭지도 않느냐. 하지만 단발머리에게는 어머니의 행위가 더 무섭게 느껴졌다. 두 번씩이나 내려온 수술대에 다시 올려졌을 때 단발머리는 더는 저항할 수가 없었다. 소중하게 간직하고 싶은 영상이 자신의 몸을 할퀴고 있었다. 크레졸 냄새에 내장이 뽑혀져 나올 것만 같은 욕지기가 일었다. 수술실 바닥에 오물을 쏟아낸 단발머리는 자신의 소중했던 영상을 겸자로 지워야만 하였다.

거울에 비친 초췌한 몰골을 물끄러미 바라보고 있던 여자는 자신의 배를 내려다보았다. 창문으로 넘쳐든 빛이 배를 반으로 가르고 있었다. 그녀는 양지와 음지를 섞듯 손으로 배를 문지른다. 손길을 탄 배 속에서 꼬르륵거리는 소리가 났다. 동시에 손바닥에 전동 타자기를 두드리는 듯한 느낌이 잡혀졌다. 그러나 타자기를 두드리는 일에 이력이 나 있던 그녀는 지나치고 만다. 그늘진 곳에서 밝은 곳으로 손이 미끄러지는 동안 다시 한 번 느낌이 왔다. 순간 새벽녘에 느꼈던 기척이 되살아나며 가냘프면서도 끊임없이 이어졌던 울음소리가 들렸다. 간절한 목소리로 자신의 존재를 알리던 울음소리가 저 아래 대지에서 홈통을 울리며 올라오고 있었다. 소리는 점점 커져갔다. 귓청을 사정없이 때렸다. 그녀는 그것을 떨쳐버리기라도 하려는 듯 벌떡 일어났다. 메가폰이라도 댄 듯 소리는 걷잡을 수 없이 퍼져나갔다. 소리 한 번 지르지 못하고 탯줄을 잘린 채 떨어져 나간 핏덩이들이 벽면 위로 떠올랐다. 몸통보다 더 큰 머리 아래로 손과 발을 모은 채 태아들은 방 안을 빙글빙글 돌고 있었다. 벽면이 금세 죽은 핏빛으로 물들었다. 방 안에 더 이상 앉아 있을 수가 없었다.

　여자는 베란다로 나와 창문을 열었다. 맵싸한 공기가 뺨에 닿았다. 공기를 흠뻑 들이마셨다. 바람 한 점 없는 환한 날씨였다. 베란다 창가로 쪼그리고 앉은 그녀는 시선을 내려뜨렸다. 1층 베란다 앞 누런 화단에는 밤낮으로 아파트를 누비고 다녔을 고양이 한 마리가 등을 구부린 채 낮잠을 자고 있다. 팔다리는 물론 꼬리까지 몸통 안으로 말아져 있다. 하지만 위에서 내려다보는 고양이의 몸체는 높은 곳에서 떨어지기라도 한 양 납작했다. 그 얇은 부피에도 고양이의 앙상한 뼈는 드러나 있었다. 추위를 피해 나선처럼 말려 있는데도 회갈색 몸피는 뼈와 따로 놀았다. 언제인가 회임을 하였을지도 모르는 뱃구레는 유난히 뼈가 두드러져 있었고, 뱃가죽은 늘어나 있다. 제법 영화로웠을 시절에는 품위를 더해주었을 흰 털은 등을 덮은 회갈색 털과 별 구분이 없을 정도로 더러웠다. 정황을 감지하는 데 역할을 톡톡히 했을 수염은 발부리에 구겨져 있다. 정오의 햇살이 가득한데도 고양이의 잠이 시려 보였다. 고개를 흔드는데도 을씨년스러운 풍경 하나가 서서히 겹쳐지고 있었다.

6

가을비가 내리던 밤이었다. 남편은 도서관에서 아직 돌아오지 않았고, 여자만이 어두운 방에 누워 있었다. 그들이 가진 첫 아이는 억지로 짜맞추다시피 한 결혼식으로도 구제되지 못했다. 결혼과 함께 남편은 학교에 사표를 내고 대학에 진학을 하였다. 그녀가 짊어져야 할 짐은 결혼을 해도 같았다. 허니문 베이비라 하더라도 아이를 키울 형편이 안 됐다. 그녀는 수술대에 오르는 일을 주저할 수가 없었다.

초침 소리만이 흐르고 있었다. 그때 여자는 어둠 속에 누워 자신의 몸에서 떨어져나간 생명체보다도 그토록 붕어빵을 먹고 싶었던 마음이 갑자기 사라져버린 것에 대해 생각하고 있었다.

병원에 가던 길이었다. 버스에서 내려 병원까지 걸어가던 길에는 타다 남은 종잇장처럼 말린 플라타너스 잎새가 길바닥을 메우고 있었다. 외피가 벗겨져나간 나무 곁에는 붕어빵과 군고구마를 구워 파는 행상이 듬성듬성 서 있었다. 갓 구워진 빵과 드럼통에서 익어가는 군고구마 냄새가 바람결에 코끝을 스쳤다. 여자는 배 속의 생명이 태동을 하기 전 메스를 가하기 위하여 걸음을 빨리했다. 힘찬 발길질을 받고 나면 그 일을 감행할 자신이 없을 것 같았다. 손수레 앞을 지날 때였다. 파삭파삭 구워진 빵이 빵틀 위, 얼기설기 짜여 있는 철망으로 툭툭 내던져졌다. 조건반사에 잘 훈련된 개처럼 입속으로 침이 고였다.

아무것도 먹지 말고 와야 해요. 간호사의 금속성 목소리가 귓전을 때렸다. 여자는 침을 삼켰다. 붕어빵은 어느새 세상에서 제일 맛있는 음식으로 변해 있었다. 수술이 끝나고 나면 제일 먼저 붕어빵을 사 먹기로 다짐했다. 약속은 지켜지지 않았다. 수술을 하고 나왔을 때는 식욕은 사라졌고, 코 안을 먹먹하게 했던 크레졸 냄새와 생리대를 적시고 있을 비릿한 피 냄새에 비위가 상해 생침이라도 뱉아야 할 형편이었다. 택시 속에서 잠깐 붕어빵 생각이 스쳤지만 맹렬했던 식욕은 탯줄이 끊겨져 나간 핏덩이와 함께 사라졌다. 자신의 몸에서 어떤 본능이 사라진다는 것은 놀라운 공포였다. 결핵균에 의해 좀먹

혀 들어가는 폐의 공동처럼 몸의 빈 곳은 점점 늘어날 것이며, 머잖아 황폐화될 터였다. 그것은 오래전의 일마저 소급하여 공포를 키웠다. 자신의 몸이 다시는 생명체를 키워낼 수 없는 불모의 땅으로 여겨졌다. 그녀는 그날 밤을 뜬눈으로 지새웠다.

그 불모지에 우연찮게 떨어진 생명체. 남편은 비웃음을 가득 물고나 매번 사용하던 거 알잖아로 일축해버렸고, 여자는 배 속의 아이가 남편의 아이가 아니기라도 한 양 얼굴을 붉혔다. 내리는 빗줄기에서도 물비린내를 맡고 욕지기를 일삼는 몸의 상태를 그날 밤 치렀던 혼란스러웠던 의식의 대가라고 여기며 매번 그랬듯이 배 속의 생명체를 떼어내야 할 종양으로 치부해버렸다. 또 한번 겸자와의 야합이 감행될 차례였다.

여자는 고양이가 곁에서 자고 있기라도 한 듯 조심스럽게 창문을 닫았다. 옆구리로 미세한 움직임이 다시 느껴졌다. 반란의 파고를 무릅쓰고 자신의 터를 무사히 확보했다는 첫 신호. 여자는 어찌할 바를 몰랐다. 무엇인가가 기어코 오고야 말았다는 생각에 눈앞이 캄캄해졌다. 아이의 발길질은 두어 번 더 전달되었다. 엄마에게 떼를 쓰는 아이처럼 발길질은 가볍고 경쾌하기조차했다. 어머니에게 빵을 만들어달라고 생떼를 쓰던 모습이 떠올랐다. 늘 고분고분했는데 왜 꼭 빵을 만들어달라는 떼는 그토록 야무지게 부린 것인지. 아마도 빵을 만들 때의 부산함이 좋았는지도 모른다. 밀가루를 체에 내리고 솥에 물을 끓이는 동안 응달져서 더욱 썰렁하던 집안에 생기가 돌았으니까. 그러나 무엇보다도 밀가루 반죽이 아랫목에서 부풀어 오르기를 기다리는 동안에 일었던 설렘을 잊을 수 없다. 기다림 끝에는 포만감이 약속되어 있었기 때문에 위벽이 헐려지는 듯한 배고픔마저도 짜릿한 희열로 느껴졌다. 순간 매일 새벽 예불에 참석한다는 남편의 모습이 떠올랐다. 미명이 채 걷히지 않은 산사에서 비구들의 낭랑한 불경을 따라 하며 울분에 찬 세월을 조금도 녹여줄 것 같지 않은 비정한 현실을 스스로 삭힐 수만 있다면 남편 또한 막막한 시간 속에서 어떤 출구를 찾지 않을까. 여자는 시금떨떨한 막걸리 빵이 몹시 그리웠다. 자신을 끝없는 기다림으로 안내했던, 허기조차 곤혹스럽지 않게 달래주었던 빵이 먹고 싶어졌다. 여자는 허겁지겁 주방으로 나간다.

7

밀가루가 어디 있더라. 설탕과 계란은. 여자는 멜라민 볼을 마른 행주로 닦고 밀가루를 체에 내렸다. 냉장고에서 계란을 꺼내 흰자와 노른자로 분리한다. 계란의 비릿한 냄새에 비위가 상했다. 질끈 눈을 감은 여자는 괄약근에 힘을 주고 심호흡을 하면서 그것을 눌러 삼킨다. 한 대 칠 것 같은 기세로 올라오던 욕지기가 제풀에 가라앉는다. 여자는 신기하여 목덜미를 쓸어본다.

먼저 흰자를 거품기로 저었다. 점성이 강한 흰자는 거품기에 척척 들러붙으며 타원 모양의 궤도를 그린다. 여자는 묽은 원액에 공기를 불어넣기 위하여 힘차게 팔을 돌린다. 끈끈한 입자는 좀처럼 틈을 주지 않는다. 텔레비전에서 본 것처럼 세제 모양의 거품이 만들어지지 않을 것 같다. 숨이 차오른 여자는 주방 바닥에 아예 퍼질러 앉아 두 다리 사이로 볼을 끼운 채 거품기를 돌린다. 한 방향으로 계속 돌던 흰자들은 어지러워서라도 스크럼을 풀지 않을 수 없나 보다. 투명하던 원액은 점차 생크림빛을 띠며 부풀어 오르기 시작한다. 그녀는 잔뜩 부풀어 오른 빵을 만들고 싶었다. 왜 그토록 부풀어 오르는 빵에 대해 연연해하는지도 모르면서. 그러다 문득 쑥스러워진다. 끝없는 구토와 삶의 신산함으로 배 속의 존재를 간단하게 제거할 수 있는 혹으로 여겼던 자신이 얼핏 느껴졌기 때문이었다. 그 순간만큼은 겸자로 긁어낸 핏덩이 덕분에 흥건하게 생피를 묻히고 있던 얼얼한 다리 사이로 팬티를 끼우며 다시는 수술대에 오르지 않겠다던 다짐이 지워졌던 것이다.

여자는 참혹한 기억 속에서 벗어나기라도 하려는 듯 부지런히 팔을 저었다. 계란 노른자에 밀가루를 버무리고 하얀 거품으로 변해버린 흰자를 골고루 섞었다. 텔레비전 강사처럼 바닐라 한 큰 술을 넣지 못한 게 안타까웠지만 빵틀 대신 납작한 레인지용 접시를 사용하여 오븐 속에 밀어 넣었다. 빵이 구워지는 시간은 180도 온도로 20분이었다.

여자는 빵이 구워지기를 기다리며 주방 벽면으로 등을 기대고 그대로 앉는다. 잠깐 동안의 움직임으로도 몸이 피곤했다. 눈을 감았다. 잠수하듯 몸이 가라앉았다.

주위는 온통 어두웠고, 도무지 깊이를 가늠할 수 없다. 깊이뿐만이 아니었다. 바닷물 속인지 사람의 발길이 닿지 않은 동굴 속인지 구분이 되지 않았다. 여자는 무엇인가를 잡으려고 애를 쓰며 허우적거렸다. 그녀가 잡으려고 하는 희끄무레한 그것은 유난히 깜깜한 주위로 점점 풀려갔다. 그녀는 빨리 잡지 않으면 어둠에 다 녹아버리고 말 것 같아 힘껏 버둥거렸지만 몸은 마음먹은 대로 따라주지를 않았다. 안타까웠다. 그러나 마음과는 다르게 잡으려는 그것은 점점 줄어들었고, 어찌할 바를 모르던 그녀는 젖먹던 힘까지 실어 손을 힘껏 뻗었다.

어디선가 빵 구워지는 냄새가 솔솔 풍겨났다. 그 여자는 깜짝 놀라 옅은 잠에서 빠져나왔다. 오븐의 타임기는 4분 30초를 남겨놓고 있다. 그녀를 손으로 이마를 쓸어 넘기며 깊은 숨을 내쉬었다. 손에 땀이 괴었는지 이마가 축축하게 느껴졌다.

시간은 점점 짧아져가고 있었다. 타이머의 숫자가 바뀔 때마다 조바심이 일었다. 갓 구워진 빵을 꺼내 먹으려는 순간 알 수 없는 불행이 닥칠 것만 같다. 모락모락 김을 피워 올리던 빵이 삽시간에 흙물이 튀어 오르던 마당으로 내동댕이쳐지던, 그토록 열망하던 대학생과의 한순간 때문에 병원행을 해야 했던 기억 뒤로 음습하고 황량했던 결혼 생활이 잇달아 떠올랐다. 어쩌면 오븐 속에는 아기 천사의 모습을 한 케이크가 없을지도 몰랐다. 피폐해진 자궁에는 기대할 만한 것이 없을 터였다. 숨이 턱하고 막히며 손끝이 떨렸다. 여자는 오븐의 작동기를 꺼버리기 위해 손을 뻗었다. 그때였다. 배 속에서 전동 타자기를 두드리는 듯한 타격이 날아왔다. 물 한 모금을 제대로 넘기지 못했는데도 신호는 활달했다. 자신을 향해 기운차게 달려드는 신호에 그녀는 대답이라도 하듯 배를 감싸 안으며 아, 하고 소리를 질렀다. 또 한 번의 타격이 느껴지자 거실로 나온 그녀는 전화기를 들었다. 남편에게 아이가 보낸 신호를 자신의 육성으로 또박또박 전해주기 위해서였다.

생의 이면을 향한 집요한 시선

조동선 | 소설가

작품집에 실린 여덟 편의 단편소설들은 하나의 색깔로 규정짓기 어렵다. 비일상적인 이야기들이 말 그대로 다양하게 펼쳐져 있다. 특히 죽음과 함께하는 삶의 모습이 안타까운 애도와 함께, 때로는 조용한 수용으로 고즈넉이 놓여 있음을 알 수 있다. 또한 생의 이면과 인간살이의 미세한 속내를 포착하는 작가 특유의 혜안도 곳곳에서 빛을 발하고 있다. 거창한 서사를 통해서가 아니라 지극히 평범하다 싶은 비일상적 삽화들이 오히려 독자의 눈길을 끌어당긴다.

소설 속 인물들 또한 어떤 경계 위에 놓여 있다. 삶과 죽음, 현재와 과거, 존재와 부재, 고고함과 소박함, 일상과 탈일상, 세속과 탈속 등등의 경계가 바로 그것이다. 각기 상반하는 두 세계가 등을 맞대고 있는 지점이면서 동시에 어느 순간 그 둘이 서로 넘나들고 교호 작용하는 사건이 발생하는 지점이다. 인물들은 이전 사건을 의식하든 의식하지 않든 몸으로 겪고 체험한다. 그러한 체험은 일상적인 의식이나 삶의 질서가 동요하고 출렁이는 내면적 사건이기도 하다. 어느 날 문득 그들에게 찾아오는 작지만 사소하지 않은 의문의 계기는 일상과 마음의 질서에 조용한 파문을 일으키며 의식의 밑바닥을 일깨워준다.

*

이 소설집의 표제작인 「박쥐우산」은 아날로지 미학, 즉 유사성의 미학으로 읽힐 법하다. 이 작품의 주요 인물인 뜨내기 일꾼 '용이'는 이문열의 「익명의 섬」, '깨철이'를 떠올린다. 「익명의 섬」의 '깨철이'는 집성촌으로 흘러들어와 무위도식하며 마을 아낙네들의 성을 조종하고 제왕처럼 군림하지만 「박쥐우산」의 '용이'는 남한강 인근 특수작물을 재배하는 마을에서 잡일을 도맡아 하며 아이 딸린 과부와 살림을 차린다. 마을 토박이들은 그를 하찮게 여기는 것으로 자신들의 위상을 드러내지만 어떤 일을 맡겨도 척척 해내는 그를 마냥 업신여길 수만도 없다. 마을 사내들은 싼 임금으로 부리면서도 결코 곁을 주지 않는다. 아낙들은 능력과 감각이 남다른 그에게 또 다른 관심을 갖는다. 심지어는 화자의 아내까지도 그에게 호감을 보여 사뭇 불안감을 고조시킨다. 떠돌이 일꾼에 지나지 않는 그의 무엇이 마을 아낙들의 관심을 갖게 하는 걸까. 마을 사람들에게 반감과 호감을 한 몸에 받던 그가 어느날, 홀연히 사라진다. 마을 남자들은 동네 포장마차에 모여 그의 실종을 성토한다. 땅과 집, 가족을 거느린 가장의 위치에서 용이의 존재를 덤핑하듯 밀려드는 수입 농산물로 치며 비웃다가도 그의 돌연한 실종에 이르면 각기 복잡해지는 마음을 억누를 수 없게 된다. 종내는 용이가 사라진 후 실성기를 보이던 과수댁마저 죽고 만다. 용이를 처음 만났던 날 함께 썼던 박쥐우산을 들고 정류장에서 그가 돌아오기를 오매불망 기다리다 덤프트럭에 치인 것이다. 마을 사람들은 과수댁의 장례를 치르고 뼛가루를 남한강에 뿌려준다.

과수댁의 죽음으로 용이의 실종 사건이 일단락되는가 싶었는데 봄바람에 실려온 소문은 잠잠하던 마을을 또 한 번 경악에 빠뜨린다. 용이가 그다지 멀지 않은 마을에서 여자와 살림을 차렸다는 것이다. 넘쳐나는 수입 농산물에 맞서 끝없이 품종을 개량하거나 환금성 작물로 대처해야 하는 마을 토박이들은 그의 뜨내기 삶이 자신들과는 차원을 달리한다는 것에 울적해진다. 대학까지 나왔으나 서울에서 정착하지 못하고 고향으로 돌아와 농작물을 재배하는 화자는 취해서 돌아가던 중 텅 빈 들판에서 용이를 떠올린다.

밤하늘 저편에는 까만 우산 하나가 조용히 들판 위를 떠가고 있었다. 끝없이 떠나야 하는 거역할 수 없는 운명처럼 날개를 한껏 펼친 채 박쥐우산은 이쪽에서 저쪽으로 날아가고 있었다. 스스로도 억누를 수 없는 기운을 좇아 길 위의 나그네를 자처하고 있었다. 온통 자신의 존재에 귀 기울여야만 들을 수 있는 내면의 소리를 좇아 '완전한 몰락'을 꿈꾸고 있었다.

니체는 인간의 위대함은 그가 다리(橋)일 뿐 목적이 아니라는 데 있다고 했다. 인간이 사랑스러울 수 있는 것은 그가 건너가는 존재이며 몰락하는 존재라는 데 있다고 했다. 작가는 「익명의 섬」을 텍스트로 삼되, 집성촌의 제왕인 '깨철이'와 뜨내기 용이의 차이성을 여기에 두고 있다. 용이라는 인물을 '온통 자신의 존재에 귀 기울여야만 들을 수 있는 내면의 소리를 좇아 완전한 몰락을 꿈꾸는 자'로 묘사한 것이다. 아시다시피 아날로지란 주체와 텍스트와의 사이에서 서로 유사함을 가리키는 말로, 유사성을 바탕으로 텍스트에 대한 차이성을 탐색하는 것을 말한다. 그런 점에서 박은경의 「박쥐우산」은 특수성과 차이성을 확보하는 데 성공하고 있다.

「애일(愛日)」은 분단의 아픔을 지닌 어머니와 그 어머니에게 입양된 아들 사이의 감정의 간극을 그린 작품이다. 전쟁이라는 역사적 비극을 윤리적으로 접근하기보다는 모순을 껴안고 살아야 하는 사람들의 삶의 아이러니에 근거를 둔다. 입양아 출신의 화자는 어머니의 모습을 그린 그림들로 전시회를 연다. 어머니는 만성 신부전증을 앓아 투석 중이다. 화자는 어머니가 병을 앓고 있지만 한번쯤 전시회장에 나타나기를 고대하며 취재차 나온 기자와 인터뷰를 한다. 그림 한 점 한 점에 담긴 어머니의 삶을 회고하는 것이다. 어머니는 한국전쟁 때 돌 지난 아들을 업고, 군의관으로 징집됐다가 포로가 된 남편을 찾아 거제도 포로수용소를 향해 내려온다. 피난길에서 아이를 잃고 천신만고 끝에 남편을 만나지만 그는 이미 북으로 송환을 택한 후였다. 가족을 만나기 위한 선택이 부부를 갈라놓고 말았다. 남편을 눈앞에서 떠나보낸 어머니는 그대로 남한 땅에 눌러앉아 억척스럽게 살아간다. 어머니는 화자를 입양하여 키우면서 자신의 남편처럼 의대를 가기 바라지만 아들은 미대로 진학한다. 어머니의 기대를 저버린 탓에 둘 사이가 서먹

해질 수밖에 없다. 애증이 깊어져 가출도 하지만 화자는 어머니의 만성 신부전증 치료를 위해 신장 이식까지도 시도한다. 생체적으로 맞지 않아 수술도 할 수 없는 처지에서 화자는 어머니 삶을 그림으로 그리기 시작한다. 기자와 인터뷰 도중 화자는 전시장에 나타난 어머니를 본다. 어머니는 남편과 이별을 했던 거제도 포로수용소에서 죽은 아이를 업고 철조망 앞에 서 있는 그림을 보고 있었다. 화자는 인터뷰를 끝내고 어머니를 찾지만 어디에도 없다. 어머니의 부재로 불길한 예감에 휩싸인 그는 전시장을 빠져나와 집으로 간다. 어머니는 이미 숨을 거둔 후였다. 등장인물들이 의도했던 것과는 다른 결과를 맞이하는 아이러니적 비극을 작가는 명상적 문체로 형상화하고 있다. 제목 '애일(愛日)'은 사전적 의미로는 시간을 아낀다는 뜻으로, 부모에게 효양할 수 있는 날이 많지 않음을 가리키기도 한다.

「복날은 간다」의 보신탕집 버들네는 표제작인 〈박쥐우산〉의 용이를 떠올리게 하는 인물이다. 작가는 밑바닥 인생들의 분방한 삶을 통해 삶의 속성과 그 이면을 특유의 시선으로 묘파해낸다. 유행가 제목을 떠올리게 하는 이 소설도 그렇다. 남편 황 씨와 살고 있는 버들네는 장 씨라는 개장사꾼까지 거느리며 보신탕집을 운영한다. 개처럼 얽혀 사는 그들이지만 나름의 묵계가 없는 것은 아니다. 남편 황 씨는 주중에는 아이들이 있는 서울에 가 있다가 주말이면 내려온다. 식당의 개를 잡고 관리하는 개장수 장 씨는 개를 사러 간다는 명목으로 황 씨가 오는 주말에는 식당 문을 나선다. 작가는 그들의 미묘한 삶의 형태를 식당에서 허드렛일을 도와주는 이평댁의 시선으로 그려낸다.

장이 소금을 뿌려 창자를 치대고 나자 고무 호스를 쥐고 있던 버들네가 물을 뿌리기 시작한다. 그가 반으로 갈라 찌꺼기를 훑어내고 굵은 소금으로 치댄 내장은 눈 깜짝할 새 코팅을 입힌 것처럼 말끔하다. 시골 고샅길을 누비며 똥이나 음식 찌꺼기를 먹고 사는 짐승의 속이 저리도 깨끗할까 싶어 이평댁은 잘 씻어놓은 내장을 볼 때마다 놀란다. 특별히 더러운 것이라고 여겨 한껏 무시한 것이 투명하리만치 깨끗하게 놓여 있는 것이다.

자신이 경멸하는 삶에서 의외의 것을 발견한 이평댁의 속내는 그다지 편치 않다. 이평댁은 병든 남편 때문에 속앓이를 하는 중이다. 젊은 시절 집을 나간 남편은 위암 말기로 위독한 상태다. 아버지를 간호하는 아들은 엄마에게 다급한 상황을 수시로 알리지만 평생 쌓인 분노를 삭일 수 없는 이평댁은 병원에 가볼 마음이 조금도 없다. 일 년 중 가장 덥다는 말복, 몰려드는 단골손님으로 분주한 식당에 전화 한 통이 걸려온다. 주말이 되어 서울에서 돌아온 버들네의 남편 황 씨가 슈퍼에서 술을 마시고 뻗어버렸다는 것이다. 지난 주말, 밤이 되어도 장 씨가 식당을 떠나지 않았던 것에 대한 항변이었다. 장 씨가 자신들의 룰을 어길 수밖에 없었던 것은 관절염을 앓고 있던 버들네의 증상이 심해져 그녀를 태우고 병원을 전전하다 늦어진 것이었다. 속사정을 모르는 황 씨는 주말인데도 세워져 있는 장 씨의 오토바이를 부수며 행패를 부렸다. 그것으로도 성이 풀리지 않았는지 만취해버린 것이다. 이평댁은 전화를 받고 안절부절못하는 버들네를 마음껏 비웃는다. 불편한 속내를 그렇게라도 풀어보는 것이다.

날이 저물고 가게 문을 나서던 이평댁은 자신으로서는 상상할 수 없는 장면을 목격하게 된다. 주말이 되어 오토바이를 타고 식당을 떠난 줄 알았던 개장수 장 씨가 버들네의 남편 황 씨를 들쳐 업고 오는 것이다. 버들네는 그 뒤를 조용히 따른다. 2인3각 경기 같은 장면을 본 이평댁의 가슴에 회의가 인다.

오늘만은 왠지 숯빛처럼 까만 집으로 가고 싶지가 않다. 아무도 없는 빈방에 들어가 벽면을 더듬거려 불을 켜면 형광등 울음소리만이 공간을 채우는, 관 속처럼 적막한 곳으로 들어서기가 싫다. 그렇다고 아들의 청원대로 새삼스럽게 병실을 찾아가고 싶지도 않다. 누워 있는 환자를 보면 병수발을 하겠다는 마음은커녕 평생 동안 눌러 참았던 설움이 먼저 폭발할 것만 같다. 그 어느 것도 아우를 힘이 없다. 이제껏 소신대로 살아왔던 삶이 누군가에게 조롱당하고 있는 것만 같다. 곁눈 한 번 주지 않고 조신하게 살아온 세월이 자신의 은결든 마음을 다잡기 위한 안간힘이었다면, 어느덧 굵직한 대못으로 자라 이젠 그 어느 것도 받아들일 수가 없다. 다시 한기가 끼쳐온다. 그녀는 동네 쪽으로 내려가지 않고 댐 쪽으로 발걸음을 돌린다.

마을이 수몰되기 전 이평댁이 살았던 푸른 기와집은 댐 속에 잠겨 있다. 집 뒤로 대숲이 둘러져 있어 사시사철 댓잎 훑는 바람소리가 끊이지 않는 곳이었다. 이평댁은 바람에 댓잎 스치는 소리를 자장가 삼아 고단한 몸을 누이고 싶다. 댐 둑으로 올라간 그녀는 물속으로 걸어 들어간다. 작가는 개방적이고 야성적인 버들네와 은둔적이고 소심한 이평댁의 대비되는 삶을 수몰지역의 주술적 분위기를 배경삼아 능청스런 입담으로 보여준다.

「젖은 장화를 말리다」는 여성 간의 섬세하고 미묘한 관계를 데자뷔를 통해 보여준다. 미대생인 화영은 도서관에서 재희를 만난다. 재희는 허름한 차림새에 투박한 등산화를 신고 있지만 한시를 읊고 경전을 줄줄 꿰며 화영을 사로잡는다. 휴학 중인 재희는 비문을 지어 생계를 꾸린 아버지 밑에서 자란 탓에 유학적(儒學的) 기운으로 가득 차 있다. 재희와 화영은 급속도로 친해진다. 재희의 학문적 바탕에 빠져들면서도 질투와 반감을 느끼던 화영은 재희 앞에서 미묘한 심리전을 펼친다. 그 후, 재희가 사라진다. 화영은 그림을 그리지 못하고 묘비 사진이나 찍으며 생활한다.

산으로 사진을 찍으러 다니던 화영은 잘못 내려오는 바람에 한 여인을 만나게 된다. 그녀는 텃밭을 가꾸며 틈틈이 소묘를 한다. 여인과 이런저런 이야기를 나누는 동안 화영은 기시감을 느낀다. 연락 두절인 재희와 이야기를 나누는 것 같은 기분이었다. 여인의 텃밭을 오가며 화영은 왜 재희가 자신을 떠나갔는지, 그리고 어디로 간 것인지를 깨닫게 된다. 화영은 비로소 묘비가 아닌 것에도 카메라를 들이민다. 렌즈 밖에 존재하는 실상과 진실, 의식하지 못했던 것에 대해서도 눈을 뜨게 된다. 화영은 누군가가 말리기 위해 거꾸로 걸어놓은 고무장화에서 자신이 추구하는 길을 가고 있을 재희를 헤아려보는 것이다.

죽은 자 '나'의 시점으로 서사를 끌고 가는 「당신의 레퀴엠」은 서사적 상관물로서 클래식 음악이 작품의 중심에 자리하고 있다. 화자인나가 당신이라고 부르는 대상은 화자가 죽기 전 좋아했던 음악방송 피디다. 소설은 피디인 당신이 천재작곡가 모차르트가 작곡한 레퀴엠을 듣기 위해 콘서트홀을 찾는 것으로 시작된다. 당신은 방송국의 두 평 남짓한 스튜디오에서 클래식 음악 전문 방송을 진행하고 금요일 오후에는 일반인을 상대로 클래식 음악에 대한 강의까지 한다. 수강생들은 대부분 여자여서 다양한 여성들과의 만남이 자연스럽게 이루어진다. 나는 이 나이가 되기까지 결혼은커녕 사랑도 제대로 못해봤기에 당신을 부러워한다. 그런 내가 당신과 함께 브람스의 교향곡 4번을 들을 기회를 갖는다. 나는 교향곡 연주에서 그 음악을 듣기 전과 들은 후를 구분할 정도로 감명을 받는다. 음악회가 끝났는데도 감동에서 헤어나지 못한 나는 한 달치 월급을 쏟아 당신과 함께 한강변 전망 좋은 바를 찾는다. 그곳에서 은근히 당신에게 호의를 보이지만 매몰차게 거절을 당한다. 곰팡이가 부조처럼 벽을 메운 지하방으로 돌아온 나는 쓸쓸함을 이기지 못하고 가스버너를 지피고 자살한다.

내가 죽은 후에도 여전히 잘 지내던 당신은 어느 날 잠자리에서 아내의 짧은 울부짖음을 듣게 된다. 서점을 운영하며 미욱스럽게 살아가는 당신의 아내가 지른 소리는 짧았지만 절실함은 어느 소프라노 가수도 흉내 낼 수 없는 음악 이상의 것이었다.

당신은 이미 터득하고 있었다. 누군가를 위해 창자가 솟구칠 정도로 절규할 수 있는 것은 단 한 사람으로 족하다는 것을. 오랜 시간 동안 열렬하게, 혹은 절절하게 사모하던 사람이 아니고는 그렇게 처절한 비명을 지를 수 없다는 것을. (…) 짧은 외침이었지만 사람과 사람 사이가 깊이를 헤아릴 수 없는 골짜기처럼 여겨졌다. 수없이 주고받았을 눈빛이나 음성이 깊게 메아리져 어느 협곡보다 울림이 크고 강했다.

그 후로 당신은 음악회를 가는 대신 방황한다. 음악의 아름다움과 위대함을 전파하는 역할을 자청했던 당신은 아내의 울부짖음으로 예술을 찬탄하거나 논하지 않고도 삶 자체를 그 이상으로 진지하게 살아가는 사람들이 있다는 것을 알게 된다. 당신은 스스로를 위로하기 위해 모차르트 서거 250주년 기념 레퀴엠 연주를 손꼽아 기다린다. 이윽고 연주회가 시작됐지만 음악의 흐름이 아내의 외마디 비명처럼 클라이맥스에 이르지 못한다. 우울증을 앓던 당신은 급기야 목에 두른 보타이에 힘을 주기 시작한다. 죽어서까지도 당신 주위를 맴돌던 나는 필사적인 힘을 발휘해 당신의 죽음을 돕는다. 작가는 이 작품에서 많은 작곡가와 작품, 그리고 연주자를 인용하여 음악적 소양을 드러내지만, 그 많은 인용이 소설의 의미를 드러내는 데 얼마나 기여하는지 재고할 필요가 있겠다.

「사향쥐」 역시 클래식 음악이 서사 전체를 관통하고 있다. 나는 직장암으로 사별한 아내의 사십구재를 앞두고 있다. 처형으로부터 아내의 옷가지와 애장품 몇 개를 챙겨오라는 연락을 받고 아내의 방에 들어간다. 아내가 쓰던 방에는 책과 음반이 벽면을 가득 메우고 있다. 뇌졸중으로 쓰러진 어머니를 수발하느라 자신의 삶을 포기한 채 살아온 아내는 어머니가 죽자 음악만을 즐겨 들었다. 그러던 아내가 암에 걸리고 다른 장기로 전이되자 수술을 거부하며 자신의 방에서 지내기를 원한다. 자신의 방으로 돌아온 지 아내는 두 달도 안 돼 세상을 뜬다.

책과 음반을 고르다가 열어본 DVD 플레이어에는 친구인 시형이 아내에게 선물한 실황음반이 그대로 들어 있다. 시형은 나와 고등학교 때부터 친하게 지낸 사이로 대학에서 독문학을 강의한다. 그런 시형을 아내는 말러를 닮았다며 좋아한다. 시형이 선물한 실황음반은 말러의 교향곡 제2번 〈부활〉이었다. 음악에 문외한인 나는 플레이어를 작동시키고 감상하며 아내가 자신의 방에서 외롭게 죽어가는 모습을 떠올리게 된다. 자신의 그림자를 끌며 외롭게 세상을 떠난 아내를 그제야 애도하는 셈이다. 오직 시형이 준 음반만이 아내의 죽음을 지켜보았다고 여겨지자 나는 DVD를 꺼버린다. 결국 음반을 플레이어에 그대로 남겨둔 채 책이나 몇 권 뽑아 들고 나갈까 하다가 그마저도 포기한 채 방을 빠져나간다. 이 작품은 작가의 다른 작품과는 달리 단일한 서사에 간결한 문체 미학으로 군더더기가 없다.

여로형 플롯으로 쓰인 「프리즘」은 예술가 소설로, 예술가는 예술적 자질을 부여받는 대신 상처 또한 받게 된다는 은유에서 그렇다. 지체 장애로 휠체어 생활을 하는 엄기석 화백은 화자의 고향이기도 한 군산에서 작품 활동을 하고 있다. 그의 작업실은 화자의 아버지가 살고 있는 동네에서 멀지 않다. 잡지사 기자인 화자는 엄 화백을 취재하기 위해 그의 작업실을 찾는다. 화백은 섬에서 태어나 바다를 집으로 여기며 자랐고 배는 자신의 기억을 실어 나르는 원동력이라며, 특히 목선에 집착한다. 그의 아버지는 일사후퇴 때 내려온 실향민으로 목선을 만들어 타고 자신의 고향으로 월북해버린다. 그 후 궁핍과 연좌제로 인한 감시에 절망한 엄 화백은 달리는 기차에서 뛰어내려 양 다리를 잃는다. 그는 그림을 통해 구현해낸 목선은 기억만 실어 나르는 게 아니라 미래의 시간까지 뻗어나가 관계를 형성한다고 말한다. 화자는 그와의 인터뷰를 마치고 서해안고속도로를 달려가면서 잊고 살았던 자신의 과거를 불러낸다. 불우했던 기억들로 속도를 놓치는 순간 거센 충격이 차체를 들이받는다. 사고 현장에서 누군가 휴대폰을 내밀지만 전화를 걸 만한 사람이 떠오르지 않는다. 화자가 좋아했던 사진기자마저도 서역으로 사진을 찍으러 가고 없다. 소원하게 지냈던 아버지가 떠오른 것은 뜻밖이었다. 전치 12주를 진단받고는 병원 원무과에서 빌린 노트북으로 기사를 작성하던 중 햇빛이 눈물에 굴절되며 다각도의 빛다발을 보게 된다. 프리즘이라는 메커니즘을 통해 화자는 소원했던 아비와 주변 사람들과의 관계 회복을 어떻게 이룰 것인가 생각하게 된다.

작가의 등단작인 「엔젤 케이크」는 젊은 부부의 갈등과 균열 그리고 그 균열을 수습해가는 과정을 잔잔한 문체로 보여준다. 학교 행정실 직원인 여자는 남편과 별거 중이다. 교사였던 남편은 고시 공부를 하겠다며 소요산 암자에 들어가 있다. 방학을 맞아 여자는 암자에 있는 남편을 찾는다. 남편은 마지막으로 한 번만 더 고시에 도전하고 안 되면 학원 강사라도 하겠다고 다짐한다.

여자는 TV 프로그램에 눈길을 주고 있지만 남편의 전화를 기다리고 있다. 어제 산사에서 욕지기가 일던 여자를 남편은 수상쩍게 바라보았다. 나 매번 사용하는 거 알잖아, 로 남편은 여자의 임신 증상을 무시했고, 그대로 산을 내려와버렸기 때문에 남편이 전화 한 통쯤은 주리라고 여겼다. 행상을 하던 남편의 아버지는 광주민주항쟁 때 폭도로 몰려 억울한 죽음을 당했다. 남편은 아버지의 죽음에 따른 트라우마로 아이 갖기를 꺼린다. 여자는 몇 차례의 중절수술을 하는 사이 몸은 이미 불모지가 돼버렸다. 암자에 있던 남편의 책상에서 흘깃 본 불교 경전으로 여자는 더 쓸쓸하다.

여자 역시 아픈 기억을 가지고 있다. 여고 시절 항쟁의 트라우마를 앓고 있는 대학생을 간호하다 관계를 갖고 임신이 돼 어머니에게 이끌려 병원으로 가 중절수술을 한 적이 있었다. 여자는 남편과의 사이에 첫 아이를 갖고도 중절수술을 할 수밖에 없었다. 남편이 교직을 그만두고 고시 공부를 했기 때문이다. 빵을 만들던 프로그램에 눈길을 주고 있던 여자는 갑자기 빵이 먹고 싶어진다. 욕지기만 밀어 올리던 몸에서 강렬한 식욕이 솟구치는 것이다. 어릴 적 엄마가 만들어주던 시금털털한 막걸리 빵이 생각났다. 여자는 주방으로 가 빵을 만들기 시작한다. 잔뜩 부풀어 오른 빵을 만들고 싶어한다. 그때 배 속의 태아가 힘차게 발길질을 한다. 여자는 남편에게 전화를 건다.

*

여덟 편의 단편소설들은 각각 그 주제를 달리함에도 불구하고 인간은 결코 이해될 수 없는 관계로 맺어질 수밖에 없는 갈등의 존재라는 인식이 바탕에 깔려 있다. 서사 전개는 마치 그물망처럼 촘촘하면서도 중층적으로 직조된 세계로 단편소설의 특징인 단일한 서사구조에서 벗어나 있다. 다시 말해 중층적인 서사구조가 독자로 하여금 서사를 한 가닥으로 꿰기 어렵게 하는 면이 없지 않다. 서사 전개를 따라가는 무심한 글 읽기를 하기에는 소설의 결말에서 얻어지는 안정감보다는 파멸과 균열의 틈새가 읽는 이로 하여금 불안감을 느끼게 한다. 하지만 작가는 언어에 대한 예민한 감각으로 냉철한 시선과 인식에 의해 삶의 비의에 다가가고 있다. 인물의 미묘한 정서를 담아내는 섬세한 문체, 캐릭터의 위상에 걸맞은 사유의 관념적인 문장들은 읽는 이로 하여금 집중력을 요하게 한다.

작가가 창조한 캐릭터들은 대부분 지적이면서 냉정함을 잃지 않는다. 그 대신 주체적으로 욕망하는 인물의 모습, 즉 주인공 자신이 욕망하는 방향으로 밀어붙이지만 끝내는 파국을 맞이할 수밖에 없는 인물이 보이지 않아 일말의 아쉬움을 남긴다. 따라서 본질적이고 존재론적인 것의 지속을 이어나가면서도 세계의 변화에 호응하고 스스로 변화를 추구하려는 의지를 표출하는 인물들의 이야기를 다음 작품에 기대해본다.